台灣歷史館20

麥浪歌詠隊

追憶一九四九年四六事件（台大部份）

藍博洲 著

晨星出版

目次 CONTENTS

序曲

輯一 麥浪的證言

輯二　麥浪的歌舞

輯三　關於麥浪的評介

輯四

麥浪歌詠隊

序曲

尋找麥浪歌詠隊的腳蹤與歌聲

麥浪、麥浪、麥成浪，

救苦、救難、救饑荒。

——楊逵

一九四九年二月，楊逵在台中歡迎台大麥浪歌詠隊的茶話會上，即興朗誦了這麼一首詩，以表達他個人在經歷了一場「二・二八」的民族悲劇後，對麥浪歌詠隊巡迴演出團及青年一代的熱烈期望。①可這個期望卻在不久後的四月六日那天破滅了；因為先前發表的「和平宣言」及其支持麥浪歌詠隊的行動，楊逵先生與包括許多麥浪歌詠隊成員在內的無數青年學生都被捕繫獄。

半個世紀過去了。

究竟麥浪歌詠隊是怎樣的一個學生社團？它又作了哪些「大逆不道」的「不法」之事？並且起到了怎麼樣的作用？以致於會遭到當局的整肅？

大約就在一九八七年，我開始調查與研究有關台灣的五〇年代白色恐怖歷史的同時，我也陸續聽聞了許多有關麥浪的「傳奇」；基於對台灣近現代史認識與理解的必要，我於是開始在被湮滅的歷史現場重新尋訪當年台大麥浪歌詠隊隊員的腳蹤，以及他們的青春之歌。

老幼相扶持一路走下去
走向百花齊放的新樂園

楊逵

一九八四、九、二〇

二·二八後的台北學運

歷史地看來，光復之初，台灣學生就自發成立了「台灣學生聯盟」，發展以「脫離日治、迎接祖國」爲主題的宣傳教育活動。雖然這一聯盟不久被當局命令停止活動，但是它也爲後來台灣學運的發展奠定了一定基礎。

二·二八起義被鎮壓後的一段時期，台灣學運一度處於萬馬齊喑的沉悶狀態。但「野火燒不盡，春風吹又生。」經過了一陣表面沈寂之後，台灣學運又在大陸學運的影響下，逐漸活絡起來。

一九四七年七月，經過一年的戰鬥之後，國共內戰的形勢發生了重大的變化，人民解放軍已從「戰略防禦」轉入「戰略進攻」。爲了擺脫困境，蔣介石要求「舉國一致」「戡平叛亂」，並針對大陸地區的學生組織與許多支持學運的大學教授，展開這樣那樣的政治迫害。②

就在白色恐怖日益嚴重的八月，台灣公費留學大陸各院校的大學社團「台灣同學會」組成了「九人演講團」，毅然利用暑假返鄉探親的機會，將大陸學運的火種帶回台灣。演講團在台灣各地向青年學生和廣大群眾講述了大陸國共內戰的形勢，國民黨日益嚴重的政治經濟危機，以及全國各大城市風起雲湧的「反饑餓、反迫害、反內戰」的學生運動。

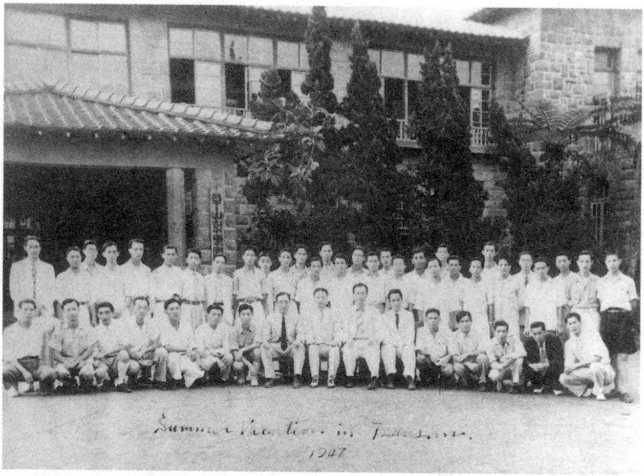

1947年暑假，台灣升學內地公費學生同學會，組成「九人演講團」，向台灣青年介紹了大陸上的學生運動。圖為合影於草山衆樂園的學生們。

演講團的巡迴演講，爲當時正處於低潮、苦悶中的臺灣學生打開了一條思想的出路；他們這才認識到，在大陸，除了黑暗的白色祖國之外，還有另一個充滿希望的祖國。③

這樣，暑假過後，台北兩所大學——台大與師院的學生又開始在校內組織各種合法的社團。

當時，台大的主要學生社團包括：農學院的「方向社」和「耕耘社」，以工學院和文學院學生爲主的「麥浪歌詠隊」、「蜜蜂文藝社」和「台大話劇社」等，主要都是外省同學的社團；本省同學則有一個專門唱聖歌的「Glee Club」；法學院也有一份名爲《台大人》的期刊。④

另一方面，從一九四七年下半年到一九四八年上半年，台大各學院和師範學院也先後成立了學生自治會，自治會幹部都是通過學院學生大會選舉產生。

據悉，隨著上海觀眾戲劇公司旅行劇團在台灣全省巡迴演出以後（一九四七年十月至一九四八年四月），台灣的業餘劇團和學校劇團有如雨後春筍般興起；台大和師院的學生也在這樣的社會氣氛中，開始演起戲來了。例如：一九四八年六月，「從未正式演劇」的台大話劇社學生在中山堂公演洪謨、潘子農著作的三幕諷刺劇「裙帶風」（省外作家陳大禹導演）；儘管上演那天晚上下著大雨，但是許多觀眾還是冒雨前去觀戲，並且沒有因為這些熱情青年「素無舞台經驗」而「跑光」。⑤同年十月二十五日，台灣省政府為慶祝台灣光復三週年，舉行規模盛大的「台灣省博覽會」，並在台北市中山堂和新公園音樂台每天舉行話劇、音樂會、電影、舞蹈、……等等的演出；台大話劇社的學生也在這段期間的十二月十一日，在中山堂演出話劇「天未亮」（重慶廿四小時）。⑥半個月後的十二月二十七日，台大各學院學生自治會聯合會又在中山堂主辦歌謠舞蹈晚會，由台大學生組織的麥浪歌詠隊演出。

麥浪隊員在中山堂前。（周韻香提供）

「重慶廿四小時」本事

故事發生在抗戰時期大後方的霧都裡、

九口之家的曲老伯逃出了東北，只剩下老命一條，輾轉到後方，他給薛黎帶來了母親的信息。薛黎爲了想把在上海的母親接出來，便答應了公司經理卡鶴丹的幫忙。然而背着了愛她的話劇演員康泰，蘇多靈却在想盡了方法把她出賣給卡經理，讓公司辭退了薛黎讓薛黎，搬出去住，而想自己佔有康泰，恢復往昔的感情，但這只能對康泰增添更多的憎恨和不恥，結果仍是鬧翻了臉皮，並拆穿了他同卡經理的詭計。

房東鍾國寶的妻子鍾太太，是個心愛面貌愛熱鬧的爲人，爲了房客王一平的太太生孩子，要動手術沒錢而着急，所有的人湊不足一千伍百塊錢，使大家都爲了難，而請來的牛醫生偏就有個牛脾氣，沒錢不動手術，不得已王一平偷了鍾國寶的錢被打一頓，因而氣憤自殺致傷，而可憐的小錢箱只有三塊錢啊！雖然康泰將牛醫生教訓了一陣，最後還是薛黎向卡經理借來一千五百塊錢才算了事。

另一個話劇演員丁曉江，因爲不滿於艱苦的現實生活要離開重慶回上海去，他時常和康泰吵嘴鬭氣，劇作家林大哥林白野勸之再三，依然勸不好他。

爲了丁曉江的走，康泰痛惜着人的虛僞。馮漢從上海歸來，將淪區同胞痛苦的生活敘述給大家，並叫大家更覺得有艱危鬭下去的必要。

後來康泰將卡和蘇的陰謀告訴給薛黎薛黎痛心的當兒時，正碰着卡經理進來，當時康泰便給卡經理翻了臉，而卡經理趁機立索借款，薛却無錢以償。

幸而馮漢來了，馬上付出了一千五塊錢，而王太太沒動手術就生了孩子，也沒用錢，便原璧歸趙，償還了卡經的閻王債。

中國的局勢是世界局勢鎖中的一環，隨着日寇的南進，香港的淪落，太平洋戰事的爆發，卡鶴丹損失了他在香港所有的貨物傷心嘔血，蘇多靈也只有爲她留在香港的不浪德——一條狗——而悲痛。時代，將他們淹沒了！

於是，죽的一群倒了下去，健康的一群新生起來，丁曉江也就回來和康握了手，薛黎去演話劇中的新女兵，「自由幸福的新中國也隨着孩子降生了」

他們相信着：「光明必然戰勝黑暗」，因此也更努力抗戰中艱巨的工作，期望着光榮勝利的到來，像在嚴冬中期待着春天的降臨！——完——

職員表

總幹事	夏淑仙
前台主任	程德森
總務	陸 琨 連錦昆 王德春
交際	宋麟鳳
招待	潘盛蓉 於梨華 黃 福 舒國瑩
宣傳	來德裕 路統信
劇務	李 卉
舞台監督	石小岑
舞台設計	林玉剪
佈景	賈承祺
燈光	李醒民 何國鐸
化裝	樓維民
提示	楊敏生 張藹智
效果	孔繁熙 秦維聰
保管	林登翔 黃靄鏞
大道具	薛炳炎 袁一士
小道具	趙適玲 婁民楠
催場	張 焜

演員陣容

薛黎	廖燊
曲老伯	天丈
王太太	北原
王一平	一民
鍾國寶	征空
林白野	黑白
蘇多靈	習
康泰	劉記
丁曉江	鄭源
卡鶴丹	山今
牛醫生	正如
馮漢	康德
趙彩計	無名
報童	平吉
運兒	洗石
二虎子	警石
三寶	醒石

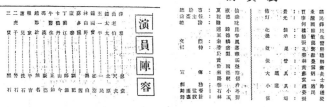

1948年12月11日，台大話劇社在中山堂公演〈重慶廿四小時〉。（烏蔚庭提供）

從黃河到麥浪

一九四六年，台大工學院的同學和一些青年軍，一共十幾個人，首先在台大成立了一個小規模的合唱團；因爲大家都是唱「黃河大合唱」長大的，所以就取名黃河合唱團。到了「二．二八」後，黃河合唱團獲得許多同學的共鳴，參加的人也愈來愈多，於是就在黃河合唱團的基礎上，擴大爲一個大概有三、四十人的、大型的學生文藝社團——麥浪歌詠隊。

麥浪，這個名字是電機系的隊員張以淮和機械系的陳錢潮取的。之所以取名麥浪，是因爲隊員裡頭有許多人來自北方，他們都看過麥田快要收成時，隨風拂動的一波波美麗的麥浪景致。爲此，張以淮還特別作了一首詩，開頭一段是：

陣陣春風吹起麥浪，
麥浪、麥浪
夾帶著芳香
把金黃色的歡樂
帶給大地的兒女……

後來，另一隊員樓維民（農經系，曾組織青年軍之合唱團，在校內演出《嘉陵三部曲》）還把它譜成四部合唱曲，作爲麥浪的隊歌。

在台大，麥浪歌詠隊可以說是各社團中發展最快，也最活躍的一支文藝隊伍；在成立不到一年的時間裡，曾舉辦過大中型演出十餘場，凡是學校有任何慶典也幾乎都由麥浪歌詠隊去表演。⑦

如今我們把民間樸實的歌聲帶來了！

一九四八年七月，國共內戰進入第三個年頭。在軍事上，國民黨不得不放棄「全面防禦」而實行「重點防禦」；同時，由於經濟上瀕臨崩潰，只能靠濫發紙幣來維持龐大的軍費開支；搞得物價暴漲，民不聊生。⑧

當時，台灣社會也不可免地受到大陸的內戰形勢影響，經濟秩序非常混亂，物價暴漲，物資匱乏；省外學生因而經常陷於經濟拮据、生活無著的困境。

一九四八年十二月二十七日，一方面是爲了「增進同學們的福利起見」，另一方面也「爲了民歌的普及」，台大自聯會「不得不把有限的一點力量聯結起來，作一次大膽的嘗試」，特別組織台大麥浪歌詠隊，在中山堂專場演出；結果，演出獲得社會大眾出乎意料的好評，因而連續了三天。

通過這次演出，麥浪在演出手冊上公開提出了「留意一切的民歌」的藝術主張。

首先，它宣稱「在遼闊的田野上，零星的村落裏，到處激盪著恬暢空氣的，是人民自隨的歌唱，如今我們把民間樸實的歌聲帶來了！」它指出，「音樂大師貝多芬、柴可夫斯基的音樂大半都以民歌作基調，修曼（Schumann）且曾明白地說過：『留意一切的民歌吧！它們是優美旋律的中心泉源，流露著各種不同民族的天賦特性。』」它認為「我們要使中國音樂有前途，只有努力著發掘已生根在泥土裡的種子，創造出新的歌曲，才能被人民歡迎，才能永遠地生長在人民的心地裏！」而「人民充滿憤怒、憂怨、希望和歡樂的歌聲」就「好像從田野上給我們帶來了一股新鮮的空氣」；因此，在最後，它呼籲：「讓我們愉快地呼吸」這股「新鮮的空氣」，因為「它將會帶給我們新生的活力！」（頁一）

此外，它又引用馬思聰的話說：「英國在一百多年以前，音樂家跑來跑去，總是找不到一條自己的路，直到近二、三十年才發現了這條道路不是德意志，不是法蘭西，更不是義大利，而卻是一向為他們所忽視的民歌。」並且強調要「把音樂與人民對合理與幸福的爭取結合著！把自己呈獻給這苦難的大地和沈毅的民族，以深切的愛去擁抱這巨大的民族，心與人民的心扣在一起，共同看脈搏。」（頁十七）

從節目單看來，「麥浪」在這一連三天的歌謠舞蹈晚會上專場演出的內容包括：

一、齊唱：〈大家唱〉、〈別讓它遭災害〉、〈祖國進行曲〉、〈團結就是力量〉、

〈你是燈塔〉、〈青春戰鬥曲〉、〈跌倒算什麼〉、〈光明讚〉等曲目。

二、舞蹈：〈康定情歌〉、〈馬車夫之歌〉、〈朱大嫂送雞蛋〉、〈青春舞曲〉、〈在那遙遠的地方〉、〈王大娘補缸〉、〈都達爾和瑪利亞〉、〈插秧謠〉、〈一根扁擔〉等各省民謠。

三、歌劇：〈農村曲〉（三幕）。

四、民歌獨唱：〈苦命的苗家〉（女聲）和〈控訴〉（男聲）。

五、合唱：〈祖國大合唱〉。⑨

本名陳實的方生。（藍博洲攝影）

消除民間的省籍隔閡

通過當年的報載與歷史證言所述，麥浪歌詠隊的確是「把民間樸實的歌聲帶（到台灣）來了」！

當年的台大自聯會主席陳實（今名「方生」，南下演出時才加入「麥浪」。）認為，「在日據時期，台灣同胞只能唱日本歌曲。光復後，形形色色的西方音樂又湧向台灣。可是，對於剛剛擺脫殖民枷鎖的台灣人民來說，即使是經歷了一場二・二八事變之後，仍然渴望了解和欣賞祖國的歌曲，特別是那些反映祖國人民心聲、歌頌祖國壯麗山河的歌曲。」而麥浪「正是以其磅礴氣勢和熾熱激情，贏得了廣大台胞的強烈共鳴和歡迎。」⑩

一名省外人士也提到，雖然「台灣音樂相當普及，但一般音樂工作者，一向崇尚於西洋樂的追求而忽視了民間歌謠」；他又說，儘管「台灣也有一些很好的民謠，可惜一向被看作下層歌曲而被忽視。」另一方面，光復三年多來，也沒有多少人把代表「人民眞正的聲音」的祖國樂曲介紹到台灣來！相反地，在台北「到處只能聽到上海流行的歌曲，靡靡之聲流行到每一角落。所能看到的到處是摩登女郎的頭巾、錢袋、絲襪，至於人民是怎樣的生活，是怎樣地覺醒和有著新生的意識，在這裡是很難看到的。」因此，他擔心地說，如果「一般台胞，耳濡目染的都是這些，他們難免以爲這些就是代表著祖國的文化，殊不知這些飽樂之後哼出來的淫靡之聲，這種摩登的裝束婀娜的體態，僅是代表著行將潰滅的吸血階層的文化。」也因此，他認爲，麥浪「這次歌謠舞蹈的演出，唱出來的是人民眞正的聲音，舞出來的是人民眞正的生活，從音樂戲劇的角度上去看祖國文化，這裡就是祖國文化的核心。」也因此，他說，麥浪這次「隨處表現出大膽作風和新姿態」的演出，給人們帶來一種「新鮮、活潑、眞實、熱情、有力」的印象與感覺，打破了許多人過去對祖國文化頹靡不振的「錯誤的觀念」。⑪

其實，早在光復不到一年的時候，省外作家張禹（王思翔）就已經憂心忡忡地寫道，

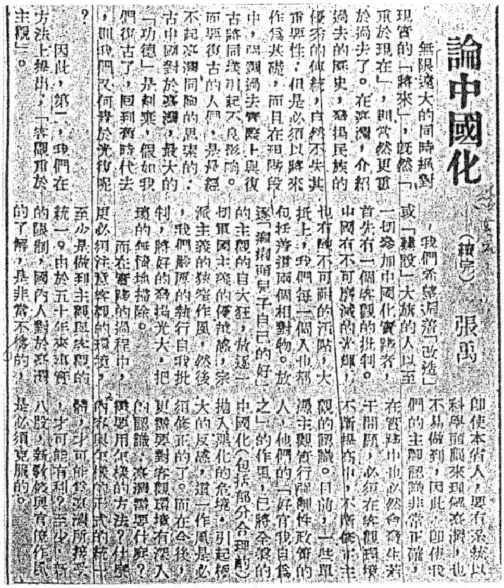
論中國化
（續完）
張禹

張禹指出「惡性中國化」的問題嚴重性。

「隨著勝利而來」的「惡性的中國化」，「直接促成」了「台灣同胞對於『中國化』的全盤的反感」。至於台灣「惡性中國化」的基本原因，他認為除了「與全國的舊思想一脈相承」的部份之外，「另外也有其特殊原因」：

第一，五十年來的完全隔絕，使得台胞對新中國知道得不夠深切，只知道一點舊中國的東西。

其次，一些從大陸來的投機份子迎合「一般台胞對於祖國的直覺的懷念和景仰，與無條件的歡迎」的心理，「把他們所僅有的腐敗的靈魂與丑角的面孔，一律貼上『中國的』招牌」，「大做其投機生意」；因此，在台胞對中國的「新認識尚未建立以前，迅速的播下毒素」。

第三，由於活躍於台灣文化界的同樣是「丑角居多數」的投機份子，可「他們對於新的，完全無知，只好搬些舊古董，隨便東抄西剪，以欺人自欺」，最終起了「幫助舊意識存在」的作用。這樣，再加上「交通阻隔」的地理限制，「使台灣在封鎖狀態下，延長了『惡性中國化』的期間，也加深了它的壞影響。」⑫

歷史地看來，一九四七年的「二・二八事變」就應該是張禹所說這種「惡性中國化」發展的初步結果；而當今的「台獨意識」更是這種「惡性中國化」偏向發展的惡果。這樣看來，麥浪歌詠隊的演出就不只是「把（大陸）民間樸實的歌聲帶（到台灣）來了」而已，它更具有讓戰後台灣的「中國化」朝向良性的、進步的方向發展的歷史意義！

也正因爲這樣，陳實認爲，儘管麥浪演出所籌募的福利基金只是「杯水車薪」，但演出所產生的社會效果卻是「巨大的」；因爲它「起了介紹祖國，增強向心力，消除民間的省籍隔閡，促進團結的積極作用。」⑬

戰後台灣的第一次民歌運動

歷史地看來，中國的歌詠運動是在抗戰時期因爲抗敵宣傳的需要而發展起來的。因爲中國以農立國，沒有農民參加的抗戰是不可想像的；所以，抗宣歌詠也是向著農村中的農民這個方向走的。其實，農民音樂一向存在，只是一向聽其自生自滅而已；當時，馬思聰算是最早懂得到農民音樂中去尋找旋律的作曲家了。

抗戰勝利前夕，以重慶爲中心的大後方的音樂界，因爲看到「北方」（解放區）的秧歌舞，也展開了「把音樂給予農民的工作」，而開始創造農民音樂。這種加以創造的農民音樂，也成爲進步的樂界人士認定的「中國音樂今後的方向與道路」。⑭

上海收復以後，上海歌詠工作的幹部，也從教堂唱詩班解放出來了，這些喜歡唱歌的歌詠青年，在敵僞時代就有了聯繫，這時，他們更是有計劃地分散到各部門去，把整個上海青年群眾的歌聲燃燒起來。

由於歌聲能夠鼓舞鬥志，堅定信心；歌聲於是成爲學生運動的進軍號角。歌詠活動也就成爲抗戰勝利後，上海學生運動的主要組成部分。一九四六年春，在上海學團聯領導下，進步學生們組建了「新音樂社」，除了編印「新音樂」之外，並深入大、中學校，培訓小指揮，教唱〈茶館小調〉、〈你這個壞東西〉、〈古怪歌〉、〈團結就是力量〉、〈唱出一個春天來〉、〈兄妹開荒〉和〈黃河大合唱〉等歌，爲學校開展歌詠活動創造條件。

在各方面力量的推動下，歌詠活動在上海全市學校裡開展起來，上百所學校紛紛建立了歌詠隊；同時也在反內戰、反饑餓、反迫害的學生運動中，起到了「進軍號角」的作用。⑮

可以這麼說，通過麥浪歌詠隊的演出，抗戰以來的中國歌詠運動，也從上海飄洋過海，在曾經被日本殖民五十年的台灣社會，推展開來了。從這個觀點來看，麥浪歌詠隊的歌詠活動，也可以說是戰後台灣的第一次民歌運動吧！

一陣清新的風吹到中南部

台大麥浪歌詠隊通過在中山堂的公演，把「向來不登『大雅之堂』的民間歌謠和舞蹈」介紹給台灣民眾，並獲得各界的「一致好評」；一般認爲，「這是台灣藝術文化界一件可喜的大事」，它「不但灌輸了台灣藝術文化界以新血液，並且還指出藝術工作者一個新的方向。」儘管如此，在人民藝術的發展「一日千里」的年代，麥浪歌詠隊的同學們並不以此而「自滿」，他們認識到這次的中山堂演出「不過僅僅是一個開始，一種初步的介紹」而已；因此，他們不但「繼續學習，力求提高內容和技術的藝術水準」，並且計劃在全省著手民歌舞蹈的推廣工作。⑯

爲此，麥浪歌詠隊又於一九四九年二月四日與五日，在台北一女中禮堂二度公演。「雖然整個的演出並不教人完全滿意」，但是，人們認爲「一些十幾二十幾歲的孩子們，憑著年青人的勇氣和熱情團結起來，蔚集出這麼一朵清新美麗的白花葩，也是值得人們讚頌的。」同時，人們也期盼「這群熱情的青年」能夠擔負起「文化交流」的任務，將他們的歌聲普及到全島各地的「青年人、中年人和老年人」。⑰

這樣，這支由八十多名台大學生（包括三名師範學院的師生——音樂系教授李濱蓀、美術系老師黃榮燦，及音樂系學生沈蘇斐。）組成的麥浪歌詠隊，於是利用寒假，由陳實擔任領隊，陳錢潮擔任隊長，林義萍與胡世璘擔任副隊長，展開了他們的環島旅行演出。

麥浪歌詠隊首先從台北來到夙有「本省文化中心」美譽的台中，並且通過「我們到台中來」的文宣，傳達了他們這次旅行演出的「目的」與「希望」。

文化短簡

△世界日報將在臺發行，馬白水三日起畫展，臺大麥浪歌詠隊將赴臺中公演。

△新聞界記者[illegible]白氏，已來臺北，計劃在臺灣發行世界日報。

△西北名畫家馬白水，定三日至六日假中山堂三樓畫廊舉行展覽會，出品計有中西畫、水彩畫等一百卅件，筆法老練活潑，展現後當可獲好評。

△國立臺灣大學麥浪歌詠隊，前此舉行歌詠舞蹈公演，頗獲好評，現該隊定於二月八日、九日，赴臺中公演，聞臺中文化界已有熱烈歡迎。又該隊在赴臺中之前，定於二月四日、五日在臺北假省立一女中大禮堂公演二天，節目除「農作舞」、「祖國大合唱」、「王大娘補缸」等之外，新加的有「沙利紅巴模」、「春遊」、「收酒行」等舞蹈。

1949年2月4、5兩日，麥浪赴台中演出前，先在北一女禮堂公演兩天。
（原載1949年2月1日《新生報》）

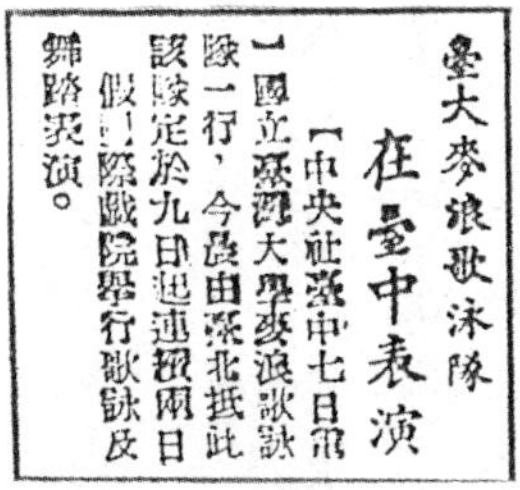
臺大麥浪歌泳隊

在臺中表演

【中央社臺中七日電】國立臺灣大學麥浪歌詠隊一行，今晨由臺北抵此，該隊定於九日起連續兩日假國際戲院舉行歌詠及舞蹈表演。

臺大麥浪歌詠隊

將赴臺中表演

【中央社訊】由臺灣大學學生所組織之麥浪歌詠隊，將於二月六日前往臺中舉行旅行表演三天，該隊共有[illegible]五十餘人，包括合唱團，舞蹈隊及歌劇隊，並將於二月四、五日在臺北預先表演兩日，節目仍以前次在中山堂所演之「祖國大合唱」及「農村曲」等為主。

1949年《中央社》隨時通告各報，台大麥浪歌詠隊在台中表演的訊息。

麥浪宣稱：

我們在去年十二月二十七日在台北首次演出，得到了各界人士們很多寶貴的批評和鼓勵；經過嚴格的自我批判和檢討以及短時間練習之後，在二月四、五兩日再度在台北演出。我們的目的雖然是在介紹我國各地的民間歌舞給本省觀眾，我們卻更希望在演出的內容和技術上能得到更多人士廣泛的討論和批評；因此，我們經過隊務會議的決議到台中來作一次旅行演出。台中是本省文化中心，我們這次南下，除了抱著上面兩個希望外，更願在這本省文化中心地的各界熱心人士們以及各校的同學們，能夠因了我們這一次的演出而英勇地擔負起推廣民間歌舞的這個重大責任。

我們知道民間歌舞是人民勞動動作的影響和表徵，它的情調原是健康、熱情，而充滿活力的，但隨著時間的推移，民間歌舞便被有閒的資產階級的淫蕩、萎靡、頹廢的音樂和舞蹈排斥而傍落而終於默默無聞，而在今天這種音樂卻反而毒害著廣大的人民意識了！我們認爲健康的歌和舞是健康人民生活中不可缺少的部分，它的意識必須更有勞動的積極性，它必須鼓勵起人民勞動的熱情，鍛鍊人民的集體勞動意識，能更高度的激發人民進取創造的精神，我們熱誠希望台中各界熱心的人士們，各校的同學們，靠攏起來，組織起來，共同爲推廣民歌民舞而努力，同時我們更希望大家對於我們這次演出給予我們熱烈的批評和教訓。⑱

當麥浪歌詠隊抵達台中時，受到已故的抗日作家楊逵的熱情歡迎。由於他們的行動已經受到國民黨特務的注意，演出的過程並不順利；原訂二月八、九兩日在台中戲院演出的計劃，也被迫改變。還好，通過楊逵等台中文化界人士的幫助，他們才找到一家戲院——國際戲院，解決了演出場地問題，並在九日晚上七時準時開演。

爲了使台中市民「先『聽』爲快起見」，台灣廣播電台台中分台特別邀請麥浪隊員，

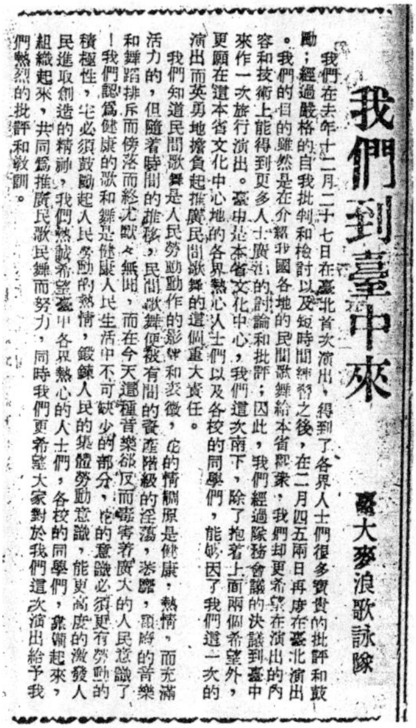

我們到臺中來

臺大麥浪歌詠隊

我們在去年十二月二十七日在臺北首次演出，得到了各界人士們很多寶貴的批評和鼓勵；經過嚴格的自我批判和檢討以及短時間練習之後，在二月四五兩日再度在臺北演出。我們的目的雖然是在介紹我國各地的民間歌舞給本省觀衆，我們却更希望在演出的內容和技術上能得到更多人士廣泛的討論和批評；因此，我們經過隊務會議的決議到臺中來作一次旅行演出。臺中是本省文化中心，我們這次南下，除了抱着上面兩個希望外，更願在這本省文化中心地的各界熱心人士們以及各校的同學們，能夠因了我們這一次的演出而英勇地擔負起推廣民間歌舞的這個重大責任。

我們知道民間歌舞是人民勞動動作的影響和表徵，它的情調原是健康，熱情，而充滿活力的，但隨着時間的推移，民間歌舞便被有閒的資產階級的淫蕩，萎靡，頹廢的音樂和舞蹈排斥而傍落而終尤歇々無聞，而在今天這種音樂卻反而毒害着廣大的人民意識了！我們認爲健康的歌和舞是健康人民生活中不可缺少的部分，它的意識必須更有勞動的積極性，它必須鼓勵起人民勞動的熱情，鍛鍊人民的集體勞動意識，能更高度的激發人民進取創造的精神，我們熱誠希望臺中各界熱心的人士們，各校的同學們，具備起來，組織起來，共同爲推廣民歌民舞而努力，同時我們更希望大家對於我們這次演出給予我們熱烈的批評和教訓。

原載1949年2月8日《台灣民聲日報》——「新綠」第139期。

國立臺灣大學麥浪歌詠隊
演　出
歌謠舞蹈會
日期：三十八年二月八日九日
地點：臺中市臺中戲院

1949年2月8、9日麥浪原訂在台中戲院公演。

臺大麥浪歌詠隊旅行臺中隆重演出
舞蹈：農作舞◎沙利紅巴哀◎王大娘補缸◎春遊舞。
合唱：祖國大合唱◎歌劇『農村曲』。齊唱：大家唱等。

歌謠舞蹈會

臺灣文化協進會後援

地点：國際戲院　日期二月九日晚七時起一場　十日下午一時起七時起兩場
票價：壹千元

刊載於1949年2月8日《台灣民聲日報》的演出廣告。

今假國際戲院公演民間舞蹈

臺大麥浪歌詠隊

同學們苦幹精神令人欽仰

【本報訊】臺大麥浪歌詠隊，來本市舉行歌謠舞蹈會，定今明二晚（十日並有日場）在國際戲院演出，臺灣廣播電臺臺中分臺爲了使本市市民先『聽』爲快起見，昨（八日）晚七時卅分邀請該隊播唱民歌『在那遙遠的地方』『沙里紅巴哀』『康定情歌』『播秧歌』和『苦命的留家』等五隻歌曲，嘹亮率眞大家聽了都有親切之感，料想這種來自民間、還諸民間的民歌演唱，必能爲號稱本省文化城的臺中市民所熱烈歡迎。

【又訊】此次臺大同學來市參加或籌備演出的共有八十多人，連日工作奔走得很起勁，諸凡一切佈置，宣傳，銷票，接洽，甚至售門票糾察和招待等都將由同學自己負責，相信他們的努力，決不會白費，演出時定能秩序整然，成果甚豐的。

1949年2月9日《台灣民聲日報》關於麥浪的報導。

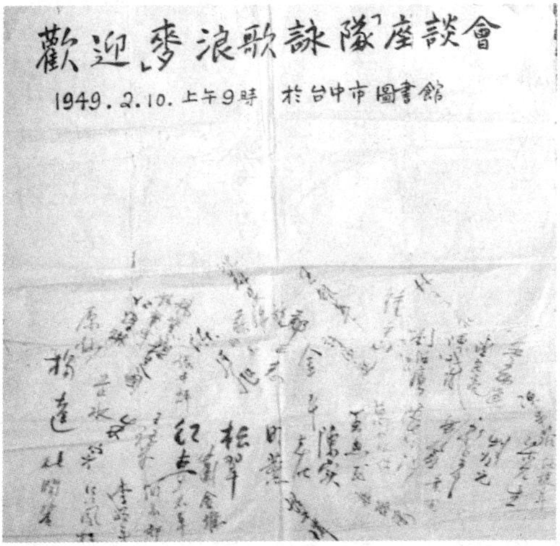

歡迎「麥浪歌詠隊」座談會參加者的簽名。（楊建先生提供，藍博洲拍攝）

於八日晚上七時卅分，先在該台播唱〈在那遙遠的地方〉、〈沙里紅巴〉、〈康定情歌〉、〈插秧謠〉和〈苦命的苗家〉等五首民歌。同時，麥浪的隊員們也就場地布置、宣傳、售票、接洽、糾察和招待等一切演出的相關工作，努力工作。[19]

通過這樣那樣的努力與宣傳，再加上麥浪歌詠隊這次在台中前後公演三場的祖國民歌民舞，「與人民實有無限親切之感」，所以「深得台中市各界人士讚賞」，儘管票價是「壹仟元」，仍然「場場擠得水洩不通，向隅觀眾每逾千百」。[20]

一位台灣詩人更在觀賞後表示他的感情，深刻地寫道：「『麥浪』的感人之處在於她唱出了廣大台胞對偉大祖國的眞摯感情，唱出了他們對民主自由的渴望和對光明前途的憧

憬。」㉑

另外，就在第一場演出之後的十日上午九時，楊逵還特地安排本省籍的「銀鈴會」成員（主要是師院學生朱實、林亨泰、蕭翔文……等人），假台中市圖書館，舉行了一場以「文藝爲誰服務」爲主題的〈歡迎「麥浪歌詠隊」座談會〉。蕭翔文說，台大麥浪歌詠隊「樸素、熱情、健康的歌聲，帶給了當時因陰影籠罩而顯得有些沉悶的台灣社會，一陣清新的風。」同時，他也認爲，楊逵先生也很有可能是因爲「有感於『台大麥浪歌詠隊』這種民謠演出，有其不可忽視的力量（啓蒙大眾的思想，改善社會風氣），才開始熱衷於之後的一連串的民謠創作工作」。㉒

也就在座談會上，楊逵即興朗誦了那首讓麥浪隊員們難以忘懷的詩來歡迎他們，其中最後兩句是：「麥浪、麥浪、麥成浪，救苦、救難、救饑荒。」

據麥浪巡迴演出團領隊陳實說，在此之前，楊逵曾問過他爲什麼叫「麥浪」？陳實回答說：「在中國北方，麥子成熟的時候才會形成浪，這意味著中國革命即將成功，國民黨反動派統治即將垮台。所以我們把歌詠隊取名爲麥浪，富有象徵意義。」陳實因此認爲，從楊逵的詩句內容來看，「詩的前面一句，寄託著他對中國革命即將取得全面勝利的期待。」因爲「當時，中國人民最大的苦難莫過於遭受由國民黨反動派發動的內戰之苦。反內戰、反迫害、反饑餓，是當時愛國民主運動的迫切要求。麥浪的全部演出活動都配合了

這一要求。所以得到了楊逵的讚揚。詩的後面一句，就體現了老作家的這種喜悅心情，也體現了他對青年一代的厚望。」㉓

十一日晚上，麥浪歌詠隊又「以離中在即，特假省立台中女中舉行茶會，接待本市新聞界，以示話別」；台中文化界先輩楊逵先生、記者公會鍾理事長暨各報編輯記者十餘人，以及麥浪全體隊員共同與會。茶會從七時開始，一直到十時才「盡歡而散」；席間，與會諸人分別對如何發揚民歌民舞，「各抒宏見，談笑風生，極一時之盛」。

最後，麥浪歌詠隊也發表了一份題爲「告別台中」的公開信：

我們這次到台中公演，得到台中各界熱心的先生們在精神上和物質上給予的極大鼓勵和幫忙，使我們能夠順利演出，僅在這兒致最大的感激，我們一定要

昨舉行話別茶會
擠々一堂賓主們談笑風生

台大麥浪歌詠隊
連日勞累今赴日月潭遊覽

【本報訊】臺灣大學麥浪歌詠隊此次來中假國際大戲院公演祖國民間舞踏，深得臺中市各界人士讚賞，前後演出三場，場々擠得水洩不通，向偶觀衆無遜千百，因爲所演出者全係介紹祖國民間歌唱舞踏，與人民實有無限親切之感。昨晚麥浪歌詠隊以離中在即，特假省立臺中女中舉行茶會接待本市新聞界以示話別，到記者公會鍾理事長臺中文化界先輩楊逵先生暨各報編輯記者十餘人，麥浪隊隊員七十餘同學全部參加七時茶會開始，席間對民間歌唱舞踏的發揚各抒宏見談笑風生極一時之盛至十時始盡歡而散，聞麥浪隊全體同學以連日勞累，今日擬至日月潭遊覽稍舒身心，明日返中後，即將赴臺南繼續公演云。

1949年2月11日晚上，麥浪話別茶會的新聞報導。
（原載2月12日《台灣民聲日報》）

特載

告別臺中

——臺大麥浪歌詠隊——

我們這次到臺中公演，得到臺中各界熱心的先生們在精神上和物質上給予的極大鼓勵和帮忙，使我們能够順利演出，僅在這兒致最大的感激，我們一定要用工作來答謝各位的盛意。

我們本着「從人民中來」應該「回人民中去」的信念，雖然我們的經驗和修養都不够，但我們願意虛心學習，從生活中鍛鍊自己從工作中追求進步，因此，我們再度懇切地希望各熱心的先生們繼續不斷地給我們更多寶貴的批評，並且希望熱心民歌民舞的先生們同學們能够組織起來，共同爲發掘和推廣民歌民舞而努力，我們以爲人數少，力量小，修養不够都不足畏，只要不脫離「爲人民」的方向，能虛心學習，是必定能够獲得工作的勝利的。

各界熱心的先生們！同學們！我們雖然暫時跟臺中告別，但我們的精神將永遠聯繫在一起，在「爲人民」服務的目標下，讓我們齊一步伐，携手前進！

原載1949年2月12日《台灣民聲日報》

用工作來答謝各位的盛意。

我們本著「從人民中來」應該「回人民中去」的信念，雖然我們的經驗和修養都不夠，但我們願意虛心學習，從生活中鍛鍊自己，從工作中追求進步，因此，我們再度懇切地希望各熱心民歌民舞的先生們能夠組織起來，共同爲發掘和推廣民歌民舞而努力，我們以爲人數少，力量小，修養不夠都不足畏，只要不脫離「爲人民」的方向，能虛心學習，是必定能夠獲得工作的勝利的。

各界熱心的先生們！同學們！我們雖然暫時跟台中告別，但我們的精神將永遠聯繫在一起，在「爲人民」服務的目標下，讓我們齊一步伐，攜手前進！㉔

第二天，也就是十二日上午，麥浪歌詠隊便離開台中，應邀前往日月潭大觀發電廠表演；十三日，麥浪全體隊員前往日月潭「番社」，訪問原住民同胞，跟他們互相交換觀摩舞蹈，盛會歷時四小時之久才結束。十四日上午九時半，麥浪一行直抵台南，當天晚上，出席台南市文化界在市參議會舉行的熱烈的歡迎會；然後於十五、十六、十七日，在台南南都戲院一連演出三天。㉕之後再繼續南下高雄、屏東。

監獄裡頭也唱起麥浪的歌

麥浪到中南部幾個主要城市演出各種民歌、民謠和民間舞蹈等生動活潑的節目，不但受到台灣青年學生和各界人士的熱烈歡迎，同時也對台灣的新文藝發展有著廣泛的影響。也正因爲麥浪演出的成功，受到震驚的國民黨當局對它開始注意了。其實，在巡迴演出的過程中，麥浪幾個主要幹部都已經被國民黨特務嚴密盯梢了；回到台北以後，作爲麥浪歌詠隊旅行演出領隊的台大自聯會主席陳實，在隨時可能被國民黨特務逮捕的判斷下，於是在三月二十日左

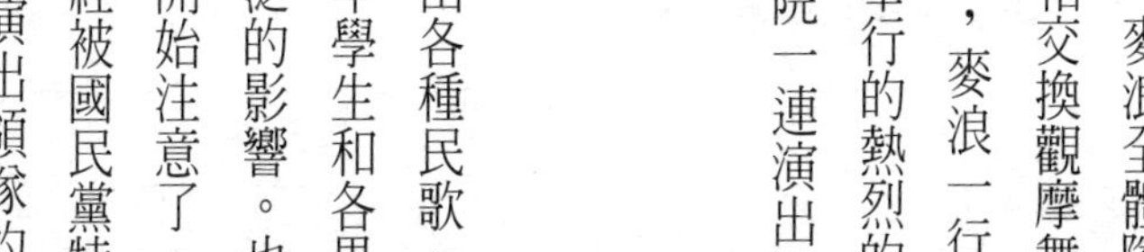

臺大歌詠隊
赴臺南演出

【本報訊】國立臺灣大學麥浪歌詠隊十一日晚假臺中女子中學舉行『告別晚會』，對連日來臺中文化界，新聞界人士之協助與鼓勵表示感謝，并徵求各方面對於此次演出之意見，十二日上午應邀赴日月潭大觀發電廠表演，十三日該隊全体隊員并至日月潭番社訪問高山同胞，互相交換舞蹈，盛會歷四小時之久始散，十四日上午九時半抵臺南，晚間該市文化界假參議會址舉行歡迎會，賓主情況頗爲熱烈，現該隊定于十五，十六，十七三天在臺南南都戲院演出，至于是否續赴高雄，將視演出後之情形而定。

1949年2月17日《台灣民聲日報》關於麥浪赴台南演出的報導。

處理違警事件起因

警員學生發生糾紛

臺大、師院學生一度列隊向警局請願，已有結果。

1949年3月21日台大與師院學生前往台北市警局請願遊行。（原載3月22日公論報）

右，首先離開台灣，逃回大陸。㉖

三月廿一日，台大與師院學生爲了抗議警察暴行，集體遊行前往台北市警察局請願；剛從中南部旅行演出回來的多數麥浪成員，仍然毫不畏懼地走在學生隊伍當中，一路帶領其他同學高唱〈團結就是力量〉等歌曲。起到了歌詠隊在反內戰、反饑餓、反迫害的學生運動中所扮演的「進軍號角」的作用。㉗

三月廿九日，以台大和師院學生爲主的台北市中等以上學校的學生自治會，在台大法學院操場舉行一場慶祝青年節的營火晚會。除了台北市中等以上學校的學生熱烈參加之外，台中農學院和台南工學院的學生代表，也遠來赴會。最後，大會宣佈籌組全省性的學生聯盟。㉘

麥浪的歌舞表演，成爲當天營火晚會的主要活動。除了各省的民歌之外，學生們還唱了

〈你是燈塔〉、〈你是舵手〉……等大陸學生搞學運時常唱的歌曲。在麥浪隊員的帶動下，當天的台大法學院操場簡直成爲公開的「解放區」了！當麥浪隊員領唱河南民謠〈王大娘補缸〉的時候，全場連秧歌都扭起來了……。

到了四月五日晚上，爲了慶祝南下巡迴演出的圓滿成功與音樂節，麥浪的隊員們聚集在台大教務處後面的食堂，舉行了一場內部的慶祝晚會，並討論麥浪往後的演出計劃。[29]

然而，就在四月五日晚上，警備總司令部已經開出一份所謂「不法學生」名單，分別以特字第四和第二號代電，電令台大與師院兩校當局，「迅將該生等拘捕歸案」。其中，麥浪隊員陳實（農經系，福建籍）、殷葆衷（政治系，江蘇籍）、蔣子瑜（物理系，浙江籍）等多人名列其中。

晚會結束後的第二天清晨，也就是四月六日天未亮的時候，許多住在新生南路台大第一宿舍的麥浪隊員，包括：隊長陳錢潮（機械系，浙江籍）、王耀華（外文系，河南籍）、王惠民（政治系，安徽籍）、藍世豪（歷史系，福建籍）、許華江（經濟系，浙江籍）、周自強（政治系，浙江籍）、許冀湯（農經系，浙江籍）、史靖國（化工系，江西籍）、陳克榛（土木系，福建籍）、謝培基（化工系，福建籍）、馬志欽（電機系，浙江籍）……等人，卻在警備總部發動的「四・六」大逮捕中被捕入獄。

據報載，其後，史靖國、陳克榛、謝培基、馬志欽……等被捕的部份麥浪隊員，名列台大首批被釋放的十二名學生之中。另外，警總已備文將包括麥浪隊員周自強、陳錢潮、王耀華、王惠民、藍世豪、許華江、許冀湯……等在內的十九名「拘訊」學生，移送台北地方法院檢察處，依「法」處理。㉚

除了這幾名麥浪歌詠隊的隊員之外，這「十九名拘訊學生」還包括台大學生孫達人、師院學生趙制陽及建中學生張光直……等；其中，孫達人與張光直都參與了《新生報》——「橋」副刊上關於台灣新文學運動的議論。

據張光直說，他們「這十九人都同時在警備司令部的情報處（原日本時代的西本願寺

政府決心整頓學風
拘捕首謀違法學生

麥浪隊員陳錢潮等人在「四・六」當天被捕，此為《中央日報》的報導。

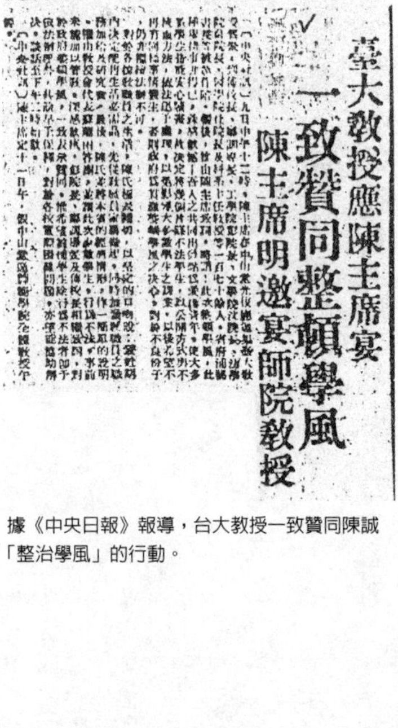
臺大教授應陳主席宴
一致贊同整頓學風
陳主席明邀宴師院教授

據《中央日報》報導，台大教授一致贊同陳誠「整治學風」的行動。

的地窖）初步受訊，然後同時關進台北監獄」。在長達幾個月失去自由的監獄生活中，他們這群學生感到「生活中最有樂趣的事」，「莫過於」跟著陳錢潮、王耀華、藍世豪等「麥浪的人」學歌了。其中，大家最喜歡唱的歌包括：〈學生之歌〉㉛、〈唱出一個春天來〉㉜及紀念昆明「一二・一慘案」㉝犧牲同學的〈追悼歌〉㉞……等；這些歌使他們「能夠度過無聊的日夜」。另外，張光直也在牢裡跟麥浪的人學會扭秧歌；並且在他們自己辦的雜誌上頭，寫了一篇題爲〈爲什麼扭秧歌〉的長文。㉟

這樣，「麥浪的歌」就不只是在島內各處廣爲傳唱而已；通過被捕入獄的隊員們，它也唱進了被高牆圍繞著的台北監獄的押房裡頭。

流亡與瘖啞

「四・六」大逮捕以後，以麥浪歌詠隊隊員任

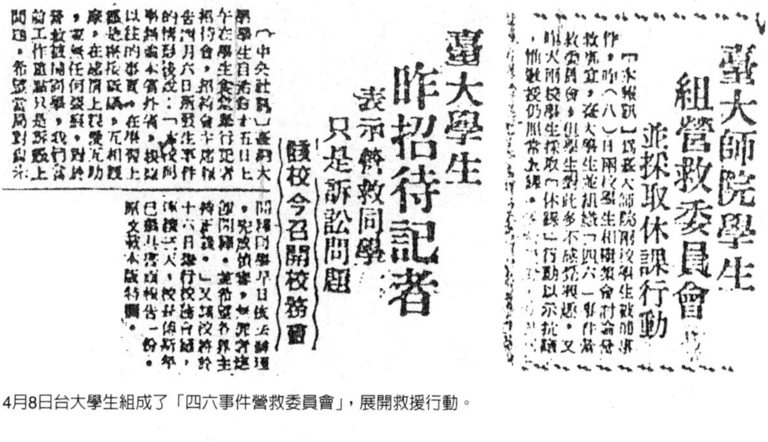

臺大師院學生
組營救委員會
並採取休課行動

臺大學生
昨招待記者
表示營救同學
只是訴訟問題
該校今召開校務會

4月8日台大學生組成了「四六事件營救委員會」，展開救援行動。

先哲等為主的倖免於難的台大學生，也於四月八日組織了「四六事件營救委員會」，積極展開營救被捕同學的活動。

當營救工作告一段落後，許多麥浪隊員陸續被迫離開台灣，有的去了國外，有的回到大陸；那些留下來的學生，有許多更在五〇年代白色恐怖時期，因為曾經參加過麥浪歌詠隊的歷史記錄而被捕入獄。

「四．六」之後，麥浪歌詠隊繼續活動了一段時間；但是經過這樣那樣的打擊後，沒多久就解散了。這樣，在內戰時期，曾經在寶島台灣傳唱一時的「麥浪的歌」，就像那段時期主要在「橋」副刊上展現的文學思潮那樣，也隨著這段歷史的被湮滅而瘖啞了半個世紀以上……。

現在，是我們聆聽他們的歷史證言的時候了，讓我們跟著他們的回憶一起重新走過那段狂飆的青春吧！讓我們跟著他們再次高唱他們的青春戰鬥曲吧！

臺大還在清理階段
新生教學將予改革
傅斯年談辦臺大的目的與願望

一直到9月，台大都還處在清理階段。

1988年7月，分散各地的部份麥浪隊員們，終於在40年後重新聚首北京。

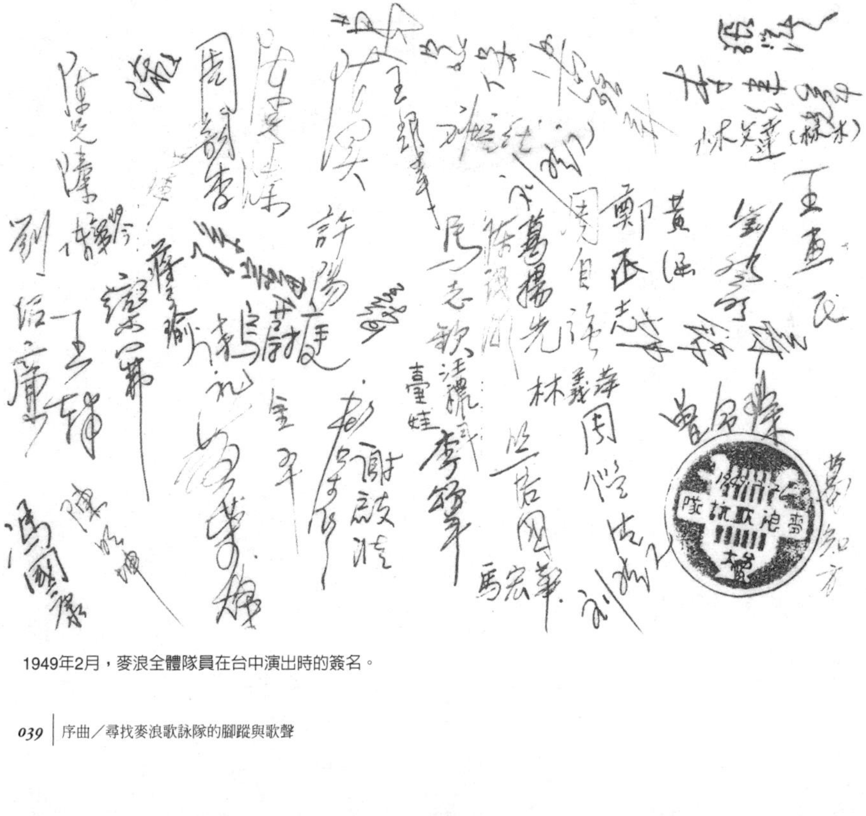

1949年2月，麥浪全體隊員在台中演出時的簽名。

註釋

①方生口述，一九九〇年四月，北京人民大學宿舍。

②上海市青運史研究會、共青團上海市委青運史研究室編「上海學生運動史」，頁二六七，學林出版社，一九九五年十月第一版第一刷。

③江濃、許孟雄等口述，詳見藍博洲〈在歷史的荒湮中消逝的野百合〉，收錄於藍博洲《尋訪被湮滅的台灣史與台灣人》，頁一四七，台北時報出版，一九九四・十二・十五初版一刷。

④前麥浪歌詠隊隊員張以淮口述，一九九六年四月五日，台北張宅。

⑤呂訴上《台灣電影戲劇史》，頁三六三，銀華出版社，一九六一年九月初版；一九四八年七月四日台灣《公論報》遊藝第十二期——〈關於學校劇的選擇〉：之一，陳大禹〈覆藝公〉；之二，金戈〈我的話〉。

⑥前引呂訴上《台灣電影戲劇史》，頁三六四至三六五。

⑦前引張以淮口述。

⑧前引《上海學生運動史》，頁二九四。

⑨「國立台灣大學各學院學生自治會聯合會爲籌募福利基金主辦歌謠舞蹈晚會」節目手冊，郭明哲先生提供。

⑩前引方生口述。

⑪蔡史村〈從「麥浪」引起的〉，一九四九年二月二十三日，台灣《新生報》——「橋」副刊，第二一六期。

⑫張禹〈論中國化〉，一九四六年五月二十日《和平日報》——新世紀第八期。

⑬ 前引方生口述。

⑭ 一九四六年五月五日，上海《文匯報》——「星期談座」十九期：〈音樂到民間去〉。

⑮ 李淩〈一九四六年上海歌詠工作〉，一九四七年一月七日上海《文匯報》——「浮士繪」；前引《上海學生運動史》，頁二三三一。

⑯ 趙林民〈迎台大同學民歌舞蹈再演出〉，一九四九年二月二日，台灣《新生報》——「橋」副刊。

⑰ 王華〈麥浪舞蹈晚會觀後記〉，一九四九年二月七日，台灣「新生報」——「橋」副刊。

⑱ 原載一九四九年二月八日《台灣民聲日報》——「新綠」第一三九期。

⑲ 一九四九年二月九日《台灣民聲日報》。

⑳ 一九四九年二月十二日《台灣民聲日報》。

㉑ 前引方生口述。

㉒ 蕭翔文〈楊逵先生與力行報副刊〉，轉引自林亨泰主編《台灣詩史「銀鈴會」論文集》，頁八五，台灣磺溪文化學會出版，一九九五年六月十日。

㉓ 方生〈楊逵與台大麥浪歌詠隊〉，二〇〇〇年八月蘇州大學，「台灣新文學思潮（1947-1949）研討會」發言稿。

㉔ 一九四九年二月十二日《台灣民聲日報》。

㉕ 一九四九年二月十七日《台灣民聲日報》。

㉖前引方生口述。

㉗前引張以淮口述。張以淮後來被捕時，警總還拿出他當時領導遊行隊伍唱歌的照片，作爲「罪狀」之一。

㉘詳見前引藍博洲《尋訪被湮滅的台灣史與台灣人》，頁一五七至一五八。

㉙前麥浪隊員胡世璘口述，一九九八年十月二日，北京民族飯店。

㉚一九四九年四月八日台北《中央日報》。

㉛《學生之歌》的歌詞如下：密雲籠罩著海洋／海燕呼喚暴風雨／你是最勇敢的一個／不管黑暗無邊、夜霧茫茫／……在南方，在北方，從中原，到邊疆／你響亮的聲音，鼓勵著鬥爭中的人民／溫暖著受難者的心／你是光明的象徵，你是勝利的旗幟／你是光明的象徵、勝利的旗幟／勇敢的中國學生們／我們光榮的生活在你的年代／朝著你的方向，跟著你的火炬／走向自由幸福的新世界／勇敢的中國學生們／我們光榮的生活在你的年代／學著你的榜樣，跟著你的火炬／走向自由幸福的新世界。──轉引自張光直《蕃薯人的故事》，頁七二至七三，聯經出版，一九九八年一月初版。

㉜〈唱出一個春天來〉的歌詞如下：青年的朋友趕快來／忘掉你的煩惱和不快／千萬個青年一條心／唱出一個春天來／西邊的太陽下山了／東邊月亮爬上來／從黑暗一直到天明／快樂歌聲唱不完。──轉引自前引張光直《蕃薯人的故事》，頁七三至七四。

〈向太陽〉的歌詞如下：兄弟們，向太陽，向自由／向著那光明的路／你看那黑暗快消滅／萬丈光芒在前頭。──轉引自前引張光直《蕃薯人的故事》，頁七四。

㉝一九四五年十月，國民黨政府在美國帝國主義支持下，公然違背「雙十協定」，向解放區發動進攻；因而激起全國人民的憤慨。十一月廿五日，雲南省昆明市大中學校學生六千餘人舉行反內戰時事晚會。雲南國民黨當局竟然出動大批武裝軍警包圍會場，並在學校周圍實行戒嚴，禁止師生通行。廿六日，全市三十餘所學校聯合罷課，並成立「罷課委員會」，發表了「爲反對內戰及抗議武裝干涉告全國同胞書」，提出立即停止內戰，撤退駐華美軍，組織民主聯合政府，確保人民民主權利等四項要求。「罷課委員會」同時也組織了一百多個宣傳隊上街講演，散發傳單，演活報劇，揭露抨擊國民黨政府的內戰獨裁政策。十二月一日，雲南國民黨當局指令軍警特務武裝鎮壓罷課師生，結果有四人被殺害，二十餘人受傷。史稱「一二・一慘案」。慘案發生後，全國各大中城市的學生紛紛舉行抗議和示威遊行，聲援昆明學生，掀起了國共內戰時期以學生運動爲主體的大規模反內戰、爭民主的群眾運動。

㉞〈追悼歌〉就是在前述的歷史背景下產生的。它的歌詞如下：安息罷，死難的同學／別再爲祖國擔憂／你流的血照亮著路／我們會繼續向前走／你是民族的光榮，你爲愛國而犧牲／冬天有淒涼的風，卻是春天的搖籃／安息罷，死難的同學／別再爲祖國擔憂／現在是我們的責任／去爭取平等自由。到了五〇年代白色恐怖時期，這首歌成爲台灣監獄裡頭爲即將押赴馬場町受刑難友送行時廣泛流唱的一首歌，只是將歌詞中的「同學」改爲「同志」，並改名爲「安息歌」。

㉟前引張光直《蕃薯人的故事》，頁六三至七五。

台大麥浪歌詠隊旅行台中演出紀念三八.二.十一

輯一
麥浪的證言

麥浪歌詠隊

陣陣春風吹麥浪

——張以淮的證言

張以淮，福建莆田人，一九二九年生，
一九四六年六月來台，台大電機系畢業，
一九五一年十二月三十一日被捕，
判處「感訓」，實際監禁五年。

張以淮（藍博洲 攝）

我是福建莆田人，會到台灣來，主要還是因爲我父親的關係。我父親是一個公務員，工作調來調去的；因此，我從小就跟著他從一個地方轉到一個地方求學。我在福建唸完小學三年級的時候，因爲父親調到南京教育部，所以，我也跟著到南京。唸了一年，抗戰開始，我父親又把我帶到後方去；因此，我在重慶也唸了小學。

後來，又到寧夏唸了兩年初中，再回到重慶青木關，唸中大附中。

我在重慶唸高中的這段期間，接觸了很多新文藝的東西。那時候的新文藝就是「五四」一代作家的作品，以及一些翻譯的文學；而翻譯的又大多是俄國作品，像是托爾斯泰、高爾基這些的。這些書讀了，自然而然就覺得這個社會是不公平的，我們應該可以追求更好的社會；當時，我們在現實生活中，也可以看到這些不公平的事情，因爲，我們算是流亡學生嘛！儘管我父親是公務員，可當時的公務員生活也是很苦的，他的薪水養個家，就只能圖個溫飽而已。當然，有錢的人還是很有錢，可以吃個魚翅什麼的；可是魚對我們來說，簡直就是寶貝。所以說，社會的貧富差距實在太大了。也因此，當時我們一些同學就認爲，一九一七年的俄國大革命，是一條不錯的路。

從莆田到台北

我在中大附中唸到高二時，我父親又回到福建，辦了一個海疆專科學校①；這個學校主要是爲即將光復的台灣訓練師資；現在，台灣還有很多福建海專畢業的學生。因爲這樣，我的高三是回到福建莆田唸的。

一九四五年，台灣光復。我父親被派到台灣來接收國民黨省黨部，擔任書記長的工作。一九四六年六月，高中畢業後，我於是也跟著來台灣。「二・二八事件」後，陳儀的人馬整個被撤走，換魏道明的人過來，我父親辦了一個月的《台灣日報》之後，也被調到天津任新職，我就自己一個人留在台灣。

一九四六年當時，台灣只有四所大學，北部是台灣大學和師範學院，中部有台中農學院，南部則是台南工學院。我在台北先後報考了師院和台大，結果分別考取了師院物理系和台大電機系。我父親是東京帝大畢業的，他說，台大的前身是台北帝大，是所很不錯的大學，所以他很鼓勵我唸台大。因爲這樣，我就進了台大，唸電機系。

語言習慣的差異

一九四六年夏天，台灣大學開始招收國內各地的新生。第一屆招生的情形很特別，在上海、溫州和台灣各有一個考場。台灣的考場設在現今的龍安國小禮堂。我記得，當時大約有四百人報考，但錄取的並不多，僅三、四十人而已。在上海和溫州也招了一批；另外還有一批青年軍，大概有七、八十人，他們住在台大附近羅斯福路上的宿舍。

張以淮

那時候，本省同學有的連台灣話都不見得講得好，更不要說是國語了；所以溝通上就相當難。另外，在生活習慣和衣服的穿著上，他們和我們也有一點差異。儘管這樣，我覺得我們還是和本省籍同學相處得非常好；我們向他們學台灣話和日語，他們也向我們學國語，大家互相學習，對多認識一種語言充滿突破進取的態度。經過慢慢的學習，到後來，許多本省同學的國語都說得非常好。

那時候，台大工學院一共有三班；本省同學兩班。本省同學跟外省同學是分開上課的；外省同學集中在一班。外省同學大部份都是來自後方，有些跟父母親一起來，有些則是單獨一個人過來的；當時都在工學院「工三理二」班，就是工學院第三班跟理學院第二班合併，一起上課。

法學院和農學院也一樣，一般來說都是分開上課。當時的台大，儘管各院院長都是外省籍，但外省籍老師並不多；而本省籍的老師在語言溝通上又有困難，所以只好分班上課；有時，因爲師資不夠，在不得已的情況下，我們也上日本老師的課。我記得教我們微積分的就是日本教授，他說什麼根本聽不懂；只好照抄他寫在黑板上的字。

到了二年級之後，本省同學和外省同學就合班了，大家相處久了，感情也就越來越好。

台大的社團

「二·二八事件」後，台大學生開始在校內組織各種社團。當時，農學院有「方向社」和「耕耘社」，工學院、文學院有「麥浪歌詠隊」、「蜜蜂社」，還有「台大話劇社」，這些社團主要都是外省同學；本省同學則有一個專門唱聖歌的「Glee Club」；法學院也有一些團體，可是名稱我忘記了，只記得有份吳聖英與周自強主編的《台大人》期刊；「台大人」的說法，大概就是從這個時候開始有的吧！這一些都是合法的社團，在學校裡都有登記的，只是學校沒有任何補助，一切都要自生自長。

我參加的社團有「蜜蜂文藝社」、「台大話劇社」和「麥浪歌詠隊」。

「蜜蜂文藝社」大概有十幾個人，當時做了不少事情；主要是通過輪編壁報的方式，把大陸的新文藝作品，介紹進來；另外也對學校的施政，做一些批評；基本上，對當時台大學生的影響不小。

一九四八年六月，我曾參與「台大話劇社」在中山堂的戲劇演出；劇目是洪謨、潘子農作的，諷刺國民黨官員搞裙帶關係的三幕諷刺劇——〈裙帶風〉；由省外作家陳大禹指導我們這些從未正式演劇的學生演出；儘管上演那天晚上下著大雨，但是許多觀眾還是冒雨前去觀戲，並且沒有因爲我們「素無舞台經驗」而「跑光」。

而「麥浪歌詠隊」，是我投入最多的團體；同時它也是台大最有社會影響力的社團。

麥浪歌詠隊

大一的時候，我就和任先哲，還有一些青年軍和工學院的同學，十幾個人，成立了「麥浪歌詠隊」前身的「黃河合唱團」；小規模，自己唱一唱。因爲在大陸的時候，我們是唱「黃河」長大的！差不多「黃河大合唱」是人人會唱的。到了大二，也就是「二‧二八」後，有很多人也喜歡跟著我們一起唱歌，所以，我們就把「黃河」擴大，並且改名叫「麥浪歌詠隊」。

「麥浪」這個名字是我和機械系的陳錢潮取的，我們都很喜歡詩，當時不曉得在哪首詩上看到「麥浪」這兩個字，我們就決定用它作隊名。後來，我還作了一首詩，我記得它開頭一段是：

陣陣春風吹起麥浪，
麥浪、麥浪、夾帶著芳香，
把金黃色的歡樂帶給大地的兒女……

麥浪隊員們。（周韻香提供）

麥浪隊員們。（周韻香提供）

另一隊員樓維民把它譜成四部合唱曲，結果就成了「麥浪」的隊歌。

「麥浪」的發展，可以說是各社團中最快的，在台大也可以算是最特出的一個社團，初期的團員大概有三、四十人，主要是工、農學院的學生，文學院跟青年軍也有一些人。這以後，凡是學校有任何慶典都是由「麥浪」去表演。

「麥浪」當時唱的歌主要是馬思聰作曲、金帆作詞的〈祖國大合唱〉，還有〈黃河大合唱〉；另外還有一些民歌，也跳一些民牧舞，介紹一些像是西藏、新疆、四川的土風舞啊！

一九四八年年底，我們在中山堂做了公開的演出，所有的花費都是靠我們賣票的收入維持，台大沒有給予任何的津貼，不過，我們的節目都要向台大報備；當時台大的校風非常自由，對我們的表演沒有任何干擾。

全省巡迴演出

經過中山堂的表演之後，我們發覺這些民歌、民舞十分受到本省同胞的歡迎，就覺得應該將這些歌舞介紹給台灣各地的民眾欣賞；所以，一九四九年寒假，我們就從台中開始，巡迴演出。

在台中，我們受到以楊逵爲主的文化人士的熱烈反應；「二月十日」，我們還一同在台中圖書館舉辦了一次座談會。當時，台中的《台灣民聲日報》做了很大篇幅的報導，並且配合「麥浪」的演出，每天做一個專欄刊出；不過，現在都找不到這些記錄了。那時，楊逵還讓他的兒子楊資崩和另一個小學生許肇峰，上台演唱台灣民謠〈補破網〉，這讓我們發現台灣民謠不但優美，而且是另一個寶藏；於是，「麥浪」在往後的演出，都會加入台灣民謠的演唱。

後來，我們又繼續南下，先後到了台南、高雄、屏東表演；非常奇怪的是，我們在屏東受到的歡迎，要比任何地方更加熱烈。演出之後，許多學生和空軍來向我們要歌詞和歌譜，並且希望我們能夠教他們唱跟跳。

四六事件

三月，我們從南部回到台北之後，剛好就碰上「三・二〇」事件。什麼事情呢？其實只是很小的一件事情。那就是有兩個學生，一個台大和一個師院的同學，因爲兩個人共騎一輛腳踏車，就被四分局的警員抓去揍了一頓。台大和師院的學生聽到了，就去包圍第四分局；第二天，我就參加了台大跟師院學生聯合抗議的活動，一路上，帶著遊行的隊伍唱〈團結就是力量〉；我們在警察局前聚集、唱歌，也沒有怎麼樣，就是希望警察單位在抓了學生，隨便揍了一頓後，能夠出面表示道歉；後來，這件事就不了了之了。

到了四月五日「音樂節」晚上，爲了慶祝巡迴演出的圓滿、成功，「麥浪」就在台大教務處後面的食堂裡，開了一個晚會慶祝，也座談討論「麥浪」日後的表演計劃。晚會上，來的人愈來愈多，因爲一九四九年之後，大陸的一些寄讀生過來了，來了很多；其中也有所謂的職業學生。慶祝晚會結束後，我就回到新生南路我住的台大男一宿舍，就是現在的金華國中。

第二天早上起床後，我發現整個宿舍已經被軍隊包圍了；部隊一共有三排，第一排是徒手的軍人，後面兩排則分別手持步槍和機關槍；到了早上十點左右，一個同學鑽進來說，聽說醫學院跟師院打得很厲害，因爲他們都在二層樓嘛！下面被圍起來，也根本沒辦法離去，再加上，同學們都在一起，所以，就把椅子什麼的都扔下去。可我們當時不行啊！住的是平房，一排一排的，一個房間住四個人，每個門都對著外面，門口就有軍人守著不讓我們出去；我們還能怎麼樣？

那一天，他們一早就拿著一張油印的通緝令進來，上面寫著他們要抓的人，我記得，大約有三、四十個；可最奇怪的是，他們頭一個要抓的曹潛，並不是台大的學生。我後來問過曹先生，他說，他當時才從浙江過來，準備要考台大的呀！

因爲來抓人的阿兵哥並不認得誰是誰，我們學生又堅持不肯交人；就這樣僵持了整整二十四個鐘頭。中午，學校還送飯過來給我們吃；聽說傅斯年校長還去找警備總司令陳誠吵：「怎麼可以跑到學校來抓人呢？」我覺得所有的校長裡，只有傅斯年校長最値得尊敬，他對學生眞是好，爲了救被捕同學實在不遺餘力。但是，陳誠在大陸時，就是專門跟學生過不去的，他對鎭壓學生好像頗有一套。

到了第二天早上，他們找來校本部一個管收發的來；因爲我們這些從大陸來的學生，有什麼掛號信的，都要找這個人拿；所以，他對誰都認識；結果，他一來，就一個一個把名單上的人抓出來帶走。

營救

隔天，四月八日，我們這些沒有被捕的學生就組織了「四・六」事件營救委員會；因爲學生是無緣無故被抓走的，所以校長也非常幫忙，而那幾天仍陸續有同學被捕。後來，這些同學還是被送到愛國東路的台北監獄。我後來聽被關的孫達人說，被關在裡面並不好受，因爲還有很多強盜、小偷都關在一起；我那時候也給他們發起送飯送菜，後來聽說就因爲我們給他們送飯菜，所以他們才獲得那些人的尊重，覺得他們這些學生還是有人在同情他們。後來，陳錢潮等人被關了兩三個月後放出來，像孫達人和《新生報》的一些人，就被送到內湖去感訓，也是受盡了折磨。當時有很多人因爲傅斯年的關係，還可以接受法院的審判；像我們後來在「五〇年代白色恐怖」時期被捕的人就是受軍法審判了。

我也被捕了

從一九四九年的「四六事件」後，特務就經常晚上來宿舍抓人；台大及師院，每隔幾天就有學生被抓去；再後來，一方面抓學生，一方面也開始抓社會人士了。

我是在一九五一年最後一天被抓去的。

一九五〇年，台大電機系畢業後，我就進入台電工作。到了一九五一年十二月，我記得是最後一天的三十一日吧！憲兵司令部來了幾個人，把正在上班的我帶走。到了延平北路上的牢房，我才知道同時被抓的還有兩個女生和四個男生。後來我才知道，我們之所以被抓，是因爲憲兵司令部先抓了師院副教授黃榮燦，然後又問他認識些什麼人？黃榮燦就說了他在台大、師院認識的一些學生；於是，我們這些人就通通被抓進來了。

黃榮燦是一個木刻版畫家，雖然在師院任教，平常也常到「麥浪歌詠隊」走動；「麥浪」南下巡迴演出時，他也跟著我們下鄉。後來，台大學生組了個「自由畫社」，他還擔任指導老師；所以跟我們認識。

抓去之後，我們每天銬著手銬，經過兩個小學，被押到三重埔中興橋頭附近的憲兵司令部偵察隊接受訊問；可他們再怎麼問也問不出個所以然來。他們的邏輯很奇怪，就覺得「爲什麼不抓別人，要抓你啊？」而上頭的人的想法就是「寧願錯抓一萬個人，也不要錯放

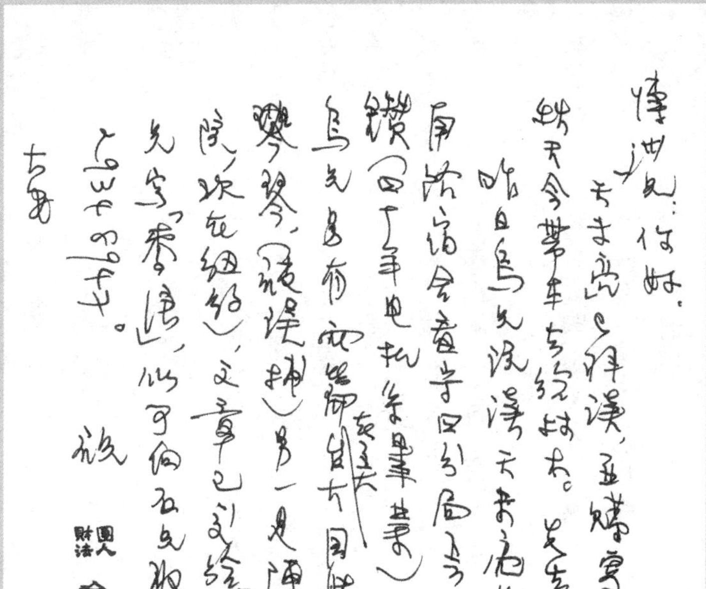

2000年6月7日，張以淮寫給作者的書信。

一個」。就這樣，他們要我們開始寫「自白書」從祖宗八代開始交待，並且日夜的寫，如果有寫不對的、不夠的、漏掉的，都不行；我們並不認爲在學校時候的活動有什麼問題，就都寫了。

在軍法處

憲兵司令部之後，我們被移送到保安司令部，就是原來的東本願寺或西本願寺；是東、是西？我不記得了，反正就是現在的萬國戲院附近。我進去那裡一看，四顧茫茫——全都是台大的學生，關滿了台大的學生啊！他們幾乎都是因爲「于凱」案和傅校長去世在省議會抗議的同學，以及一些學校社團的負責人，而被抓進來的。

之後，我又被移送到青島東路軍法處的看守所，在那裡眞是慘無人道啊！它裡面也是一個大房間，只有八個榻榻米大，可是要睡三十幾個人，你想，怎麼睡啊？在裡面眞是人擠人，連冬天都不用穿衣服，很苦的。

在軍法處時，有很多大的案子，像是蔡孝乾案或張志忠案的人，也關在裡頭，所以，我了解了很多事情。那時候，早上說要槍斃，就馬上拉出去槍斃的。當時，大家就一邊流淚，一邊唱〈安息歌〉，給他們送行。有些要被槍斃的人，臨去前的表現眞是非常勇敢呀！有些當然也沒有。在牢裡面和我很好的陳明新（按：張志忠案），以及逃亡時男扮女裝的蔡式炎，還有一個在霧峰當老師的鍾來田，都是很勇敢的。

我到現在還記得鍾來田要走的時候跟我說的話，他說：「張以淮，你回去之後，請你一定要告訴我太太，我們台灣人不是那麼衰ㄒㄧㄠˊ（沒骨氣）的！」意思是說，雖然挨了揍，可也絕不屈服！

陳明新是台共，他臨走前用台灣話說了一句：「我要來去蘇州賣鴨蛋了！」

另外，也有些人喊萬歲；反正勇敢的人很多啦！那種坦然就義的氣概眞的是很讓人感動。

在那裡還有一個汐止鹿窟的案子，連一些小孩子也抓進來；說起來，那中華民國的司法可眞是太……！我記得有一個叫陳阿呆的小孩子，個頭小小的喔！我問他：「你來幹嘛啊？」他說：「有一天，他們問我在路上有沒有碰見一個人？我說有啊！就這樣來了！」我想，那大概是整個村子都來了吧。

那時候，在牢裡，大家的革命情緒眞是很高，判了死刑的都不怕死；倖免於死的，就在押房裡互相學習。有的人，書並不是讀得很多，但是立場很堅定，也非常向上。

總的來說，在軍法處被關的，大部份是本省人，外省人較少。

交付感化

我在軍法處關了將近一年，就只開過一次庭，好像是九月份吧！後來，就以違反「懲治叛亂條例」第五條——「參加叛亂之組織或集會者，處無期徒刑或十年以上有期徒刑」起訴；罪證是：

一、陳錢潮在「四六」被捕出獄後，我拿錢給他回大陸；算是「資匪」。

二、閱讀艾思奇的《思想方法論》和羅家倫的《新人生觀》等「匪書」；你說，連列為課本的羅家倫的《新人生觀》都是「匪書」，荒謬不荒謬。

三、參加共匪的外圍團體「麥浪歌詠隊」。

還好，我的公設辯護人人很好，他先去找當時的台大校長錢思亮，要他出具證明「麥浪」在台大是登記有案的學生團體；可錢思亮不肯出。他於是又找了一本曾經報導過「麥浪」等社團活動的台大校刊，指出「麥浪」和「自由畫社」等團體都是登記有案的；因此，我們才改以「九條」判刑，因「思想不正」，判了感訓。

兩個女生被關了幾個月之後就放出去了，我們男生則被送到火燒島。據說，感訓最多是關三年，我卻被關了五年，一直到一九五六年的最後一天才出來。而同案的萬家保等人則是關了七年。

匪諜張以淮等叛亂案

偵破時間：四十年十二月三十一日　地點：台北市

匪諜及處理情形

姓名	年齡	籍貫	處刑
張以淮	二四	福建	交付感化
華宜仁	二六	浙江	交付感化
吳京安	二三	浙江	交付感化
汪穰年	二三	浙江	交付感化
王士彥	二六	浙江	交付感化
萬家保	二七	湖北	交付感化
張曉春	一九	福建	交付感化

判決文號及日期	執行日期
本案奉國防部四十二年六月九日（42）廉廳字第一三九一號令核定。	

案情摘要

台大匪職業學生陳鐵潮，自三十八年「四六」事件身份暴露後，潛返大陸，其聯絡工作交張以淮（台大已畢業任職電力公司）負責。張遵照陳之指示「一切活動為迎接解放軍舖路而工作的原則，在台大組織社團，吸收爭取積極份子，進行思想改造進而取得領導權。企圖於共匪來台時，協助維持眞空時期秩序。當時台大社團有蜜蜂社、麥浪社、樂羣社、東南風、自由畫社、燈塔，方向社等。吳京安、華宜仁、汪穰年、萬家保、王士彥等均分別參加各該社團活動，幷研讀反動書籍，為匪宣傳。三十九年起，曾先後在汪穰年萬家保、王士彥等家中與螢橋曠地開過四次工作檢討會，研究如何加强思想教育，與對時局之認識。案經憲兵司令部偵破，解送保安司令部法辦。

陰謀策略與活動方式

一、策定解放後之宣傳工作，迎接解放，為共匪武裝侵略舖路。

二、學運配合時局，以學運活動來影響社會安定。

三、透過學校合法社團，發展組織，進而掌握運用。

四、研讀馬列主義，藉機對政府作各種不利之宣傳。

五、開會採用家庭晚會，或郊遊等方式進行。

〈安全局機密文件〉有關張以淮的檔案。

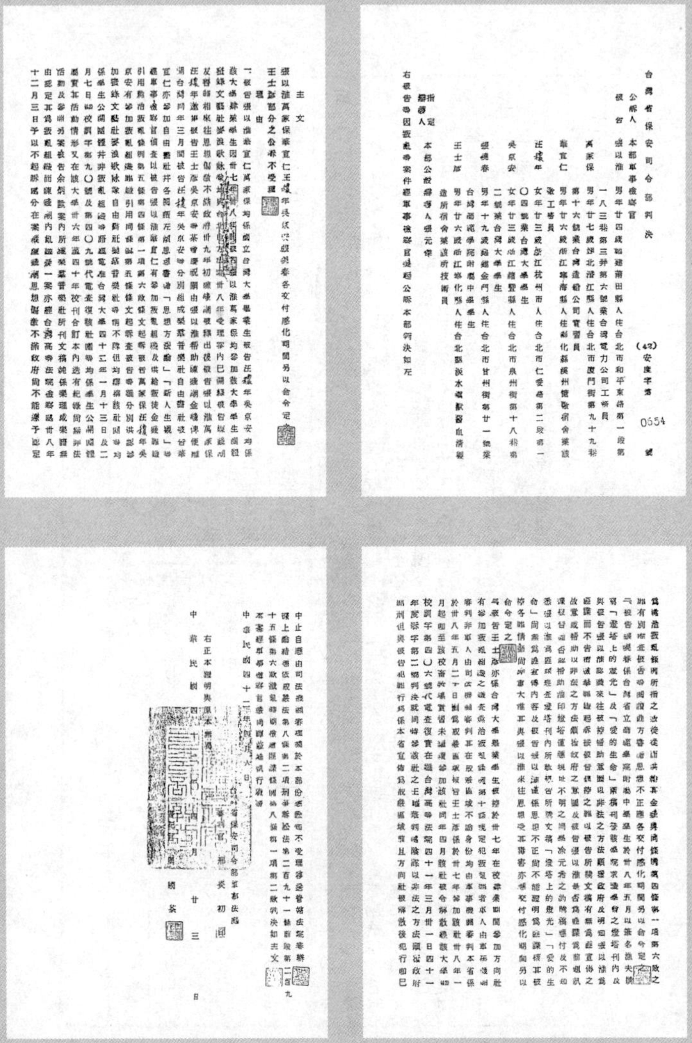

台灣省保安司令部判決　(42)安度字第0654號

公訴人　本部軍事檢察官

被告　張以淮　男年廿四歲福建莆田縣人住台北市和平東路第一段第一八三巷第三弄第六號業台灣電力公司工務員

萬家保　男年廿七歲湖北潛江縣人住台北市廈門街第九十九巷第十六號業台灣造船公司實習員

韓宜仁　男年廿六歲浙江寧海縣人住彰化縣撫州[illegible]敬宿舍業該廠工務員

汪[illegible]年　女年廿三歲浙江杭州市人住台北市仁愛路第二段第一〇四號業台灣大學學生

吳京安　女年廿三歲浙江諸暨縣人住台北市泉州街第十八巷第二號業台灣大學學生

張魏春　男年十九歲福建金門縣人住台北市甘州街第廿一號業台灣師範學院附屬中學學生

王士郎　男年廿六歲浙江[illegible]化縣人住台北縣淡水鎮獸醫血清製造所宿舍業該所技術員

指定辯護人　本部公設辯護人張元傑

右被告等因叛亂等案件經軍事檢察官提起公訴本部判決如左

主文

張以淮萬家保韓宜仁汪[illegible]年吳京安張魏春各交付感化期間另以命令定之

王士郎部分之公訴不受理

理由

一、被告張以淮韓宜仁萬家保均係國立台灣大學畢業生被告汪[illegible]年吳京安均係該大學肄業學生因卅七年間[illegible]以淮萬家保均參加該大學學生[illegible]錄文藝社麥浪歌詠隊與[illegible]卅八年受理寧內已開釋被告[illegible]錦湖友善時相來往思想偏激不滿政府卅九年初陳錦湖被釋出後被告張以淮萬家保汪[illegible]年邀集被告王士郎吳京安等茶會慶祝嗣由張以淮幫助陳錦湖金錢俾便離開台灣同年三月間被告汪[illegible]年吳京安等分別組成樂羣音樂社自由畫社[illegible]台華宜仁亦參加自由畫社並各閱讀左傾思想書籍「思想方法論」「新人生觀」等經軍事檢察官偵查以被告張以淮韓宜仁有參加叛亂組織及供給叛徒金錢離境引用懲治叛亂條例第五條第四條第一項第六款條文起訴被告萬家保汪[illegible]年吳京安有參加叛亂組織嫌疑引用同條例第五條條文起訴查被告等雖分別供認參加[illegible]錄文藝社麥浪歌詠隊自由畫社樂羣音樂社等情不諱但均辯稱該社團等均係學生公開團體並非叛亂組織等語經電准台灣大學四十二年一月十三日及二月七日四校調字第九〇號及第四〇九號代電查復該社團等均係學生公開團體屬實其活動情形又在該大學卅六年至四十年校刊合訂本內選有紀錄尚無非法活動及參照另案被告余炳[illegible]案內所還樂羣音樂社所刊文稿純係樂理或樂譜無由認定其爲叛亂組織而陳錦湖內亂證據一案亦經台灣高等法院[illegible]卅八年十二月三日予以不起訴處分在案[illegible]錦湖思想偏激不滿政府尚不能遽予認定爲懲治叛亂條例所指之叛徒從而其幫助陳錦湖離境亦與該條例第四條第一項第六款之罪有別惟查被告等閱讀左傾書籍思想不正應各交付感化期間另以命令定之

二、被告張魏春係台灣省立師範學院附屬中學學生於卅八年五月以筆名漁夫撰寫「燈塔上的燈光」及「愛的生命」兩稿刊登該學院學生會之燈塔刊內及與被告張以淮認識來往被控幫助叛徒以非法之方法顛覆政府及明知爲匪諜而不告密[illegible]經起訴按被告[illegible]之罪以被告所撰文稿有無爲匪宣傳之故意或幫助以非法之方法顛覆政府之意圖及被告張以淮是否爲匪諜尚難認[illegible]被告同否認幫助油印燈塔僅應提出不明之同學涂元希之與稿應付及不知悉張以淮爲匪諜經查燈塔刊內所載被告所撰文稿「燈塔上的燈光」「愛的生命」尚無爲匪宣傳內容及被告張以淮遠係思想不正尚不能證明爲匪諜核其被控各點情節尚非重大惟其與張以淮來往思想受其薰害亦應交付感化期間另以命令定之

三、被告王士郎亦係台灣大學畢業學生被控於卅七年在校肄業期間參加方向社有參加叛亂組織之嫌疑懲治叛亂條例第十條規定犯叛亂罪者軍人由軍法機關審判非軍人由司法機關審判其在戒嚴區域不論身份均由軍事機關審判本省係於卅八年五月二十日劃爲戒嚴區域被告王士郎係於卅七年參加該社卅八年一月起即至該校畢業時止未繼續參加該社同年四月該社被令解散經該大學四校調字第四〇六號代電查復實在案台灣高等法院四十一年三月卅一日四十一年度特字第二號判決既同時參該社之王[illegible]判處陰謀以非法之方法顛覆政府罪刑但與被告犯罪行爲係本省宣佈爲戒嚴區域前且方向社根據解散後犯行即已中止自應由司法機關審理關於本部份應諭知不受理等語經依法核辦

據上論結應依戒嚴法第八條第二項刑事訴訟法第二百九十一條前段第二百九十五條第六款戡亂時期檢肅匪諜條例第八條第一項第二款判決如主文

本案經軍事檢察官[illegible]蒞庭執行職務

中華民國四十二年四月八日

台灣省保安司令部軍事法庭

審判官　邢炎初

右正本證明與原本無異

中華民國四十二年四月廿三日

[illegible]國棻

張以淮的判決書。

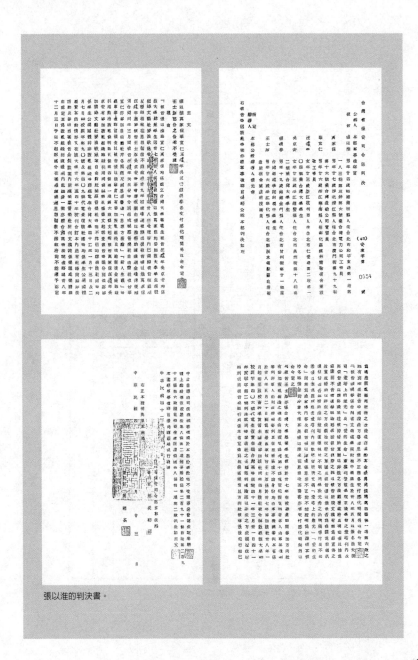

特務騷擾

出來之後，我又回到台電工作，那段時期，我真是受盡了恐怖；三天兩頭就有人來「訪問」，公司的人二室也是經常的來找麻煩，要出國不讓出國，升遷也不讓升遷，後來還要我加入國民黨，否則前途將怎樣怎樣！我氣不過就告訴他說，我父親是老國民黨，可我卻讓國民黨整了那麼多年；現在我要是去參加國民黨，那可就太沒志氣了吧！諸如此類的事情實在很多。

後來是孫運璿要去南非考察時，公司也派我跟他一起去之後，警察才沒有再來找我；否則，我還要經常到警備總司令部去寫報告，那種感覺真的是很難忘。

採訪時地：第一次／一九九六年四月五日，台北張宅。
第二次／一九九七年三月廿一日，台北張宅。
第三次／一九九七年六月六日，台大校園。

註釋

①據《海疆學校一覽》所載，該校創設於一九四四年五月；自從開羅會議決定台灣歸屬中國後，國民黨中央「基於該地制度環境之特殊，及其與祖國隔絕之久遠，自不能不有相當機構以造就幹部，藉爲將來因地制宜，施政布教之準備，於是由教育部派蒙藏委員會教育司科長張兆煥」等「三氏」，來閩籌備，並「以張氏爲主任委員」。同年「八月，張氏抵閩，設籌備處於仙遊縣」；「十月部聘張氏爲校長」。一九四五年「元月，第一屆新生招考揭曉，是月十九日部令張氏他調」。轉引自福建省檔案館與廈門市檔案館編《閩台關係檔案資料》，頁七四五至七四七，廈門鷺江出版社，一九九三年六月第一版第一刷。

青春的秧歌

——周韻香的證言

周韻香，浙江紹興人，一九二九年生，一九四六年八月來台，一九四八年考進台大哲學系，原台大「麥浪歌詠隊」隊員。

2000年4月6日的周韻香女士（藍博洲 攝）

一九四五年，台灣光復，我父親被派來台灣接收銀行跟專賣局。因爲這樣，第二年，我跟我母親和弟弟也跟著來到台灣。

插班建中

八月來，九月就進了建中。

起初，我父親是要我唸第一女中的。他說：「唸一女中比較好，都是女生嘛！」

那時候，一女中校長是受日本教育的陳儀的太太。我覺得，她看起來好像很古板，管得很嚴；因此就不是很想唸一女中。由於我在紹興中學唸過半年，就到一女中跟校長說：「我想跳高二唸。」可校長不肯，她要我一定得從高一唸起。因爲這樣，我就藉口和另一同學跑去建中報名。

建中並不管我們，唸高二也好，高三也行，反正只要你跟得上就可以。事實上，後來我們也唸得很好。

當時，建中的女學生也不少。我們班上，不管是女生跟男生，或是本省跟外省，都沒有界線，大家都很友愛；並不會因爲我們是外省人而排斥我們。在我的印象中，只有幾個受日本教育影響比較深的本省同學，他們總是穿著一個高高的木屐，腰後面繫一條毛巾，非常跋扈。上學時，他們要是和老師同時站在校門口，低年級的同學都要向他們敬禮，而不是跟老師敬禮。我們這些大陸來的學生感到奇怪，心想同學都是平等的，怎麼可以這樣呢？而且，有的時候，他們要是覺得低年級的同學對他們不夠禮貌，就可以動手打人。對此，我們就看不慣。不過，那也是因爲大家受的教育不一樣；他們認爲那是理所當然的吧！

參加麥浪

一九四八年畢業，我考進台大哲學系。唸了哲學之後，覺得哲學裡頭有很多心理學方面的東西，我很有興趣。當時，我就跟教心理學的蘇薌雨先生說，我蠻有興趣唸心理學的；但是台大當時沒有心理系。一九四九年，杭立武當了教育部長，從南京來台灣，我們就去當面請示。於是，一九四九年，台大就開始招新生，設立了心理系，至今也有四十幾年了。我於是唸完哲學系二年級以後，又轉去心理系唸二年級；等於是多唸了一年。

進台大後，大家熟了，就有同學問我：「學校有個麥浪歌詠隊，你要不要參加？」我覺得好玩就參加了。

麥浪是一九四八年就有的。

周韻香

我在「麥浪」就只是跳舞，他們當時選了幾個舞跳得還可以的跳，我跳了一個秧歌舞，還有合唱團，就唱起來了。那時候唱的是一些愛國歌曲，還有抗戰歌曲，像是〈黃河大合唱〉啦！秧歌舞，我在大陸沒學過，是到台大才學的。我們那時候也不曉得秧歌舞會是共產黨的舞，其實那只是民間的舞。我看就像是

周韻香（右二）與麥浪女隊員。

周韻香（右二）與麥浪女隊員。

現在的吉魯巴。那時我們到女師專，是郝更生的太太高梓，還有她妹妹高棪教我們跳的，她跳得很好，是專門教這些的，郝更生他們還請我們吃飯。

一九四九年寒假，「麥浪」受邀到台中、台南、高雄表演。那時候是學生，愛玩嘛！而且南部也沒有去過，就覺得去玩玩也不錯。其實我參加「麥浪」的下鄉巡迴演出，也沒有什麼特別的感受，就只是覺得台灣的風土跟大陸不一樣，好玩嘛！而且覺得都是在學校裡，都是學生啊！但是卻受到民間盛大的歡迎！我倒是覺得我們那時候都是很克難的，服裝上都沒什麼打扮，清湯掛麵的，還穿學生服呢！不過，我們當時歌唱得很認眞，我們的指揮林文俊也指揮得蠻好的。我的感覺就是，那時候眞年輕啊！喜歡活動，喜歡玩，就這麼簡單。

「麥浪」下鄉巡迴演出後，我們又回到台大上課。

白色恐怖

一九四九年四月六日那天，我到學校去，聽同學說，歌詠隊有人被抓了；我並不清楚他們爲什麼會被抓？只是覺得很同情啊！就跟著其它同學跑去監獄看他們，給他們送吃的。台大當時是有一個營救會，不過，我不太清楚，沒有去參加過。因爲我是基於對同學的同情心，去看看他們的啊！所以也沒有主動去管這些事情。另一方面，也是因爲我父親

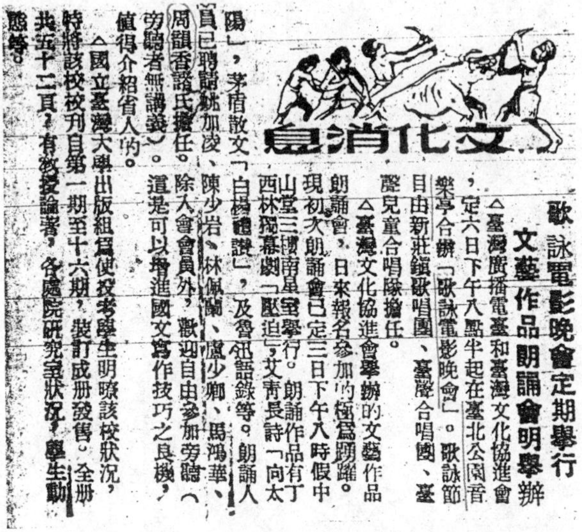

文化消息

歌詠電影晚會定期舉行

△臺灣廣播電臺和臺灣文化協進會，定六日下午八點半起在臺北公園音樂亭合辦「歌詠電影晚會」。歌詠節目由新莊鎮歌唱團、臺聲合唱團、臺聲兒童合唱隊擔任。

文藝作品朗誦會明舉辦

△臺灣文化協進會舉辦的文藝作品朗誦會，日來報名參加的極為踴躍。現初次朗誦會已定三日下午八時假中山堂三樓南星室舉行。朗誦作品有丁西林獨幕劇「壓迫」，艾青長詩「向太陽」，茅盾散文「白楊禮讚」，及魯迅語錄等。朗誦人員已聘請姚加浚、陳少岩、林佩蘭、盧少卿、馬鴻華、周韻香諸氏擔任。除入會會員外，歡迎自由參加旁聽（旁聽者無講義）。這是可以增進國文寫作技巧之良機，值得介紹省人的。

△國立臺灣大學出版組爲使投考學生明瞭該校狀況，特將該校校刊自第一期至十六期，裝訂成册發售。全册共五十二頁，有教授論著，各處院研究室狀況，學生動態等。

1948年7月3日，台灣文化協進會在中山堂南星室舉辦文藝作品朗誦會，周韻香擔任朗誦人之一。（原載1948年7月2日《公論報》）

管得很嚴，下課一定要回家。我父親當時還在專賣局當局長，後來才去第一銀行工作到退休。

「四六」之後，緊接著又是五〇年代的「白色恐怖」，可我並沒有受到波及，一來是我在學校除了在「麥浪」唱唱歌、跳跳舞之外，並沒有參加其它什麼社團或讀書會，我也沒興趣參加這些，能不參加就儘量避免了；二來是我的家庭也算蠻清白的，所以，他們也沒有來找我麻煩。我當時的想法是，學生嘛！唸書就唸書，不要去參加什麼政治活動。

後來，碰到我的前夫王士彥，就鬧出了很多事情來，把我也拖累，那時候，我就很辛苦了。他被抓去關時，已經是我的未婚夫了；我就要想辦法去救他呀！他先我畢業的，一九五〇年台大農學院畢業之後，做了兩個月的事，就被抓了。就我所知，他並不是因爲「四六事件」被抓的。他在學校就常常鬧風潮，像是出來演講啊！跟農學院院長吵架啊！搞了很多事情；自然就成了受注目的人物啦！他還搞讀書會。後來，大概是有情報吧！就被抓了。那時是一九五〇年十一月吧！（按：據安全局資料是一九五一年十二月三十一日）快冬天了，他一被憲兵隊抓進去，就有人來告訴我了。我當時跟家人住在長安東路，還在唸書，於是就到處找他，但是都找不到人。

我父親曾在杭州警官學校當過教官，當時，警務處處長是我父親的學生。我父親就利用他的關係，大概花了幾十萬元打點，第三天吧！他打了通電話請人幫忙，就馬上找到人了。我趕緊替他送衣服、送棉被；後來聽說生病了，就送藥去。起先還生死不明的，不曉得人被送到哪裡去了！又不准接見的，後來聽說被送到哪裡、哪裡的，才拿點錢給他。前後關了兩年多，一會兒聽說他被送到西門町，當時的西本願寺去；之後，又移到青島東路軍法處，這時才可以接見，一個星期一次或兩次。

王士彥和張以淮同案，他的情形比較特別，只關了兩年；出來之後，就轉到司法院重新審判。法官說他參加的是外圍組織，是學生，不懂事，年幼無知！就以他關的年限爲主，交付感化。他眞的算是幸運的，也是唯一的案例，不但沒被送去綠島，還可以由軍法審判轉到司法審判。

過去就過去了

我現在已經六十九歲了，走過了一段不算短的人生歷程，也在台灣待了那麼多年。唉！過去就過去了，我都想不到還有人會來關心過去的這些事呢！今天，還要我再來回憶，講這些……。

採訪時間：一九九七年三月廿一日。
採訪地點：台北市張以淮先生宅。

留意一切的民歌吧！

——殷葆衷的證言

殷葆衷，江蘇無錫人。

原上海復旦大學學生，一九四七年秋天，隻身來台。

第二年插班台大政治系，並加入麥浪歌詠隊；大力介紹來自民間的歌聲。

一九四九年四月，雖遭警備司令部二度通緝，但僥倖脫逃，經廈門轉香港；現居北京。

1998年9月3日的殷葆衷（藍博洲 攝）

我會到台灣，是因爲在上海復旦大學唸書的時候，參加了幾次示威遊行的學生運動。

復旦學生

一九四五年八月，抗戰勝利。

我當時想，如果有個大學文憑，將來找工作應該會比較容易吧！於是就到上海考復旦大學。復旦大學是國立大學，學生享有公費待遇，一般說來，都是窮苦的學生比較多。但是，我們進去以後才知道：所領的公費，連飯都吃不飽。因爲這樣，學生就發動了一次次「反饑餓」的遊行請願；到後來，學生的要求更隨著內戰的爆發，發展爲「反內戰」的政治高度。

剛開始，我對這些都不太有認識，只覺得要有個可以唸書的穩定環境，就應該跟大家一起爭取；後來，遭到國民黨的鎮壓後，思想裡面就有反感，覺得這現實太黑暗了，是應該要改變。但是，究竟要怎麼改？腦子裡也沒有什麼明確的概念；就只是覺得：要政治民主、社會安定，才能夠有書讀。所以，當時上海「反內戰」的學運，我每一場都參加了；後來還成了復旦大學的學運骨幹，以復旦代表之一的身份參加上海的學聯，主要搞宣傳、聯絡的工作。

輟學返鄉

一九四七年五月，在一場「反內戰」的遊行示威當中，我被國民黨的特務打傷了；之後，就回無錫鄉下療傷。稍微好了以後，我又回到學校，參加學期考試；考完試之後，我再回無錫鄉下休養。

暑假結束，我的傷已大致痊癒，於是就回復旦註冊；可到了學校，我才知道我已經被學校開除了；理由是學校當局認定我是「赤色份子」，把我看成是共產黨的職業學生。除了開除，校方同時還限定我：一個禮拜之內離開上海，否則，不保障我在上海的安全。因此，我只好再回鄉下。

回到鄉下之後，有一個麻煩來了，那就是：國民黨三青團的人經常來找我，要我加入三青團。我當然不願意啊！在上海，我已經認識到國民黨的腐敗了；我想，三青團既然是國民黨的系統，當然也就好不到那裡！因爲我不肯加入，他們於是就到處宣傳我是共產黨；這樣，我在老家也待不下去了。我只好又偷偷地回到上海。

回到上海之後，我首先要面對的問題是：怎麼生活？剛好，這時候，我碰到七、八個剛從復旦畢業、正打算要到台灣去的同學；他們告訴我：台灣的工作比較容易找，要我也跟他們一起走。可我擔心：在台灣，人生地不熟，不容易生存；他們就鼓勵我說：已經有許多人到台灣去了，一般也都能在中學找到教書的工作；何況，大家都是老同學嘛！到了之後，誰要先有了工作，領到錢，就先拿出來，大家一起用。只要生活方面沒有什麼，還怕生存不下去嗎？這樣，我也決定到台灣去。

我因爲要籌措路費，沒有跟他們一起走；他們比我早走二十幾天。等我要走時，又遇上颱風，延了大概有半個月之久，我才上了到台灣的船。

初到台北

在船上，我認識了上海觀眾戲劇演出公司旅行劇團的演員，他們應台糖公司的邀請，要到台灣演出。

（藍按：旅行劇團是繼歐陽予倩的新中國劇社之後，第二個來台演出的大陸劇團；該團由劉厚生和冼群領導，第一批先遣人員四人，於十月二十二日晨抵台；大隊成員則於同月二十七日，乘中興輪抵台。因此，殷葆衷來台日期應在一九四七年十月。）

我本來對戲劇就很有興趣，在上海搞學生運動的時候，我們學生也喜歡把一些民歌和民間舞蹈用作宣傳鼓動；我覺得，這些民歌跟當時社會上流行的靡靡之音，有很大的不同；我更感受到，以民歌和民舞表現的戲劇，對鼓舞人們的意志方面，有很大的力量。於是，在船上，我就跟他們聊了很多戲劇上的問題，談得很滿意，也交上了朋友。

到了台北，（十一月九日起）當他們在中山堂演出時，我就經常到後台玩玩，幫幫忙；並且也跟他們學了一些化粧和舞台燈光的技術。

那時候，他們演出的第一齣戲是《清宮外史》（楊村彬編劇，劉厚生導演的五幕歷史宮闈劇）。因爲《清宮外史》的演出成功，第二齣又選定《岳飛》（顧一樵編劇的五幕十二場歷史劇），自十二月六日起公演。一九四八年元旦起，又再公演第三齣戲：《雷雨》。農曆年後，他們又到中南部各地糖廠巡迴演出；然後，回到台北中山堂，演出壓軸戲：《萬世師表》（三月五日至十二日，袁俊編寫的四幕七場教育劇，劇場時間從五四到七七抗戰）。

我的觀察，觀眾對這些戲的反應還是不錯的。我想，這主要還是因爲這些戲比較接近歷史，而且又是台灣的觀眾第一次看到的祖國戲劇吧！這給了我很好的印象，同時也更加覺得：戲劇是很有意義的表演藝術。

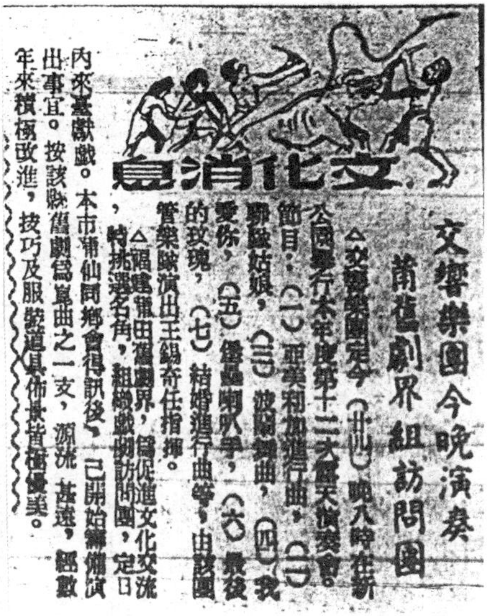
文化消息

交響樂團今晚演奏

莆仙劇界組訪問團

△交響樂團定今（廿四）晚八時在新公園舉行本年度第十二次露天演奏會。節目：（一）亞美利加進行曲，（二）鄉村姑娘，（三）波蘭舞曲，（四）我愛你，（五）[illegible]，（六）最後的玫瑰，（七）結婚進行曲等，由該團管樂隊演出王錫奇任指揮。

△福建莆田僑劇界，爲促進文化交流，特挑選名角，組織戲劇訪問團，定日內來臺獻戲。本市莆仙同鄉會得訊後，已開始籌備演出事宜。按該縣舊劇爲崑曲之一支，源流甚遠，經數年來積極改進，技巧及服裝道具佈景皆極優美。

光復初期，台北新公園露天音樂台經常有交響樂團的演奏。（取自1948年7月24日〈公論報〉）

初到台北的那段日子，因爲無所事事，只要中山堂有表演，我幾乎都會跑去看；然後寫些評論，賺點稿費。在這個過程裡頭，我也看到一些不同的情況——那就是：對別的戲，台灣觀眾並不一定感興趣；另外就是：他們對交響樂非常有興趣。當時，新公園的露天音樂台經常有交響樂團的演奏。我發現：既便是那演奏的交響樂團並不知名，水準也不是太好；可那些台灣的老先生和老太太，仍然很專注地聽。

對這個現象，我感到好奇。我想：爲什麼他們會對交響樂如此有興趣呢？那時候，我和一個台灣青年住在一起，我於是和他談到這個問題。在二・二八事件中，這個青年曾被國民黨投進西本願寺的黑牢中，後來是他保護過的、一個江蘇同鄉，通過關係，才把他自監獄裡保釋出來；出獄時，行動都已不太方便了。他說：在日本統治時期，台灣人是不准談論戲劇的，只准聽音樂和看舞蹈；所以，相對於戲劇，台灣人的音樂素養還是比較高的。

因爲這樣，我就想要試探了；我想知道：究竟他的說法有多少眞實性？有時候，新公園有音樂會，我就到公園去，找一些聽音樂的台灣老太太或老先生，隨便唱一曲大陸民歌給他們聽聽；而他們竟然也很快就能夠把節奏記下來，跟著我哼。我覺得：這眞不簡單。於是，我就想，是不是可以給他們介紹一些更好的音樂呢！那時候，我還沒有進台大，可我心裡頭已經有這樣的印象，覺得音樂跟舞蹈、戲劇，都是可以給人鼓舞的力量。

溪州與澎湖

在台北，光靠一些零星的稿費，根本就沒法生活；那些先來的同學也一直熱心地幫我找工作。然而，因爲當初我是被復旦大學開除的，沒有學歷證明；所以，也沒法到中學教書，只能當工人。之後，我就經由同學的介紹，到台中溪州糖廠做工。

到了溪州糖廠之後，我被派到一個叫崁子甲的地方，開墾海灘，種甘蔗。那勞動是非常苦的，先要把污泥清掉，然後再把土塡進去，種甘蔗。我在那裡雖然收入不錯，但那裡天氣熱，衛生條件又差，蚊子很厲害；實在吃不消。所以，一共只幹了兩個多月，我又回到台北。

回到台北之後，因爲先前做了兩個多月的工，有些收入，還可以再維持幾個月的生活；所以，我也不急著找工作。在這段時間，沒事的話，我就到新公園裡頭的圖書館看書；主要是看一些戲劇和歷史方面的書。台灣的圖書館藏書非常多。我每次去，就只帶一個麵包，然後就在那裡面待一天；這樣的情形維持了四個多月。

到了一九四八年四月，有人介紹我到澎湖群島，國民黨的縣政府找事情作；因爲澎湖那地方很苦，一片荒蕪，人家都不願意去的。我當時會去是因爲：第一，對我而言，這塊地方很神祕；歷史上，日本人是先侵佔了澎湖，然後再侵佔台灣的；抗戰勝利以後，美國人對這地方也有很大的興趣。所以我就想去考察一番，各個方面都去了解，包括人文科學啊，自然科學方面。當然，這也有政治方面的考慮；我聽說，澎湖那裡，共產黨的活動很厲害，我想親自看看。

我於是搭車南下，從高雄上船；海上的風浪很大，非常嚇人。一個晚上，船就到了馬公島。後來，我就在縣政府當代理課員，處理一些行政事務的工作。那裡的對外聯絡工作，主要就是，澎湖群島縣政府跟台灣省政府之間的公文往來，既緊張又重要；爲什麼呢？因爲海上的風浪實在太大了，所以都靠電報。後來，他們就要我擔任電報的翻譯工作。電報的內容，主要是調撥糧食方面的事。像是：船什麼時候到？糧食多少？運到哪個碼頭？……等等。當時電報用的是密碼，因爲國民黨裡沒什麼人，就叫我去翻譯。這個工作很簡單，也沒有牽涉到什麼技術面的問題。

那個時候，只要是刮大風就不用上班了。你很難想像，那裡的風究竟大到什麼程度啊！我的體會是：那跟雞蛋一樣大小的石頭，風都能夠刮起來，把人的腦袋打破掉；既便是一般的風吹起，要是不穿長褲的話，小石子打來也眞痛。

那時候，馬公有一家書店；它除了賣書之外，還賣其它生活用品及澎湖特產的寶石。在澎湖的那段時間，一遇停工，我就到書店找書看。我覺得很不可思議的是：這家書店竟然有很多香港出版的進步書籍，甚至還有馬來西亞馬共的機關報（《民聲報》）。

我覺得奇怪，就問老板：「你這些東西哪來的呀？你不怕國民黨來抓你嗎？」

老板聽了，沒甚麼表情地回答我說：「這些都是他們賣給我的，我有甚麼好怕的。」

我就說：「他們怎麼會有這些東西呢？」

他笑笑說：「國民黨這些兵啊！個個都既貪財又怕死；每當有國外的船開進馬公來，

他們就上去檢查；只要看到好的東西，他們就拿；然後連同那些書，拿來這裡賣；他們可是什麼也不讀的。」

聽那老板這樣說，我才弄明白：爲什麼在澎湖這種地方會有那些進步書報，以及一些連台北都買不到的、外國的高級衣料子啊！我終於也弄明白：早先聽人家說這地方共產黨活動的很厲害，原來只是這麼一回事。

插班台大

我在澎湖縣政府工作了四個月，也攢了一點錢；到了八月，台大招考轉學生，我就回來報考，結果考上了。考上之後，就等開學，沒別的事，我就四處去轉。後來，我知道美國新聞處能夠看到一些新的資料，就經常去那裡逛，看看外國的那些雜誌。

有的時候，台大一些搞基督教團契的學生會在那裡舉行晚會，唱唱歌什麼的，我也去聽啊！可我很詫異的是：他們唱的歌，和我在上海唸大學時唱的，完全不同；都是些宗教類的外國歌曲。我想，難道台大沒有進步的學生團體嗎？我於是就主動跟他們其中的一些人聊，聊了之後，我覺得他們的生活很單純，思想也比較貧瘠；顯然並沒參加過什麼學生運動，對時事好像也不怎麼關心。

他們算是我最早接觸到的台大學生了。

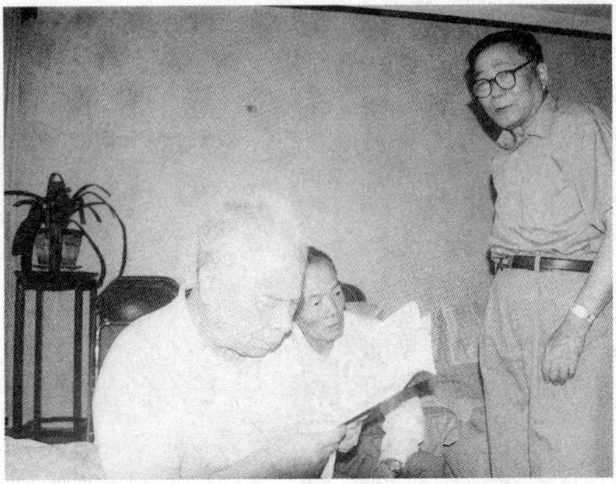

殷葆衷與台大校友林義萍及陳炳基（右起）。（藍博洲 攝）

到了九月份，我進台大報到；那時候，我是政治系三年級。當時，報到的人數並不多；因爲內地的學生只招收百分之二十五，所以，我那個班級，連我在內，內地學生只有三個人。其中一個，是基隆要塞司令部軍需處少將處長的兒子，姓陳，名字我已經忘了；他爸爸後來還因爲同情學生運動而被國民黨抓起來。

列管份子

在法學院教務處報到時，我遇上了一點麻煩。當時，我無意中看到，辦公室的桌上擺了一些蓋有「機密」字樣的公文；因爲沒人注意，我就好奇地翻開來看；結果，它竟然是上海警備司令部轉過來的、我和另一位也考上台大的復旦同學的資料；內容是要台大當局注意我這個人，聽說我已跑到台灣，也可能進台灣大學。

看到這個通知，我當時心想不報到算了；可我又想到我已經回不了上海，既便是內地其他地方，無親無故的，我又能去哪裡找一個安身的地方呢？這樣，倒不如留在台灣，也許還不至於有甚麼太大的問題吧。再說，我並沒有什麼特別的背景，我參加學生運動完全是存著愛國的熱情，沒什麼好顧慮的；所以，我還是報到了。

報到之後，因爲知道自己是「黑名單」上的列管份子，就想到自己在行動方面要小點心；可別在台大出事啊！畢竟自己在這個地方舉目無親，要是出事，就麻煩了。所以，進學校後，我就勉強自己安心唸書；外頭的事，能不管就儘量不管。

搬進宿舍

剛進台大的一個多月，我仍然是自己住外面。後來，有一個同學知道了，就對我說：「你怎麼這麼笨，你就搬進來新生南路的學生宿舍住啊！」

我說，學校的辦事人員都說沒有床位了。

他說：「你問他們，他們當然是說沒有床位了；你別聽他們的，搬進來住就是了；我們那裡多的是空床位！」

這樣，我就搬進去了。

那個同學叫鍾世勤，原來是基督教團契的學生，四川人，抗戰時在重慶接受過新的思想。後來，跟他比較熟了，我就問他：「我們又不認識，你爲什麼要這麼幫助我呢？」

他笑笑說：「老實說，從你考台大的那一天，我就注意你了。我想，你考插班，又是從上海來的，應該和學生運動有點關係吧。」

聽他這樣說，我於是把自己的情況告訴他。

他安慰我說：「沒關係，既然都讓你進來了，就不會有甚麼問題的。」

住進宿舍之後，每逢吃飯的時候，他就叫我跟他一起到台灣同學的食堂吃，不要到內地同學的食堂吃。

我問他：「爲什麼？」

他說：「因爲台灣同學跟內地同學之間的隔閡比較深，咱們倆個內地人去那裡吃，就有機會跟本省同學多接觸；這樣才有可能增進彼此的瞭解。」

當時，也許是受到二．二八事件的影響，內地同學被排擠得很厲害。可他一直鼓勵我說：「咱們倆一定要忍耐啊！」這樣，隔了一段時間之後，那些本省同學也能體會我們的誠意，漸漸就接納我們了。

麥浪歌詠隊

開學一段時日之後，我和其它同學就慢慢地熟悉了。有一天，我到校本部去，剛好看到一個歌詠團在排練歌舞；我於是停下腳步，站在旁邊看。我覺得他們的內容都比較陳舊，拿不出什麼反映時代的節目來。因此，等他們休息的時候，我就主動過去和他們聊；同時也介紹一些搞學運時學來的民歌和民舞。有的，我就唱一段給他們聽一聽，有的我就稍微演給他們看一看。我記得有〈王大娘補缸〉、〈青春舞曲〉等等。接著，我又對那些民歌都做了一點介紹。我說，〈青春舞曲〉的歌詞，意思是：太陽下山，明朝依舊爬上來，但青春一逝就不回返了；所以，年輕時候就要抓緊時間奮鬥。這些民歌都有一種鼓勵人們向上的精神。

後來，我也加入了這個名爲「麥浪」的歌詠隊；他們要我擔任舞台監督，主要負責舞台布景、化粧、節目的排練和宣傳品的撰寫等工作。因爲這樣，大家就叫我導演。

到了年底，爲了給台大學生自治會聯合會籌募師生福利基金，「麥浪」第一次在中山堂演出。同時，爲了公演的需要，我還寫了一本介紹這些民歌和民舞的節目手冊。這次公演，非常轟動；這是我們事先未曾預料到的。尤其是，以河南民謠〈王大娘補缸〉編成的歌舞劇，在第一天演出後，就受到台灣觀眾的熱烈歡迎；第二天，他們就指定要看這個節目。

爲什麼會這樣呢？

我的理解是：〈王大娘補缸〉原本就是流行在河南、山東一帶農村的民謠，明瞭、易唱、易懂，通過內地「反內戰」學運的宣傳，已在全國各地普遍。這裡頭有一些詞，經過改寫之後，就帶有控訴黑暗社會的批判性；在台北演出時，我又把它再改了一下，變成反映國民黨貪污、腐敗的諷刺劇！這就反映了勞動人民內心的不滿，當然也就能夠引起台灣觀眾的共鳴了。

巡迴演出

因爲在中山堂的演出成功，寒假前，就有人提議利用寒假到全省各地，一面旅遊，一面作巡迴演出；結果，大家都很同意。我們打算用一個月的時間，自台北一直到高雄，再到屏東，做巡迴演出。於是就先派代表下去，一個縣一個縣地聯絡。

在這個過程裡，我倒有了一個想法，那就是，原先我在上海復旦唸書時就已投入學生運動的行列；到了台灣之後，我感覺到，台灣這邊的學生運動，跟內地那邊的差距是比較大的，甚至連一個正式的學生組織都沒有；那我們爲什麼不成立一個公開、合法的「台灣大專院校學生聯合會」呢？有了這個思想後，我每到一個地方，就通過演出做爲聯絡橋樑，儘量結交當地進步的學生和文化界人士；準備將來成立一個「大專院校學生聯合會」。我想，學生首先要團結起來；這樣，力量才會大些。

我們演出的第一站是台中，然後到日月潭、台南、高雄、屏東。在台中的演出時間比較長，因爲台中的文化界人士比較多。也召開座談會啊！像知名的作家楊逵也參加了；他

五個麥浪男隊員。（周韻香提供）

麥浪的男隊員。（周韻香提供）

後來也因爲這個座談會坐了牢。

我們到台南演出時，卻在意見上鬧分歧了。分歧的起因是，屏東方面有人要我們也下去表演幾場（那時，屏東是工業區）；結果，歌詠隊的幾個主要演員卻不願意去，要求回台北。表面上看起來，是因爲戀愛的關係，不過，或許還有其它的因素。結果，當晚的那一場〈王大娘補缸〉就演不出來了；跳「補缸匠」的是一個大一同學，他是我的同鄉，他鬧情緒就不跳了。我只好跟他說：「你不跳，那我只好自己來跳；可我來跳，風險比較大，因爲我是被注意的人啊！」後來，我再繼續跟他做溝通，他才同意跳。因爲這樣，在台南演出後，就沒有去高、屏，直接回台北了。

留意一切的民歌

回台北後，我們除了在中山堂做了幾場匯報演出之外，又在台北市的一所中學做了一場表演。「麥浪」的演出，據我的觀察，它最大的收穫應該是，促使台灣同胞重視自己的民歌，開始接受新的文化思想。

首先，師範學院藝術系的師生發起了採集台灣民歌的工作；挖掘出〈收酒矸〉等多首唱遍全島的台灣民歌。大家這才知道：原來台灣也有很多民歌。當時，台灣民歌的曲調都不錯，只是內容不太健康；所以，就給它做了改編、整理、提高的工作。

此外，他們還演了一齣諷刺法西斯統治的戲：〈希特勒還在人間〉。這齣戲是該系副教授黃榮燦編的劇本，他還粉墨登場，扮演希特勒一角。黃榮燦當時已經是個中年人了，長得瘦弱，看起來好像身體不太好。有一次，「麥浪」演出後，他到後台來，提了一些關於化妝和美術方面的意見；我們因此而認識。他是一個木刻版畫家，風格進步；「麥浪」的節目手冊的封面，用的就是他提供的木刻作品。依我看，他似乎有意思到「麥浪」找一個女朋友，所以經常到「麥浪」走動；他曾經邀我和幾個女同學到他宿舍，自己做飯菜給我們吃；「麥浪」巡迴演出時，他也是從頭跟到尾。

1948年12月27日台大各學院學生自治會聯合會在中山堂主辦歌謠舞蹈晚會，由「麥浪歌詠隊」演出。黃榮燦提供木刻版畫家盧鴻基的〈朗誦詩〉（1938年），作為節目手冊的封面。（郭明哲提供）

另外就是台灣民間的一個藝術團體（名字忘了），他們一共有二十幾個團員，全是男的，沒有一個女的；可他們扮起女的來還眞像。平常一起種地、生活；如果到城市演出，就隨便借一個露天場地，有時就到學校去，收費很低；他們跳的舞是一種宗教性的舞蹈，有點像朝鮮的舞蹈。朝鮮一個有名的舞者崔承喜，也是男扮女裝，基本功相當好。

這個民間藝術團體的表演裡頭，我個人覺得其中一個節目比較好，叫做《匈牙利的少女》；演得非常活潑。於是我幫助他們在中山堂演出，並且還幫他們搞舞台的燈光和布景；這樣，演出的效果就更好了。另外，電氣方面則是一個國民黨的復員青年軍搞的；我後來聽說：他在「四・六」被捕後被殺害了。

我很高興結交到這些朋友。他們的生活都很苦。在中山堂的演出，收入還不錯；我想，對他們總有一點幫助吧！

除了民歌之外，台灣學生也開始注意到民間的舞蹈。有一次，有幾個學生社團的代表跑來問我：這秧歌究竟是怎麼一回事？他們說他們從來沒有看過。我就跟他們講：在內地的農村，每逢過年過節，農民都會扭秧歌；這扭秧歌其實就是農民在慶祝生產豐收時，從歡樂的情緒中迸發出來的舞蹈動作。我又告訴他們：其實在台灣，像我這樣年紀的內地人，都知道這秧歌的扭法，並不複雜；然後，我就教他們怎麼扭。

除了「麥浪」，我還參加了一個全校性的社團——「方向社」；這是一個有登記的、

殷葆衷（左二）與麥浪隊友胡世璘（左一）、林義萍（右一）及台大校友陳炳基（右二）。（藍博洲 攝）

合法的、比較進步的學生團體。在這過程中，我還油印了一份報紙，叫《方向導報》。這份報紙，從刻鋼版、排版面、油印，都是我一個人負責的。社團的負責人叫王耀華，在「四・六」時也被捕，關了三年多才放出來。

腳踏車事件

在這以後，台灣學生和內地學生的感情比較接近了；這一接近，國民黨就害怕了。他們主要怕的是：學生的團結會發展到跟內地的學運合流；到那時，就不好收拾了。他們就想把正要起來的學運力量壓制下去。因爲內地學生只佔百分之二十五，人數比較少，比較團結；所以，他們就想從台籍學生著手，搞分裂。台灣警察於是經常挑釁台籍學生，故意製造衝突，要他們害怕，不敢去和內地同學接近。

有一天，我記得，那天是星期日，我正在學校宿舍裡洗澡；突然聽到幾個同學在大聲嚷嚷：「大家趕快去新生南路的派出所支援，師院的學生和警察打起來了！人被抓了！」

我立刻沖洗完，穿上衣服，跑出浴室；然後問他們：「怎麼回事？」

他們告訴我說：「有兩名學生，一個台大和一個師院的，因爲共騎一台腳踏車，被四分局的警察揍了一頓，並且關了起來；一些師院的學生就趕過去聲援。聽說正僵持不下。」

我想我們台大的學生也應該去支援，於是，就跟幾個同學趕快跑步過去。到了現場，我看到學生已經把整個警察分局包圍住了。後來，雙方談判；學生代表要求放人，分局長在口頭上也同意了；學生代表認爲口說無憑，要求書面保證今後不再發生類似事件；結果，這分局長卻不肯簽字。這樣，學生代表也不願再跟分局長進行交涉，他們要分局長打電話給總局局長，要他出面保證。這分局長當然不敢打啊！學生代表硬逼著他打，結果，他還是不打。學生代表就自己打電話給警察總局局長，要求他過來處理，並保證學生的安全；要不然，我們學生就不退撤。他在電話那頭也答應了。

冒牌局長

過一會兒，四分局門口果眞來了一部吉普車。我看到一個戴著金邊眼鏡，手拿警杖的年輕人走下車來，一下來就哼哼哈哈、耀武揚威地走進四分局。

我和幾個學生就跟司機搭訕：「你們這局長，年紀還眞輕啊！」不料，這司機卻說：「什麼局長？那是我們的督察啊！」

在裡頭的學生聽到這局長是冒充的，一下子就控制不住情緒，動手就把辦公室的桌椅掀翻；玻璃窗也打碎了。這時，我趕緊走進去勸說：「不管怎樣，我們還是要跟他們講理啊！千萬不能動手。」然後，我又建議學生代表們，把冒充局長的年輕人，連同分局長兩個人，一起押送到警察總局，要總局局長對這個冒充者做出處分。代表們同意了，同學們就排好了隊，準備把這兩個人押送過去。誰知道，這時候狀況卻發生了變化，他們竟把人押送到新生南路的台大宿舍去了！

當時，我一看情況不對，立刻就跑到隊伍前面去，勸阻他們這樣做，要他們還是將人押送到警察總局去，以免事情複雜化。可是，現場根本沒有人聽得進我的話。這樣一來，我們就由主動變成被動了。因爲，儘管那個年輕人冒充了警察局長，可他畢竟還是個「督察」；在法律上，我們並不能限制他們兩人的行動。

人民法庭

最後，同學們把這兩個人押到宿舍的排球場，讓他們坐在裁判坐的高椅子上；同學們圍成一圈，準備召開後來有人所說的「人民法庭」。

我擔心地問一位正忙於張羅的同學說：「這要幹什麼呢？」

他笑了笑說：「供神（公審）。」

我認爲照這樣搞下去的話，事情是會越來越麻煩的，最終還是對學生不利。後來我想，這還是要學生自治會的人出面才行，於是我就到宿舍，找自治會的主席陳實；結果，他連行李什麼的都沒了。打聽之下，我才知道他發現自己已經被注意了，離開了台灣。

這下子，沒辦法了，我只好回到排球場，跟被押來的那兩人談判，希望他們自己乖乖地離開現場；我保證同學們不會爲難他們。可那兩個人氣燄還是非常囂張啊！他們一直強調，我們不但妨礙警察執行公務，而且又羞辱警察主管，犯有「褻瀆公職人員罪」。我問他們：「你們冒充公職人員又該當何罪！」他們無言以對，但就是賴著不走。同學們也拿他們兩人沒辦法啊！只好幫他們安排休息的地方。

第二天，同學們又把他們帶到台大校本部，聯合其他學校，開了一個學生大會，控訴警察暴行。大家都認爲，分局警察不但毆打學生，又把學生關起來，已經是違法在先了；而督察冒充總局長，欺騙在後，致使事態擴大，警方應負全部責任。於是，大會決定把他們送回警察總局，讓總局局長給同學們一個合理的交待。

這時，傅斯年校長聽到了這件事，就找了台大的學生代表去；他特別交待一個原則：行動不能過火，一定要很好的平息下去。並且，勸說學生不要上街遊行。但是，同學們不同意放棄示威，決定立刻從台大遊行到中山堂。

反對暴行

當時，遊行隊伍缺乏準備，連旗幟、標語都沒有。於是有人發給大家幾支不同顏色的粉筆，可以在沿途的地面上或牆上，寫下這次遊行的口號：「反對暴行！」「反對警察打人！」

隊伍從台大校門口出發，同學們把那個冒充的總局長和分局長，帶到前頭一起走。同學們一路上高唱〈團結就是力量〉，高喊「反對暴行！」和「反對警察打人！」的口號。

後來，不知道是那個同學，把據說是何應欽的女兒也帶到隊伍裡頭來；當時，她還只是個中學生，跟一些一起來的、進步的中學生，非常賣力地唱歌、喊口號。我認爲她是官僚家庭的小姐，也不一定搞得清楚狀況，可能是出於對挨打同學的同情心吧！可有她在隊伍裡頭，對同學們卻是很好的保護。

遊行隊伍走到原總督府廣場時，就出了問題。原來，一些三青團的學生也混在隊伍裡頭；這時候，有人在廣場的地上寫了「打倒國民黨！」和「打倒蔣介石！」的標語。這樣一寫，此次運動的性質就變了；統治當局可以根據這兩句標語，給學生戴上共產黨的紅帽子呀！

我看到地面上突然冒出的這些標語，立刻就走過去質問那個還在寫的人：「你爲什麼要寫這些標語？是誰叫你寫的？」可他卻不吭聲。

此時，其他同學也激動地圍過來，說：「你不說，就打！」結果，他害怕地跑了。

遊行隊伍到了總局，立刻召開記者招待會，說明這次遊行的訴求。我覺得國民黨已經準備要抓我們了，所以我們必須謹慎對待廣場上出現的標語。我於是特別站起來澄清說：「這次遊行規定的標語是『反對暴行！』和『反對警察打人！』可是，剛剛卻有人故意破壞我們這個正義的行動，提出一些超出我們要求的口號。我們在此聲明，那絕對不是我們學生的意思。」

我的用意主要是：不讓國民黨扣我們是「共產黨」的帽子。

後來，警察總局局長表示願意接見學生代表；同學們就推選出幾名師院和台大的代表進去。這些代表，大部份是台灣人。代表進去之後，那個總局長就出來了；我看他年紀已經很大了，個子矮矮的，先給我們一鞠躬，然後態度非常誠懇地說（四川口音很重）：他很感謝同學們這兩天給他們警務人員的教育；針對昨天的事情，他也已經教訓部下了，希望……。

雖然他說的只是一番應酬式的官話，但老實說，講得還好；有些同學聽了之後還鼓掌。

大部份的同學都認爲，既然局長已向我們道歉，還鞠了躬，那就表示我們勝利了。這樣，就有了驕傲的心理。後來，搞起活動就更無所顧忌了，認爲國民黨不過就這麼一回事，一抗議就害怕的；因此，警惕之心也放鬆了。可我因爲在上海時吃過虧，而且還列名「黑名單」上，始終不敢大意。

營火晚會

台灣學生跟內地學生，經過這次的共同鬥爭，感情越來越親密了。一個星期後，也就是三月二十九日，恰好是國民黨政府規定的青年節；一些學生社團的負責人就想搞個慶祝青年節的營火晚會，同時也通過這個營火晚會，搞校際間的串聯。

晚會在台大法學院的廣場舉行。除了台大和師院的學生，聽說中南部幾所大學的學生代表也來了；另外，台北的中學生也來了不少。一般的說法是，那天晚上，大概有五千人左右；一說至少有九千人。

晚會的表演節目以「麥浪歌詠隊」爲核心。「麥浪」所唱的歌給人一種清新的感覺和精神鼓舞；它在台灣民間起了一定的影響，而且推廣得很快。在營火晚會上，大家打成一片，跟著台上的表演，一邊唱歌，一邊扭秧歌。同學們藉著慶祝青年節的群眾運動，發洩了對國民黨的不滿；最後還宣布籌備成立全省性的學生聯合會。

這時候，學生們對自己的力量過於高估了，頭腦也變得比較熱；往往一點小事就要把它鬧大，動不動就想要罷課。學校的氣氛也比以往緊張。我估計可能就要出事了，因而不敢再住在學校宿舍，於是搬到師範學院禮堂的電影放映室住；我想，那裡總比宿舍安全吧！

風暴前夕

一個星期後，也就是一九四九年的四月五日，那天下午，一個復旦的老同學來師院禮堂的電影放映室找我，說：「馬宗融教授去世了！」

馬教授是巴金的好朋友，原來在上海復旦大學教法文，因同情學運，與洪琛等一批知名教授被學校辭退，後來又到台灣大學教法文，在文學界很有影響。

我聽到他去世的消息，立刻就跟我的同學趕到他家去，結果，沒人在，門鎖住了；我們想：他的家人可能出去辦理後事吧，於是就在那裡等；結果，我們等了好幾個鐘頭，還是沒有人回來。後來才知道，我們根本沒打聽清楚狀況，原來馬宗融教授當時還沒有去世，而是生了重病，被送回上海。後來，他才在上海病逝。

就在我們等待的時候，突然下起了大雨，我們全身都淋濕了。我因爲已經一個星期沒有洗澡，衣服也沒換洗，都發酸了，就想回新生南路的宿舍洗個澡，順便換件乾淨衣服穿。可我不太放心，於是就隨口問我那個老同學：「你看這情況，今天晚上會不會出事呢？」

他說：「雨下那麼大，應該不會有事吧。」然後，他就送我回宿舍。

我洗過澡，換了衣服，看看外頭的雨勢並沒有變小，心想：晚上就留在宿舍睡了，雨下得這麼大，不可能會有事吧！

我的寢室正對著宿舍大門口。入睡前，雨還是下得非常大；這樣，我也感到比較放心，看了一下錶，快要十二點；就在這時候，我聽見大門外頭有一些雜亂的聲音在響。我走近窗口一看，竟然是一群頭戴鋼盔、全副武裝的阿兵哥啊！起初，我想他們大概是雨太大了，進來躲雨的吧！後來，我看軍車不斷地開來，阿兵哥也越來越多，才覺得奇怪。可我當時怎麼也沒想到，那些軍人竟敢進到學生宿舍抓人！我又去看看宿舍南面的情況，南面窗外就是大操場；結果，我發現操場上也布置了許多穿著雨衣的警察。這時，我才眞的相信，他們已經不顧一切地闖進來了。我想：糟糕！今天一定要出事了！

老實說，我當時並沒有感到驚慌，反而有一種明白故事結局後的鎭靜。我心裡想：已經跑了那麼多年，也夠了！就是今天被抓，最多不過是一死罷了！然後，我就在寢室，給幾個復旦的同學寫信，告訴他們我出事了，並請他們設法轉告我在內地的親屬。

通緝名單

天亮時，他們從門縫塞進來一份警備司令部簽發的通緝名單；排名第一的是曹潛。然而，曹潛雖然考取了台大，卻並沒有來台大上學。他和我一樣，是復旦的學運骨幹，被開除來台灣之後，在一所中學擔任行政工作。也不知國民黨的特務工作怎麼做的，他竟被認爲是這次學潮的首要分子，而且還跑到台大宿舍要人！後來，他還是在別的地方被捕，坐了三年多的牢。可眞冤枉啊！

黑名單上的第二號人物，事隔多年後，有人說是在此之前已經離開台灣的陳實；也有人說是一個叫孫達人的內地同學；甚至，也有人說是我。可我自己記得，我排第三個。反正都是他們點名要抓的人。

當時，我身上還有四十幾萬舊台幣的稿費。我平常一個月的生活費用，大概要四、五萬元；如果再加上每月補助的公費，這筆錢，最起碼還能讓我生活一年。可現在既然要被抓了，那些錢留著也沒用，我於是把這些錢分送其他同學。後來，我想到我還有一些沒穿過的新衣服，就立刻打開皮箱，把那些衣服也都分送出去。然而，正因爲處在那樣的情況之下，我還能面不改色地處理事情，所以就有人懷疑我的身分？

其實，我的想法是：只要我做的事情是正義的，我有甚麼好怕的呢？大不了一死罷了！既然如此，那些身外之物又怎麼會捨不得呢？所以，對那些背後的猜疑，我也不做解釋。

不過，我認爲，我們不能老老實實地等著他們來抓。我在上海的經驗告訴我：被抓沒關係，只要讓學校知道，生命就會有保障；如果被抓進去，卻沒有人知道，那就完了。

於是，我立刻把我的想法，跟一個也是國民黨要抓的同學周自強（寧波人）商量；他也同意我的想法。我們便爭取時間，設法讓校方派人來現場，看著我們被抓。

對峙食堂

一直到我們進食堂吃早餐時，他們都還沒有動手抓人。我於是向周自強提議：吃了早餐之後，我們就不要再出來，然後用桌子、板凳，把門窗都頂著，他們要是進來抓，我們就抵抗，能抵擋多久就算多久；反正，只要把事情鬧大就是了。這樣，我們既使被抓進去了，也不怕會被他們秘密處決。周自強同意照我提的點子做，並且也說服其他同學。吃過早餐後，大家就一起動手搬食堂的桌椅。

這樣，雙方的對峙就從宿舍轉移到食堂。後來，周自強怕同學們的抵抗意志會被時間削弱，就要我站起來發表演講；可我認爲，我們幾個列名黑名單的人不能露面啊！如果我們站在那裡發表演講，被他們看見了，以後，他們就會說我們在裡面煽動；那將會罪上加罪的。我於是要同學們站在椅子上，把我包圍起來；我就站在水泥地上演講。

我講的內容主要還是說：「軍人到學校宿舍抓學生是不合法的，我們是正義的，如果他們硬要抓，就要按照法律來辦事。再一點，我們堅持要求校方派人來現場，看著我們，知道我們是被誰抓去的？抓到那裡？要不然，我們的生命都沒有保障……。」

我話還沒講完時，突然，有一個同學卻按奈不住地大喊一聲：「衝啊！」這一下子，就出問題了。因爲心裡面已憋了一肚子氣，所以一些同學聽到有人喊「衝啊！」就毫不考慮地衝出去。他們一衝出去，那些在外頭的軍人就對空鳴槍。其中一些沒經歷過學運鬥爭的同學，一聽到槍聲就本能地往後退；這樣，有幾個衝在前面的學生，就被趁機抓走了。

漏網之魚

這時，國民黨的便衣特務便站出來，命令我們回到自己的房間；他們然後進入各個房間，按照名單，一個一個的抓。他們抓人還算客氣，沒有打人或是不禮貌的行爲。

輪到我的時候，他們沒問我甚麼，我也一直不吭聲。我看他們拿著一份資料，一邊看我，一邊核對資料上的照片；接著，很奇怪了，有人說「像！」有人說「不像！」最後，就把我放過去了。

我覺得很奇怪，怎麼又不抓我了呢？後來我才知道，原來他們資料上的那張照片，是從復旦大學轉過來的。在復旦，我因爲愛游泳，乾脆剃個光頭，而且，照片上的我也沒有戴眼鏡；我後來是因爲遊行時頭部挨了打，眼睛受傷，才開始戴眼鏡，難怪他們會認不出我來。

結果，他們錯抓了一個跟照片上的我長得很像的、物理系的學生史靖戈，他是基隆要塞司令史宏熹的姪子；據我所知，他從不參加任何活動，只是跟一些進步學生有往來而已。他也住在新生南路的宿舍裡。後來，我們在廈門偶然見到面，談起這事，他還覺得被抓得莫名其妙，一直搞不懂爲甚麼會被抓進去？

當天下午，傅斯年等人就到監獄去看，究竟抓了哪些學生？他們按照名單，一個個點名；等點到我的時候，他們發現抓錯了，才把那個史靖戈放出來。

警備司令部接著又對我下了第二次通緝令。

那時候，我才二十一歲，還很年輕；但是，因爲在外面流亡了幾年，外表卻顯得很蒼老；再加上，我到台大以後就決心好好學習，不想牽扯到男女間的戀愛問題，於是謊稱自己在內地已經有妻小了（當時進步學生談戀愛，被看成是很普遍的「時髦」現象）；於是，同學們就給我取了個外號叫「老頭兒」，後來大家連名字也不叫，就叫我「老頭兒」。

聽說，陳誠大概因爲這樣，把我想成是幕後的陰謀份子，就特別強調：還有一個「老

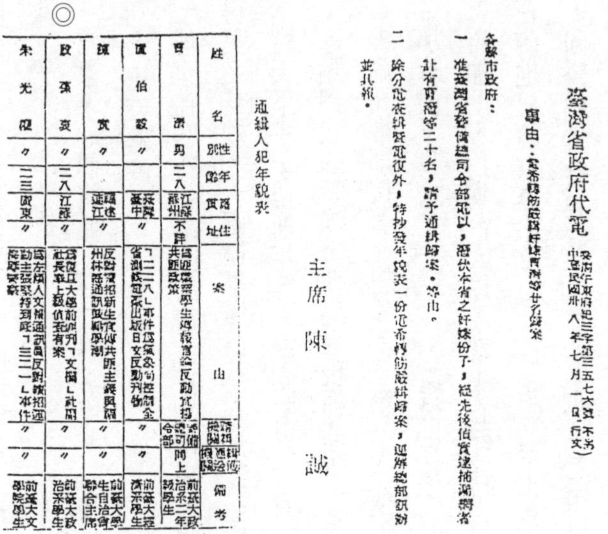

臺灣省政府代電 （參肆午東府綏三字第三五七六號（不另行文） 中華民國卅八年七月一日）

事由：電希嚴防緝辦匪諜方濟等廿名歸案

各縣市政府：

一　准臺灣省警備總司令部電以，潛伏本省之奸匪份子，經先後偵查逮捕[illegible]者計有方濟等二十名，請予通緝歸案。等由。

二　除分電各[illegible]電復外，特抄發年貌表一份電希嚴防緝辦歸案，逕解總部訊辦並具報。

主席　陳　誠

◎

通緝人犯年貌表

姓名	性別	年齡	籍貫	住址	案由	請求緝辦機關	通緝機關	備考
方濟	男	二八	江蘇蘇州	不詳	[illegible]學生[illegible]言論反動宣揚共匪政策	警備總司令部	同上	前台大政治系二年級學生
盧伯毅	〃		[illegible]	〃	「二二八」事件[illegible]出版日文反動刊物	〃	〃	前台大經濟系學生
[illegible]實	〃		福建連江	〃	反對[illegible]招新生，[illegible]共匪主義，[illegible]州林[illegible]通訊[illegible]學潮	〃	〃	前台大學生自治會聯合主席
殷葆衷	〃	二八	江蘇	〃	[illegible]大學前進刊「文[illegible]」社社長，[illegible]上級偵查有案	〃	〃	前台大政治系學生
朱光[illegible]	〃	二三	廣東	〃	[illegible]人文[illegible]通訊員反對[illegible]「三二一」本件[illegible]	〃	〃	前台大文學院學生

1949年7月1日，殷葆衷名列警總通緝名單之內。

頭兒」沒抓住，無論如何一定要把「老頭兒」抓到。

化妝出逃

那天（四月六日）晚上，宿舍四周還是被軍警包圍著，出不去；可我以為不能待在宿舍「坐以待斃」，一定要設法出去，探探消息。這時候，我剛來台灣時學來的舞台化妝術，就派上用場了。我先把松香放到酒精裡頭，製成黏膠，然後剪下一些頭髮，沾上膠，黏在嘴巴上，成了一個圈鬍子。

第二天（四月七日）天亮前，我偷偷地潛入食堂的廚房。因為廚房每天一早都要出去買菜嘛！我一進入廚房，就立刻穿上雨衣，戴上斗笠，然後拿起廚

羅[illegible]己	男	二四	安徽[illegible]北	不詳	[illegible]與香港匪幫通訊乙件，投函[illegible]並[illegible]抗議[illegible]會傳單	[illegible]令部	同上	前師院藝術系學生
簡文宜	〃		[illegible]	〃	再[illegible]會對內外之各種反動刊物如「燎火」「光明」報等均由其負責交換	〃	〃	前臺大[illegible]系學生
周[illegible]源	〃		[illegible]	〃	「三二一」事件首要領導人物學生自治會第一任主席平日言論歪曲	〃	〃	前師院教育系學生
鄭鴻溪	〃		[illegible]彰化	〃	[illegible]第一任學生自治會[illegible]部生活改選後曾[illegible]委員因[illegible]激烈份子	〃	〃	〃
朱商彝(女)	〃		[illegible]	〃	組織[illegible]會出刊[illegible]言論反動思想左傾	〃	〃	〃
王思民	〃	二三	浙江	〃	為「三二一」事件主謀[illegible]召集[illegible]攻擊學潮	〃	〃	前臺大法學系學生
[illegible]約[illegible]	〃	二三	[illegible]	〃	發動[illegible]事件為「三二一」事件代表之一	〃	〃	前臺大農藝系學生
[illegible]子[illegible]	〃	二四	河南	〃	與上海[illegible]通訊為奸匪吸收工作人員[illegible]共黨言論	〃	〃	前臺大物理系學生
林火[illegible]	〃		[illegible]	〃	與香港共匪來往之嫌疑學生	〃	〃	前[illegible]大學生
汪玉英	女	一九	山東	〃	奸匪派駐台北地委家中有[illegible]從夜工作	〃	〃	前任[illegible]務局職員
林廷國	男		江蘇上海	〃	自稱為民盟份子以[illegible]開保左傾刊物	〃	〃	原任新竹南陽民學校教員
李[illegible]招	〃		[illegible]	〃	言論反動	〃	〃	原任[illegible]埔[illegible]職員
洪[illegible]	〃		[illegible]	〃	托人高價收買槍枝與人反動傳單[illegible]人參加其組織	〃	〃	不詳
武乃[illegible]	〃		江蘇[illegible]	〃	化名武可抗抗大畢業主張奸匪[illegible]部對工人發表反動性言論	〃	〃	原任[illegible]
[illegible]傳[illegible]	〃			〃	在校內壁報上常撰文指責學校當局及財政措施[illegible]思想反動	〃	〃	前師院[illegible]育系學生

房的大籃子，裝作買菜那樣走出去。正當我走到大門附近，轉身就要出去的時候，屁股後面卻被兩支槍頂住了。

「幹什麼的？」我轉過身，看到兩個一臉兇相的兵；他們以為我是從外面混進來的，不准我進去。

我於是順勢騙他們說：「這兩天，一直下大雨，天氣變冷了，我的東家叫我來看看我家少爺，問要不要送衣服來。」

「不行！不行！出去！出去！」結果，那兩個兵就把我轟出來了。

一出大門，我就拐進附近的小巷子裡，先把斗笠那些都拿掉，然後跑到法學院；我找到薩孟武院長，質問他：「你為什麼不出面保障學生的安全？」

當時快要上課了，政治系主任萬仲文也在，他們倆聽了我的質問，看著我，也沒說甚麼。

後來，薩孟武從抽屜裡拿出一張上面登有通緝名單的報紙，心平氣和的問我：「你是從哪兒進來的？」

我當時心裡面還有氣，就不客氣地說：「當然是從大門走進來的！」

他聽了，說：「唉呀！你趕快從東北角的圍牆缺口走吧！」

就意識形態而言，薩孟武講的雖然是法西斯的政治學；但從這件事情來看，我覺得他這個人還是滿有正義感的。當時，如果他要抓我，只需一個電話就可以；可他不但沒有那麼做，還讓我安全脫逃。

營救與偷渡

那天早上，離開台大法學院後，我就直奔桃園鄉下，躲到一個台灣同學的家裡。

兩天後（四月九日），我從報上得知台大同學組織了一個營救委員會；我就立刻與台北的進步同學聯繫，參與營救被捕同學的活動。我認爲：一個人要逃命是很容易的，但這樣會被國民黨看做是膽小鬼、無情無義的人哪！自己跑了，卻把同學扔下來不管！所以，我當時就下決心，要把營救工作幹到底！只要我一天沒被抓，我就幹一天。

然而，當同學們看到我出現時都嚇了一跳！因爲他們原先都認爲我死了。這究竟是怎麼一回事呢？他們於是解釋說，那天早上，我跑出來的時候，床上的棉被沒摺，房間也很亂，大家都以爲我一定是半夜被抓走了；後來，新生南路的涵洞裡又發現一具屍體，穿的衣服和皮鞋都像我的，可是臉已經被砸爛了，認不出來；所以，他們都認爲我一定是被秘密殺害了。既然我還活著，那些同學爲了幫我脫身，就繼續放出風聲說我死了。聽說內地的報紙也登了我被殺害的消息，因此，許多人還一直以爲我早就犧牲了。

營救會動用了各種有限的力量，聲援被捕的同學；爲了要讓國民黨知道，這些學生是有人關心的，使得他們不敢下毒手；每隔一天兩天的，營救會就會找個人，送點魚肝油、牛奶、餅乾等食品，或是保暖的衣服，到牢裡去給同學。因爲「麥浪」演出時募集了一點錢，我們把這個錢都用到這裡頭去了。

這段時期，我要沒事就待在桃園鄉下，不敢亂跑。有一次，我去理髮，自然就和那些村民聊起來。

他們首先就好奇地問說：「你爲什麼自己一個人跑到這裡來呢？」

「我來台灣做一點小生意，」我不方便暴露身份，只好騙他們說：「我的老婆和孩子都在大陸。」

有人就說：「那你怎麼不回去，把他們也帶過來呢？」

「我是想回去啊！」我裝作有點不好意思地笑笑說：「可是生意失敗了，沒錢回去啊！」

「你家鄉在那裡？」有人用同情的語調問我。

我隨口就說：「福州。」

「福州，」那個人興奮地說：「那就好辦了！」

他告訴我，新竹的漁港有到福州的船，是可以裝十幾噸貨物的木船，要是起東南風的話，一個晚上就可以到福州了。我問他要多少錢？他說，包一條船也不過十萬塊（舊）台幣；他可以幫我介紹。

當時，許多倖免被捕的同學，跟我一樣，還在四處逃亡。我想，這條路要是走得通的話，就可以安排他們偷渡離台了。於是，第二天，我就跟他去找了船老大；我告訴船老大：我們有一批內地人，因爲在台灣謀生困難，想回內地，可是沒有足夠的錢坐客船，所以想租他的木船回去。他說沒問題。我又問他：一條船可以載多少人？他說：十個人。

我把狀況搞清楚以後，立刻通知營救會的負責同學，請他們設法聯絡那些逃散的同學。通過營救會的聯絡，結果，有十幾個同學決定偷渡回內地。我於是又再去找船老大，跟他說：我們人比較多，想租兩條船，租金二十萬（舊）台幣。他爽快地答應了；不過，他要我們先在新竹市找個旅館等，哪天晚上只要東南風一起，我們就趕去漁港，上船過去。

這樣說定以後，我就開始做聯絡工作，然後在新竹的旅館租了幾個小房間，讓同學們集中到新竹來時可以住。當一切都安排妥當後，我就去找船老大；他告訴我這兩天應該會有東南風，要我們準備好。我因爲被通緝中，身分敏感，就問他是否可以先讓我住到船上，這樣，東南風一起，我可以立刻去通知其它人。他說這樣也好，省得他跑一趟。

不料，我才剛上船，立刻發現有兩個警察正要上船來盤查；我想，這下慘了！當時，我不敢確定那兩個警察是不是要來抓我？可爲了安全起見，我就把行李交給船老大保管，然後跳到另一條船上，逃回新竹。

那天晚上，沒有月亮，我和護送我的那位同學，走著走著，就迷路了。我們走了老半天卻還沒有到新竹，放眼一看，只見黑漆漆的原野上，四處散立著一壘壘的土堆；起初，以爲走到墳地去了，在裡頭轉了半天之後，我們才知道，原來那並不是土堆，而是飛機包。我想：這下糟了，怎麼跑到國民黨的軍用機場來了？這不是自投羅網嗎？還好，我們在裡頭轉了半天，一直到走出來時，都沒碰到一個哨兵。

從廈門到香港

我回到新竹的旅館以後，幾個營救會的同學就勸我說：「你的目標比較大，不如算了；現在，不管是輪船碼頭或是火車站，都有通緝你的照片；就是機場沒有。國民黨也許

1998年9月3日，作者與殷葆衷、陳炳基、胡世璘及林義萍等歷史見證人合影於北京。

認爲學生沒有經濟能力坐飛機吧！依我們看，還是我們給你買張飛機票，到廈門去算了；只要一個小時就飛過去了。」爲了讓其他同學順利偷渡，我決定不跟他們一起走。

當時的機票錢不算太貴。同學們幫我買了機票，然後在飛機起飛前十幾分鐘，用車子把我直接載到飛機升降梯底下，我下了車，立刻就上了飛機（當時沒有什麼安全檢查）。飛機上大概有五十幾個人；整整一個小時之後，我平安無事地到了廈門。就這樣，除了極少數人，再沒什麼人知道，我是怎樣逃離台灣的。

到了廈門之後，我就坐船到香港。

一到香港，我立即找到公開發行的《群眾》雜誌社，向他們提出要求，希望他們能夠安排我到解放區去。幾天之後，他們給我的回答卻是要我留在香港做些工作。他們預料，陸續還會有學生從台灣

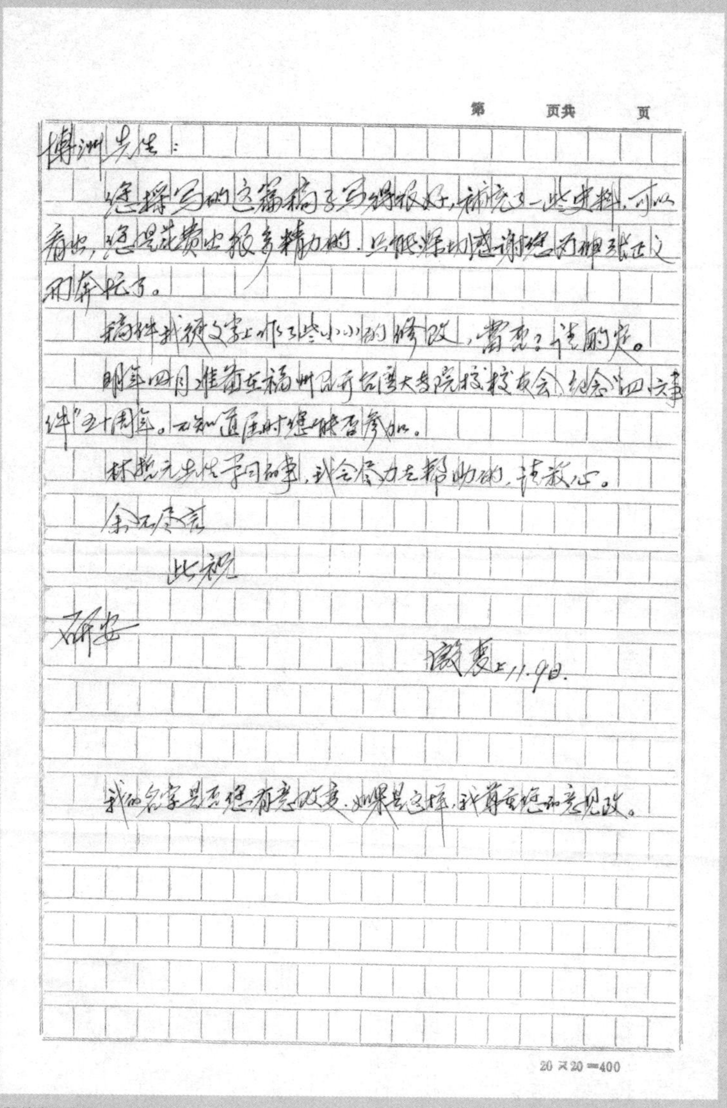
第　　页共　　页

博洲先生：

您撰写的这篇稿子写得很好，补充了一些史料，可以看出，您是花费了很多精力的。只能深切地感谢您为伸张正义而奔忙了。

稿件我在文字上作了些小小的修改，当否？请斟定。

明年四月准备在福州召开台湾大专院校校友会，纪念"四六事件"五十周年。不知道届时您能否参加。

林樑元先生学习的事，我会尽力去帮助他的，请放心。

余不尽言

此祝

研安

葆衷 11.4日.

我的名字是否您有意改变，如果是这样，我尊重您的意见改。

20×20=400

殷葆衷致作者函。

出來。因爲我對台灣的學生比較了解，他們就要我做接待工作，處理他們的吃、住問題。所以，我就留下來了。

在香港，我的吃、住雖然沒有問題，但卻苦於沒有生活費。我一直不好意思向他們開口要，後來，實在撐不下去了，才硬著頭皮向他們反映。他們要我儘可能先自理，以後再設法給我補貼。

「要怎麼自理呢？」我問他們。

「寫稿，」他們說：「大家都在寫稿啊！寫了稿，可以投到一些進步的報紙去，像《大公報》、《文匯報》啦！寫一千字，稿費四塊港幣。」

聽他們這樣說，我就利用空閒的時候寫文章。那時，只要我稿子寫好，送到報社去，第二天就可以領到稿費了。一個月下來，大概也有一百多塊港幣，收入還不低耶！相當一個中等職員的薪水。

後來，《文匯報》那邊的領導人見我能寫文章，就要我去編《文匯報》的「自然科學」副刊，這個副刊主要是聯絡歐美留學生，號召他們回祖國工作；並且登一些他們的文章。副刊一個星期出兩次，由曾昭倫主編，他是一位有名的化學家，後來是北大的教務長；還有一位是嚴希純，以前是上海交通大學物理系教授。

一九四九年七月二十日起，一連三天，《大公報》分上、中、下登了我一篇文章〈血淚話澎湖〉；當時，我用的筆名叫許芝。後來，這邊出了一本儲安平主編的《論台灣問題》的書，裡面總共只收了兩篇文章，其中一篇就是我的〈血淚話澎湖〉。

到了八月底，大部份的人都被分派出去工作；我也被派到華北。後來，我提出再學習的意願，就進到人民大學就讀；畢業後也一直留在人大教書。文革時，不可免地受到一些衝擊，接受了審查，然後就沒事了，靠邊站；我於是利用這段時間，多讀了好多書！一九八三年，我離開人民大學；第二年，轉到中國社會科學院的出版部門服務，主要負責審稿的工作，並從事中國經濟思想史這門學科的研究和教學。

採訪時間：一九九三年六月十日
採訪地點：北京華僑飯店

爲搞學運到台大

——林義萍的證言

林義萍，福建福清人，一九二五年生。
一九四六年八月下旬來台，就讀台大化工系；原麥浪歌詠隊隊員。
一九四九年八月，逃回大陸；現居北京。

林義萍（藍博洲 攝）

就家庭背景來說，其實，我的身分也是「歸僑」啦！我父親那一代，一直都住在日本，一九三一年「九・一八事變」以後，日本社會排華得很厲害，我們全家就從日本回到上海。那年我才六歲。因爲受過日本的排害，所以，我小的時候就有強烈的「抗日」思想。

一九四六年七月，我自上海南洋中學畢業，正好遇上台灣大學第一次招考，我就報了名，然後在浙江大學應考；考上後，八月下旬，學校還沒開學，我就過去台灣了。

到台灣搞學運

那時候，台灣因爲受到戰爭的影響吧！市面上並沒有多少東西可買呀！東西少，日用品也很難買。因爲我姐姐跟我姐夫先到台北，他們來信說需要這些生活用品；所以，學校還沒開學，我就提早過去了。我記得，我去的時候，帶了好多生活日用品過去呢！煙、燈泡啊什麼的！這些在上海有的是。那時候，煙特別値錢呀！因爲少啊！我想，國民黨也是活該，人家台灣同胞的生活已經這樣不容易了，他們那些接收官員還是那麼腐敗！人家當然要起來反抗的。所以，後來爆發「二·二八」事變時，我一點也不意外。

其實，我的背景是……（笑），應該這麼說，我是爲了搞學生運動而到台灣唸大學的；因爲，在大陸讀中學時，我就開始在學校搞抗日學生運動了。那麼，我爲什麼會選擇到台灣去唸大學呢？那是因爲我在台灣有社會關係——親屬關係，所以不論是念書或是搞學運，兩方面都很方便。那時候，你如果沒有這樣的社會關係，要單獨去台灣是很麻煩的呀！而我到台灣就是要搞學生運動，目的就是這個……（笑）。

一九四七年一．九反美運動

到了台灣以後，我就開始幹了呀！

光復初期，台北的幾次學生運動，我都參加了。我聽說，一九四五至一九四六年間，本省學生也搞了一些運動；但我因爲跟他們還不熟，所以沒有參加。我最早參加的一個運動就是：因爲北大「沈崇事件」，台北學生響應北京學生的號召，而於一九四七年一月九日發起的反美遊行。

（藍按：一九四六年十二月二十四日晚上，北大先修班女學生沈崇路過北平東單操場時，被兩個美國兵拉到小樹林裡強姦。北平的一家民營通訊社——亞光社獲悉這一事件後，立刻在第二天下午向各報社發出這條新聞。當各家報社收到這條新聞以後，不久又緊接著收到一則發自中央社的啓事：

「頃警察局電知本社代爲轉達各報，關於今日亞光社所發某大學女生被美兵姦污稿，希望能予緩登。據謂此事已由警察局與美方交涉，必有結果。」——余滌清《中國革命史冊上的光輝一頁》

然而，第二天（二十六日），北平《新生報》、《世界日報》、《經世日報》和《北平日報》卻不顧國民黨當局的禁令，照常登載了亞光社的新聞稿。《新生報》甚至巧妙地把中央社的〈啓

1947年1月9日，台北學生的遊行隊伍，在衡陽路口被沙包所阻。
（方生提供，藍博洲 翻拍）

事〉改編成新聞登了出來，暴露了國民黨當局封鎖消息的企圖。

因爲這樣，抗日戰爭勝利後，廣大人民和學生長期鬱結在心中的怒火，終於被點燃了。北平學生在認識到美國帝國主義要把中國變成它獨占的殖民地的危機時刻，首先喊出「美軍撤出中國」的第一聲。同時，從北平開始的抗暴運動迅速擴展爲全國規模的反美反蔣運動，就在這樣的洪流衝擊下，台灣學生也起來響應了。）

就我個人的看法，這個運動算是當時台灣學生運動中規模最大的一次；以後雖然也有幾次，但就是沒有這麼大。不曉得是因爲第一次呢？還是怎麼著？有很多的中學生都來參加了。

我在遊行隊伍中什麼身份也不是，只是以「學生個人」的身份積極參與而已。當時，我帶著相機沿路照，記錄了整個遊行活動的過程。這些照片，一方面自己留下來當資料；一方面也寄到上海，給一些剛從學校畢業、有心要來台灣唸書的同學，讓他們瞭解這裡的情況；但他們究竟怎麼處理這些照片？有沒有拿出去發表？這我就不清楚了。很遺憾，歷經幾十年的動盪，現在，我手邊也沒有這些資料和照片了。

當時，我並不是跟在人家後頭瞎起鬨的！參加遊行之前，我還是會先搞清楚究竟在國內搞的這個運動是進步的？還是怎麼樣的？這一個區別還是有的。那時候，遊行的主題就是要「反美抗暴」嘛！當然，它也是愛國的啦！而我向來是最反對美國帝國主義的了；只要你反美、反國民黨的腐敗，我一定積極參加。

那次的遊行，連中學生也起來了；當時，集會的現場（新公園）大約有一萬多人，眞正參加遊行的好像就有五、六千人哪！那個隊伍排得很長呀！四個人一排，整整齊齊。那時候，走在前面的是中學生，我記得，他們女同學身上穿著日本海軍式的學生制服；大學生則走在後面。

就「沈崇案件」來說，因爲國民黨並沒有眞正審判嘛！那些美國兵後來都是無罪的嘛！這最讓我們感到生氣了。畢竟，我們當學生的多少都還有些正義感。我想，這也是爲什麼這次遊行比較容易動員的原因，實在令人氣憤嘛！當然，從另一方面來說，也是因爲當時的國民黨還沒有那麼注意台灣；所以，這次的運動才能這樣沒事就過去了。

我們化工系那班，大部份都是內地去的，本省人很少。儘管，在我們剛來的時候，內地來的同學跟本省籍的同學之間，有一些語言隔閡，我們還是一起搞，沒有分彼此的。

反對續招插班生

「沈崇事件」的反美遊行之後，接著就是「二·二八」。

「二·二八」發生時，我剛好在中山北路二段姐姐家住（有時候我也住宿舍）。事件爆發點的那個煙攤，就在那條橫馬路過去不遠的地方嘛！因爲它的性質跟「沈崇事件」有一點不一樣，算是個「官逼民反」的民眾起義，是兩回事，並不適合搞學生運動，所以我沒有參加。

我認爲，搞學生運動，是不能天天遊行示威的呀！眞的搞學生運動，平常是要去組織學生的，因此是要搞一個合法的、公開的社團呀這一類的東西，這是較主要的；要不然，大家怎麼能有其它共同的認識呢！於是，緊跟著，我們就搞了「歌詠隊」等等各式各樣的學生社團。因爲在「二·二八」之後，我們的工作再不能大規模地去搞呀！國民黨在鎭壓後也很注意了；所以，我們就下來搞一些細緻的工作與活動。

除了參加社團活動之外，我覺得，既然要插手搞學生運動，我們在學校裡同時還要通過學生自治會，搞組織；學生自治會是公開的、合法的學生自治組織，可以搞的。陳實就是當時「自聯會」的主席。實際上，當時各個學院都有學生會；而「自聯會」主席就是從

中華民國三十七年十一月二十七日　臺大學生新聞　星期六　第二版

內地歸來

葉盛吉

論反續招轉學生事件

一凡

1948年秋天，台大學生展開「反對續招轉學生」運動。（照片提供葉光毅）

各院學生會主席聯席會議裡推選出來的。我們就開始去搞這個，這都是純粹的學生運動。

接著，一九四八年十月，我們剛好碰到台大繼續招生（轉學生）的問題。開學以後，學校還陸續進來從大陸來的學生；他們也從沒對人說：「我是轉學生！」沒有！好像他們也是通過招生考試進台大的！但是，我們已經知道這些進來台大的人都是有來歷的，也就是說，他們並不是眞正的學生；這些人主要都是他們安排來的，什麼青年軍呀什麼的！但他們都說是來插班的。當時，學生們認爲，青年軍不就是國民黨的……嘛！說起來，我們當初爲了進台大還得爲入學考試弄得半天……，你怎麼可以說要安插誰就安插誰呢……？雖然他們也有舉行考試！但我們很清楚，那只不過是個形式而已！他們主要都是這麼安排進來的。所以，爲了不讓當局安排不是眞正的學生進來台大，「自聯會」就提出「反對續招插班生」的口號。因爲大部份同學也反對「繼續招生」，這一個運動呢，一下子就搞起來了！而且搞得比較厲害，後來還把校長（莊長恭）跟教務長（丁西林）都逼跑了。

麥浪歌詠隊

當時，台大有許多各種各樣的社團，但其中最活躍的就是「麥浪歌詠隊」；也可以說，在所有的社團裡影響力最大的，也是「麥浪歌詠隊」。我爲什麼說「麥浪歌詠隊」的影響比較突出呢？原因就是它不單是在台大演出，還跨出校園；它在爲自聯會募捐福利基

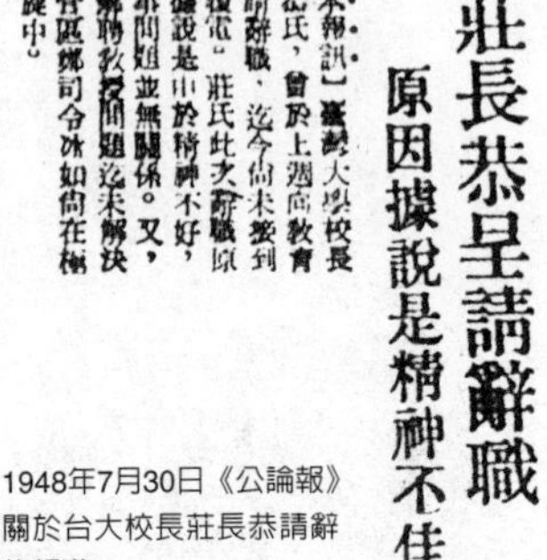

莊長恭呈請辭職
原因據說是精神不佳

〔本報訊〕臺灣大學校長莊長恭氏，曾於上週向教育部呈請辭職，迄今尚未接到該部覆電。莊氏此次辭職原因，據說是由於精神不好，與人事問題並無關係。又，臺大解聘教授問題迄未解決，師管區鄒司令亦如尚在極力斡旋中。

1948年7月30日《公論報》關於台大校長莊長恭請辭的報導。

中華民國三十九年七月十七日

甘作匪諜為虎作倀

前臺電公司總經理
劉晉鈺今晨槍決
該公司前駐滬聯絡員
嚴惠先亦於同時伏法

劉嚴兩逆
叛國罪行

劉逆曾寫自白書
竟有臉提「惜才」的要求

1950年7月17日台電總經理劉晉鈺被槍決。

金的演出之前，就在中山堂演出；演出完，就去旅行演出；這是當局最頭疼的事了。我們當時是利用電力公司總經理劉晉鈺的關係，在全省表演的。從台北、台中、台南這樣一路演下去的呀！這樣，它所帶來的影響是很大的，了不起的；因爲我們是公開在社會上演出的啊！所以，它的活動就特別引人注目。

我後來對「四．六事件」有一個看法，那就是，爲什麼國民黨台灣當局要選擇「四．六」那天逮捕學生？而不是「四．五」或「四．七」呢？我想，這是很微妙的，有原因的！我認爲，這就跟「麥浪」有關啦！怎麼說呢？因爲「麥浪」是一九四八年四月五日成立的，後來，它就開始活動了。這一活動啊，確實是影響很大的；同學們很快地就投到這兒來。所以，我認爲當局會從四月五日開始逮捕學生，就是這麼來的。我看到這以後被逮捕的人裡頭，「麥浪歌詠隊」的成員就抓了不少。

剛開始，我們「麥浪歌詠隊」演出的成員，多數是內地去的同學；所以，我們後來不得不離開學校的時候，離開台灣逃回大陸的也大都是內地人。

「麥浪」還有一個特點，那就是，隊員除了主要是我們台大的學生之外，師範學院也有一部份同學參加在我們裡面；因此呢，雖然說是台大的「麥浪歌詠隊」，但實際上它已是跨校際的學生社團了。那時候，在台北最有名的兩所大學，主要也是一個台大，一個師院嘛！

麥浪全體合影於中南部某地。（周韻香提供）

麥浪的四個男隊員。（周韻香提供）

當時，師範學院有一個老師，頂好的一個老師，叫黃榮燦的（據說後來也被抓去槍斃了）。他非常積極地參與「麥浪」的活動，他經常到我們這兒來，跟我們一起搞活動，他是搞化粧的；他在師院就是教美術。我們都很尊敬他，他在我們歌詠隊裡面算是年紀最大的，有三十好幾了吧！你說你聽說黃榮燦會到「麥浪」，是爲了談戀愛去的嗎？（嘿嘿……）如果眞是這樣，那師範學院裡頭也有女學生啊！究竟他到「麥浪」是不是要去談戀愛呢？我也不敢肯定地說。可我想，那是表面現象，我沒感覺到，也不這麼認爲。在我看來，他是很合群的人，是不是跟誰有特別的關係？我也沒有察覺。倒是我們隊員之間，的確是有在隊裡頭找對象的，這就很多了，還有互相吃醋的……。我們演到屛東之後會演不下去，就是因爲指揮爲了感情的關係，搞了個名堂，發了脾氣，離開，不指揮了！不得已，劉登民（台電總經理劉晉鈺的兒子）只好上去代替！

從南部旅行演出回來以後，我們還有一個學生運動，那就是一九四九年三月因爲警察亂抓學生而引起的學生「反迫害」遊行。其實，被抓的學生原是師範學院的學生，我們當時也不知道；後來，他們到台大的宿舍來說：「同學被抓了！」有人一號召，大家就趕去聲援；再後來，這個一般所謂的「單車雙載事件」，也發展爲大規模的、眞正的學生運動。第二天，台大和師院的學生又集合起來，然後遊行到警察總局去。

在我看呢，當時台北的學生運動，就以「一二．九」遊行和這次的遊行，規模最大。不過，這次的運動規模並沒有「沈崇事件」的大。

遊行以後，三月二十九日，我們學生還在台大法學院操場搞了一個晚會；晚會的節目主要也是「麥浪歌詠隊」的民歌、民舞表演。我在演出〈康定情歌〉時，是跳舞的。

四·六事件

四月五日，是我們「麥浪歌詠隊」成立一周年的紀念日。我記得，那天晚上，我們在台大文學院食堂開紀念會；那裡有現成的桌子啊！桌子擺了一圈，一方面匯報、匯演一下；一方面紀念我們的一周年。我們在裡面匯報演出完以後就大家發言，說將來要幹些什麼的呀！也討論到要怎麼紀念「五·四」的事。現場的氣氛眞是熱鬧極了。

當天，我們的會開到很晚，大概晚上十來點吧！事情也是很巧的，我那天沒有回宿舍；正好我一個姓陳的同學（福建老鄉）就住學校附近，那天又比較晚了，他就要我別回宿舍，到他家裡去住。

第二天，起床後，我馬上就要回宿舍，準備到學校上課。結果，我走到師院附近的時候，才知道前一天晚上已經開始抓人了。從宿舍到學校的新生南路上，平常這個時候已有很多同學在走動了，可是當時卻一個學生都沒有。因爲我那天沒有回到新生南路宿舍住，所以我僥倖沒有被捕；我想，這也是一種非常偶然的機運，並不是我事先得到什麼情報。

雖說名單上沒有我，但是，如果我在現場的話，也難保我不會被捕。如果那晚我回宿舍住的話，嘿嘿……，我想也是夠嗆的啦！

我個人的看法，「四．六事件」的發生，並不是因爲我們那天又發動全台北的學生來搞示威遊行！不是的！沒有！什麼運動也沒有！那麼是什麼原因呢？我以爲，它應該和我們四月五日那天在食堂裡面開紀念會有關。怎麼說呢？其實，我們當時已注意到食堂外面有特務在監視我們了。但是，他們在外面，聽不清楚我們的談話，根本不會知道裡面在討論些什麼！那麼，爲什麼抓人的時間會那麼巧就在當天晚上呢？我想，除了我們的紀念會引起當局的緊張之外，就沒有別的原因了；因爲之前並沒有遊行示威呀！學生沒有到街上去啊！但他半夜就開始抓人。我想，當局可能認爲，我們這樣熱烈的搞紀念會，那第二天肯定會有些什麼遊行示威的安排吧！因爲這距離「單車雙載事件」沒有多久時間嘛！

我想，這裡面就牽涉到了國民黨是有鎭壓我們的企圖的！其實，它早就在暗中監視我們了。這從後來眞正發生事情的那天就可以曉得的。我後來聽當時在宿舍現場的同學說，當天逮捕時，是學校傳達室負責收發信件的來指認學生的！但是經他指認而被抓的是不是都是「麥浪歌詠隊」的人呢？這也不一定。所以，他所點名抓的人大概都是因爲去領信件而被他認識的同學吧！我們學生和大陸上親友的信件來往，基本上都是通過他的；那時候，有些講國民黨怎麼怎麼著，宣傳解放軍是什麼的「宣傳品」，也會夾在信中寄過來呀！而這種材料就正是他所注意的。所以，當局就是通過他這個渠道抓人的呀！等到通緝名單出來，就靠著收發員的指點抓人；但收發員也不是全都認識，有的就在那兒他也沒指點著，也沒抓著，這也是有的啊！因爲如果你的信件老經過他，你去拿得多了，他就每次認啊認的，就熟了嘛！所以，有些平常既不搞學運，也不是「麥浪」成員的同學，仍然被抓。這表示它並不光抓我們這些活躍、公開的人哪！我因爲在中學就開始搞學運，知道會有這個問題，所以，我的信件來往都在姐姐家，沒有在學校。

你說，「四·六」之前國民黨當局原想通過秘密逮捕，把學運鎮壓下去；不料因爲被師院自治會主席逃脫，乾脆就展開大逮捕的行動。是的，起初是要秘密逮捕的。他們要下手，這是肯定的；要不然，陳實那一批人就不會都先走了。這就是說，我們搞學生運動的人也有內幕情報的（笑）。雖是這麼說，但我還是認爲，「四·六事件」的發生，至少還是和「麥浪歌詠隊」的成立紀念會有關。因爲在四月五日當天，別的社團都沒有任何活動啊！包括師院也都沒有。

但是，當天晚上，我們台大的幾個學運的主要頭頭，都在食堂裡面開會；而且，紀念會一直開到晚上很晚很晚……。所以說，它如果已經開始動手了，那就是個別的逮捕事件，不會變成「四·六」，一下子就那麼大範圍地搞。因此，我認爲還是跟我們這樣轟轟烈烈地開會，而且又要搞紀念活動是有關的。當然，它抓人是遲早的事。話又說回來，它

林義萍與麥浪隊友胡世璘及殷葆衷。（藍博洲 攝）

要抓人也不一定是因爲我們這個；但爲什麼會選在這一天，而且一下子變成大規模的逮捕？我因此認爲和我們搞麥浪成立周年紀念會這事一定有關的。

營救與逃亡

「四．六」後，我們就搞了一個「營救活動」。就是去探望被捕的同學，帶點生活日用品給他們啦，這一類的事情。我個人認爲，這樣的行動並不適合由組織搞大票大票的人去，而應該個別行動；當時，由組織營救的也有，但我沒有參加。因爲，到這個時候了，有組織的去營救並不合適；反而是個別去，對大家都好一點。

這件事完了以後，到了四月底，比較活躍的、沒事的，就開始撤了。我等同學們都走得差不多了，才想自己也該回來了；所以，我走的時候，台灣已經沒有船到上海、福建了。由於基隆沒有船了，我就到高雄搭船到香港。

我是五月下旬到達香港的。當時，香港也沒有船到上海了。因爲當時有謠言說美國要在長江口佈雷，因此，所有開往上海的商船都停駛了；我就在香港待了好幾個月。在那裡，我還碰到了「麥浪」的隊員殷葆衷，後來，我們又分開，各走各的。那時候，福建還沒解放（直到一九五〇年才解放），有船到廈門，我就從香港搭船過去，然後在廈門等待。八月二十七日，福州一解放，我就立刻回到上海（已解放）。這樣，我從台灣繞了一圈之後，又回到上海。

採訪時間：一九九八年九月三日
採訪地點：北京台盟中央會客室

怎麼可以這樣亂抓人？

——烏蔚庭的證言

烏蔚庭，江蘇寧波人，一九二九年生。
一九四六年十月隻身來台，一九四七年七月考進台大農化系，
一九四八年九月參加麥浪歌詠隊，負責準備演出的服裝。

烏蔚庭（藍博洲 攝）

一九四五年八月，抗戰勝利。當時，我已經高中畢業了。一九四六年夏天，我聽幾個到台大唸書的中學同學說，台大的學習環境還不錯，就想來投考台大。十月，爲了參加台大的招生考試，我從上海坐船來台；考試的日期是十月二十三日，但是，我搭的船十月二十五日才到，因此錯過了考試。還好，當時有兩個好朋友正就讀台大先修班，我於是先住到他們位於水道町的宿舍，準備第二年再

1999年4月6日下午，作者在台北採訪烏蔚庭先生。（林一明 攝）

考。

後來，我又向當時的長官公署教育處申請，進入建國中學補習。我記得，當時的建中校長是陳文彬先生。我們那班一共有四十名學生，除了三名本省籍的同學之外，其他都是外省人；但是，大家都相處得很融洽，一點也沒有什麼省籍的矛盾。

關於這點，我可以舉一九四七年二・二八事變發生時的兩個實例來說明。

首先，事變發生的那天下午，我正好在植物園，並不知道外頭發生的事情；當我走回學校，碰到兩個認識的本省籍的低班同學時，他們神色緊張地說：「你怎麼還在外頭逗留，趕快回去，要不然會出事的！……」聽他們告訴我以後，我才知道事情的嚴重性；因為已經有一些外省人在路上被毆打了。我於是趕緊回去水道町的住處。

整個事變期間，我和另兩個朋友一直待在屋裡頭，不敢到外頭亂走。幸好，當時我們僱請來幫我們煮飯的本省籍的歐巴桑很照顧我們，每天仍然按時來給我們煮飯，米買不到就買地瓜；我們就在她的保護下，平安無事地度過這段動亂的日子。

考進台大農化系

這年七月，我如願考上台大農化系。因爲個性外向，喜歡參加活動，所以學校裡的社團活動，像是辦壁報或考生服務團，我都熱心參加。升上大二那學期，大概是一九四八年九月吧！開學不久，葛揚先與葛知方兩兄弟就來找我參加「麥浪歌詠隊」，我喜歡活動，就去參加了。可我不是很會唱歌，主要就是演出時負責服裝（另外一名同學是蔣子瑜）。麥浪的演出服裝，基本上都是租借來的；我記得，有個關心麥浪的本省籍同學楊斌彥，爲了演出所需的農民衣服還特地帶我到鄉下（現在我已經記不得是什麼地方了），跟本省農民借。

烏蔚庭

另外，我對麥浪一個叫做湯銘新的人，印象特別深刻；這個人當時是台大的體育老師，會拉胡琴，也會跳各種邊疆舞蹈，可以說是麥浪的舞蹈老師。「四六事件」之後，麥浪的成員幾乎不可免地遭到監禁或其他各種麻煩，儘管我們後來並沒

麥浪男女隊員在某鄉村。（周韻香提供）

打橋牌的麥浪隊員。（周韻香提供）

有什麼往來，可我知道，他似乎一點事也沒有，後來還一帆風順，當了籃球的國際裁判。

三·二一反暴遊行

到了一九四九年，隨著大陸上內戰形勢的變化，台北的校園氣氛似乎也愈來愈緊張了。首先是三月二十日，因爲警察毆打學生而引起的學生包圍第四分局的事吧！當時，我已經住在新生南路的台大男生（第一）宿舍了。那天晚上，我在寢室裡頭聽到外頭敲鑼、打鼓的聲音，就好奇地出去瞧瞧；我看到，一名警官，應該就是第四分局的局長吧！被學生留置宿舍進口處的中山室（學生看報的地方）坐著，一名校警坐在裡頭陪他。我也搞不清楚究竟是怎麼回事？

第二天早上，同學們說爲了抗議警察暴行，要到市警局請願；我就加入台大的遊行隊伍，走到台北市警察局。我在考生服務團時經常負責寫海報，到了市警局旁邊的中山堂廣場時，有個同學就拿了一疊白報紙來找我說：「老烏，你會寫字，就寫幾張標語吧！」我想，這是大家的事，也沒有推辭，於是走到對面的地政局，向門口的收發借了筆、墨、硯台，然後就在地政局走廊的人行道上蹲著寫標語。至於標語的內容要寫些什麼？也沒有人告訴我；完全由我自己決定。首先，我毫不考慮就寫了一句「警察怎麼能夠打人？」的口號；但是，接下來要寫些什麼呢？我想了一下，就把大陸上學生運動的口號，諸如反內戰啦！反饑餓啦！美軍怎麼怎麼樣啦！一條一條地寫下去。寫好以後，有個叫沈慕如的台大同學，就拿過去，然後爬到市警局的二樓外牆張貼；但是，沈慕如大概只貼了五、六張左右，請願活動就結束了。台大的學生隊伍於是走到博物館門口，在也是麥浪隊員的機械系同學陳錢潮發表演講後，才解散回宿舍。

從三·二九到四·六

三月二十九日那天，政府在中山堂舉辦一場青年晚會；我們學生就在台大法學院操場辦，打對台戲。到了會場，我看到現場已經擠得人山人海，走路都走不動了；後來我聽說，政府在中山堂辦的晚會，人卻寥寥無幾。當時台電總經理劉晉鈺的兩個兒子劉登民和劉登元，也是台大學生；當天晚上，他們兩兄弟向台電借了兩、三個探照燈，架在二樓教室的窗戶上，往操場方向照，把操場照得很亮。我們就在操場上唱歌、跳舞，並且教那些中學生跳秧歌舞。那天晚上，就我所曉得的，那是台灣第一次公開跳秧歌舞的。那些中學生以前沒看過人跳這種舞，也跳得很開心。

到了四月五日，音樂節的那天晚上，麥浪歌詠隊全體隊員在校本部福利社的餐廳聚會，慶祝音樂節。台靜農老師的女兒台純懿及林義萍還表演了拿手好戲〈康定情歌〉。大家的情緒十分熱烈，沉緬在去中南部演出獲得的空前轟動的甜蜜回憶中。慶祝會在十一時左右結束。當時，天空下著毛毛雨，我騎著自行車，錢歌川的女兒錢曼娜撐著傘，坐在車後書包架上；我先送她回家，然後再回到新生南路的第一宿舍。

我在第一宿舍住的是二號寢室，大家叫它「二號館」。室中共住著六位同學，都是光復後最早考入台大的外省籍青年，其中包括麥浪隊員林義萍及一位姓孫的農經系學生；和另一位姓朱的醫學院學生。

我睡得很沉。到了四月六日清晨，卻被走廊上異乎尋常的沉重的腳步聲所驚醒。這時，外頭正下著大雨。起來後，我發現門縫中塞有一張紙，是警備總部署名的黑名單，上面列有十多位他們要抓的學生名字，其中有好多位住在第一宿舍，不過，沒有一個是「二號館」的人。我開了門向外張望，不由得大吃一驚，因為走廊上至少有五、六位著軍服荷

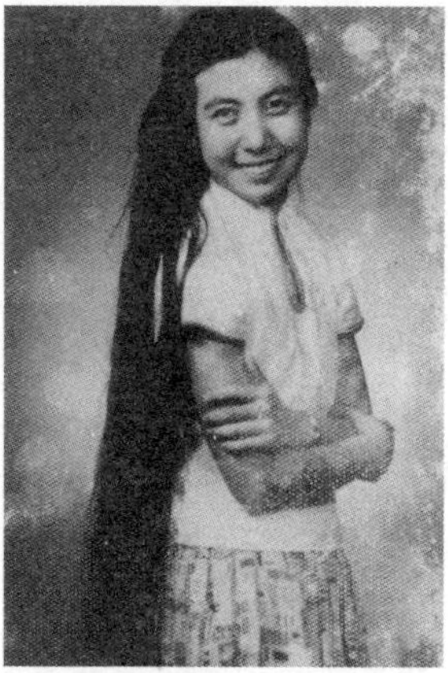

麥浪女隊員台純懿。（台靜農教授的女兒）（周韻香提供）

槍的士兵。我再走到房間的另一頭，打開窗戶，我看到在室外的大操場上，至少有數十位軍人遠遠地站著；他們都套著黃綠色雨衣，倒背著步槍，團團包圍了宿舍。這時候，每個人都起床了，大家很懼怕，不知如何是好。後來，有一位膽子較大的同學，拿著面盆及漱洗用具出了房間想去洗臉，卻被走廊上的軍人擋住了，說每個人必須留在房間，不准外出。他回到房中，面面相覷，不敢作聲；再後來，有一位同學急著要上廁所，一位士兵就把他押去押回。

那時候的警備總部似乎沒有抓學生的「經驗」或準備。舉例說，他們並不知名單上的學生住在那一宿舍（台大當時有許多宿舍），第一宿舍有廿個寢室，作「丁」字型排列，他們也根本不知某一學生住那一房間？從這點就可以知道，張光直在《蕃薯人的故事》中關於台大校長傅斯年與警總合作的說法應是不確實的臆測；否則，他們當時便可直接進入某宿舍某房間去抓人而不必勞師動眾。再者，學生並無武器，根本用不著以數百名軍人分數層包圍第一宿舍，並封鎖由信義路到和平東路間的新生南路。

按名逮捕

許久之後，軍人們傳話進來，要全體學生去飯廳集中。那個飯廳很大，可容一二千人吃飯。靠宿舍進口，面對新生南路。於是大家緩緩的走向飯廳。當我經過第十號房間時，碰到浙江籍的法學院學生許華江，他是「黑名單」之一。他神色緊張，向我靠近，偷偷地把國民身分証塞給我，說：「我出事了，請你暫時替我保管身分証。」我當時也不知如何回答，只好將他的身分証收下，放入褲袋中。那天，他被捕，被囚多年，出獄時我又已經離台灣；所以，一直沒有機會把身分証還他。據知，他目前仍在台灣，想必早已重領了新的身分証。

當大部份學生走近宿舍進口時，天已放晴。這時候，人群中突然有一人大喊說：「我們大家跑到校本部去！」說也奇怪，他這一喊，學生們眞的一下子就一齊往新生南路衝。我正巧是第一排四、五個人中之一，可是當衝到宿舍門口的花壇亭時，前面圍有不少軍人，其中有三、四個半跪著、舉著步槍正對著我們，一位應當屬於長官的軍人，則向天舉著手槍，大聲吼著說：「不許衝！否則我們要開槍了。」丘九敵不過丘八，學生們當時也是群龍無首的。因此大家只好停下來，並且被趕到大飯廳去。

在飯廳裡，大家圍成一堆，我記得最清楚的是我們幾個人把名列黑名單之一的孫達人圍在中心。許多軍人也到了飯廳，但他們似乎束手無策，不知如何著手。這樣，大家僵持了至少有十五分鐘之久。

終於有人出主意了，他們開始一個一個拖出最外圍的學生，並要其出示身分證，如果這個學生沒有列名黑名單上，就叫他走回自己的寢室。這種個別擊破的方式顯然很管用；

烏蔚庭與老伴周韻香。（藍博洲 攝）

許華江就是當時被抓者之一。圈子越來越小了，我們在中間的，已經感到絕望。

被圍在核心中的孫達人當然更緊張。但當軍人們見到他身份證上的名字爲「孫志煜」時，他們也叫他回房間，正在慶幸絕處逢生時，台大校本部收發室的辦事員突然來了，他一見「孫志煜」，就對軍人們說「這個人就是孫達人，我認識他，把他抓起來。」

原來孫志煜寫得一手好文章，尤其會寫散文，「孫達人」是發表文章時用的名字，我們平常也叫他「孫達人」。因爲他來往的信件多，經常到收發室去取信，所以那位收發員認得「孫達人」。如果那天治安單位沒有這位臥底於收發室的特務，孫達人就不會失去自由了。孫達人被囚二年後獲釋，被學校分到「二號館」，變成我的室友。

這樣，抓得到的都抓了；但是，漏網的也有。居住於第十二或十三寢室的一位台籍同學，就機警地挖

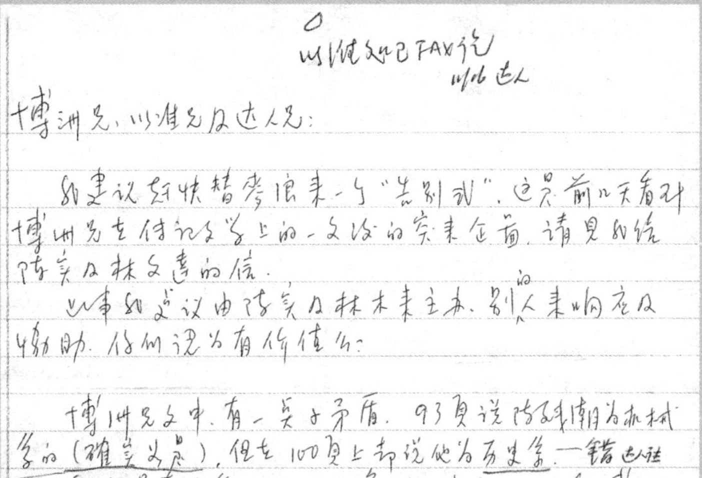

以後勿再FAX給
11/16 达人

博洲兄、以淮兄及达人兄：

我建议赶快替李俊来一个"告别式"。这是前几天看到博洲兄在传记文学上的一文后的突来企图。请见我给陈实及林文达的信。

此事我建议由陈实及林木来主办，别的人来响应及协助。你们认为有价值么？

博洲兄文中，有一点小矛盾。93页说陈[illegible]为机械系的（确实如此），但在100页上却说他为历史系。一错 达人注

我还保有"重放24小时"资料，信中附上，可能博洲兄已有。我记得这中间有戴振翮(?)为女主角之一，男生中有葛扬光（他去美。葛知可为其中，住在我们二三里之女儿家）。对不对？

（达人更正）11/16

安此祝

好

蔚庭
2000.11.9

此信本想寄以淮兄，但只有电话，没有地址在我的本子上，所告诉也记不得，故寄给达人兄，请转

烏蔚庭給作者的信。

開地板，躲掉了厄運，我記得他姓許。

大家對這次事件的發生，十分憤怒，三三五五的走到大門口。我見到在新生南路上停有幾部大卡車，上面已經站著不少被抓的學生，我的同班好友沈慕如（嘉興人），很有正義感，看了以後就指桑罵槐地大聲說：「怎麼可以這樣亂抓人？」一位軍官在他身旁就狠狠的說「爲什麼不可以？」並且立即對跟在後頭的軍人說：「把這個也一樣抓了，看他的嘴巴還硬不硬。」於是，沈慕如也被拉上卡車，關了三天後被釋回來，眞是夠冤枉的。

我們等到卡車開走了，軍人撤走了，才在操場上集合，討論應當如何辦。眾人皆贊成到校本部去，可是馬路仍封鎖著，小路也走不通，只好各回房間，或留在飯廳中，互詢各自的經過情況。

我相信每一位當時住在台大第一宿舍的同學，都會永遠記得一九四九年四月六日警備總部公開逮捕學生的不幸事件。

採訪時間：一九九九年四月六日

採訪地點：台北市張以淮宅

青春三年在台灣

——陳實的證言

陳實，福建人。
一九四六年到台灣教國語，並就讀台大農經系。
一九四七年初，投入台灣學生的反美愛國運動；
一九四九年早春，以台大學生聯合會主席的身分，率領台大麥浪歌詠隊巡迴全省表演。
然後，在特務的嚴密監視下，不得不離開台灣……。
現居北京。

一九四六年二月，我從福建來到台灣；先是透過一個親戚的介紹，在台北一個糧食部門教國語；同年九月，我進入台大農經系就讀。

當時，就我的瞭解，相對於大陸，台灣的學生運動

1990年4月，陳實於北京人民大學。（何經泰攝影）

並不活躍。後來，從內地到台灣來唸大學的外省籍學生漸漸地多了起來；我們這些外省學生大體都受過大陸學運的洗禮，因此就克服語言的障礙，透過與本省同學一起讀書、辦壁報及搞社團活動，開展台灣進步的學生運動。

可以這麼說，台灣光復後的學生運動，是在大陸內戰和學生運動的推動和鼓舞下，逐步從小到大發展起來的；它的矛頭直指美國帝國主義和國民黨腐敗政府。我們的具體行動是「二・二八」爆發前一個多月，爲了抗議美軍暴行而在台北發動的愛國示威運動，也就是「一・九」事件。

「一・九」反美運動

抗戰勝利後，中共倡議國共兩黨合作，成立「聯合政府」，共同恢復和發展被戰爭嚴重破壞的經濟，建設新中國。但是，國民黨不但拒絕共產黨的倡議，並在美國的庇護和直接參與下，悍然發動了內戰。爲了「援助」國民黨打內戰，進而達到控制中國的目的，美國於是派了大批美軍到中國來。這些美軍在中國的土地上，橫衝直撞，爲所欲爲，因而激起各地群眾的強烈不滿。

一九四六年十二月底，美軍強姦北大女生沈崇的事件發生後，終於導致全國學生抗議美軍暴行的大規模示威運動。美軍暴行的消息一傳到台北，立即引起全市學生和廣大台灣

1947年1月9日聲援沈崇事件的台北學運現場（今二二八紀念公園）

同胞的憤怒。當下，台灣大學和台北師院的學生領袖們，立即起來帶頭，串聯全市的大、中學學生，準備以實際行動響應內地學生「反內戰」、「反美帝」的愛國運動。這時，台大和師院的同學們衝破了國民黨當局的新聞封鎖，紛紛奔走相告，傳遞運動的信息，他們並且通過辦刊物、出壁報、散發傳單，在宣傳戰線上取得輿論的支持。學生們的行動因此也得到學校老師和社會人士的大力支持。

一九四七年一月九日上午八時，全市大、中學生一萬多人，從四面八方集中到新公園（按：今二二八和平公園），舉行抗議大會。有的中學關起校門，不讓學生出來，學生們便爬牆而出，趕來赴會。在會上，許多學生懷著滿腔怒火，爭先恐後地跳上台，發表演講，揭露事實眞相，抗議美軍暴行。整個會場氣氛熱烈，群情激昂。「美軍滾出中國」、「反對內戰、要求和平」的口號聲此起彼伏，響徹雲霄。

大會根據與會群眾的要求，作出兩項決定：一是要成立台北市學聯，一是會後舉行示威遊行。警備司令部參謀長柯遠芬聞訊慌忙趕到會場，企圖鎮壓群眾，阻撓遊行示威，但沒有得逞，很快就被群眾轟下台去。大會後，開始聲勢浩大的示威遊行。一路上，學生們喊著口號，揮舞標語牌，散發傳單。在大街兩旁圍觀的群眾，對學生的愛國行動無不表示同情與支持，不少人出於義憤臨時參加到遊行隊伍來，更多的人在浩浩蕩蕩的遊行隊伍經過時情不自禁地熱烈鼓掌，表示支持。整個示威遊行歷時四個多小時，最後以勝利而告結束。

這就是台灣一九四七年「一．九」事件的原始型態。當時，香港和大陸的許多報紙都有報導，有的還刊登遊行照片；據說，大陸解放區的電台也播放了這項遊行的消息。

「一．九」事件的意義，首先在於它是由台灣青年學生發動的一次愛國群眾運動。長期遭受帝國主義壓迫的台灣人民，素有愛國主義的光榮傳統。在歷次反抗外國壓迫和反動統治的愛國運動中，台灣青年正如同大陸青年一樣，總是起著先鋒作用。過去面對日本帝國主義的侵略是這樣，在面對美軍暴行和國民黨的腐敗時也是這樣。

其次，「一．九」事件說明，台灣人民的命運和大陸人民的命運是緊密聯繫在一起的。國民黨在大陸發動的內戰，不僅遭到大陸人民的反對，也遭到台灣人民的反對。同樣地，國民黨接收政權在台灣貪贓枉法的作法，不僅引起台灣人民的不滿，也引起在台灣的大陸同胞的不滿。當時參加抗暴示威的，有很多就是從大陸來的外省學生，當然更多的是台灣本省的學生。我們在運動中團結一致，並肩戰鬥，結成親密的友誼。「團結就是力量」，是學生們的共同行動綱領。這種在運動中結成的友誼，在後來的「二・二八」事件與「四・六」事件中，進一步發揮了團結的力量。

第三，「一・九」事件是台灣光復後，台灣人民第一次以街頭遊行示威的方式表示對國民黨當局惡行劣跡的不滿和反抗。這對以後台灣愛國民主運動的開展是有一定影響的。經過「一・九」事件鍛鍊而湧現出來的許多積極分子，大都成爲日後愛國民主運動的骨幹。在「二・二八」事件中，他們站在實際鬥爭隊伍的前列，起了帶頭作用。「二・二八」過後，雖然台灣愛國民主運動暫時處於低潮，但是，經過了一段沈寂之後，作爲整個台灣愛國民主運動重要組成部分的學生運動又重新活躍起來，並且在四九年「四・六」事件達到了高潮。

二・二八

記得，事件發生的前一天，即二月二十七晚上，我正好住台北城裡一位福建同鄉家裡。同鄉是氣象局一般職員。當晚，我們就聽說，專賣局查緝人員和警察無理毆打賣菸女販，並開槍打死一個圍觀群眾。聽到這些消息，大家對國民黨的胡作非爲，都憤憤不平。

可以說，這反映了一般外省人的心情。

第二天上午，全市已經罷市、罷工、罷課，氣氛顯得十分緊張。當天午後，突然有二、三名本省籍同胞衝進同鄉家裡。我和同鄉一家人趕緊從後門跑出去，我因慢了一步被打了一下。跑出來後，我躲到附近新公園假山後面。

當時我想，這完全是一場誤會。因爲，那些人衝進來的時候，還喊著「打倒國民黨官僚」、「打倒貪官污吏」的口號。這就很清楚，他們眞正要反對的是誰。所以，當時我雖然挨了打，卻沒有因而怨恨打我的人。我認爲，這個賬應記在國民黨反動當局頭上。其次，所以發生誤打，是因爲當天中午，廣大群眾湧向台灣長官公署請願，國民黨衛兵用機槍掃射，當場打死打傷許多老百姓，這樣才進一步激怒了廣大台胞，他們把仇恨集中在國民黨官僚身上，而這些官僚絕大多數是從外省去的。再說，那些不明眞相的人衝進來以後，對同鄉家裡的東西絲毫沒有動。這就戳穿了所謂「暴民搶劫擄掠」的謊言。

當我初步弄清楚事件性質之後，開始下決心用實際行動表示對台灣同胞的支持。於是，我向台灣同學借來一套舊學生制服穿上，和他們一起投身到鬥爭中去。

當天傍晚，我到新公園去，看見那裡已經有了好多人，把設在公園裡的台灣廣播電台團團圍住。我情不自禁地也參加到人群中去，並衝進電台，和他們一起呼口號、提抗議，要求電台向全省廣播事件眞相和廣大台胞的要求。此時此地，我深深感到自己和台灣人民的心貼得更緊了，彼此的感情也完全融爲一體了。

四十年來，有少數人喜歡說「二・二八」事件是「省籍矛盾」的產物。的確，「二・二八」初期，在混亂中是有部分不明眞相的本省人毆打了一些無辜的外省人（我自己也挨了打），但是，我認爲，這是在任何群眾運動中都難以避免的支流現象。何況，當人們一旦醒悟過來，誤會很快就消除了。至於事件中，許多本省人保護外省進步人士（包括歐陽予倩）的感人事跡，更爲人們所稱頌。尤其重要的是，在事件中，台灣人民反對貪官污吏、要求民主自由的愛國行動，從一開始就得到廣大大陸同胞的同情和支持。不少在台灣的大陸同胞還和台灣同胞一起參加了鬥爭。

我們清楚地看到，「二・二八」根本不是什麼「省籍矛盾」的產物，而是廣大台灣人民和國民黨當局矛盾激化的結果，是官逼民反。

台大學生自治聯合會

二・二八起義被鎮壓後的一段時期，台灣學運一度處於低潮。但野火燒不盡，春風吹又生。經過了一陣表面沈寂之後，台灣學運又逐漸活絡起來。

一九四七年八月，台灣公費留學大陸院校的大學社團「台灣同學會」，組成了「九人演講團」，利用暑假的機會回到台灣。演講團在台灣各地向青年學生和廣大群眾講述了大陸國共內戰的形勢、國民黨日益嚴重的政治經濟危機，以及風起雲湧的「反饑餓、反迫害、反內戰」的學生運動。

演講團的巡迴演講，爲當時正處於低潮、苦悶中的台灣學生打開了一條思想的出路；他們這才認識到，在大陸除了黑暗的白色祖國之外，還有另一個充滿希望的祖國。

另一方面，從一九四七年下半年到一九四八年上半年，台大各學院先後成立了學生自治會，自治會幹部都是通過學院學生大會選舉產生。我是台大農學院首屆學生自治會主席。當時台大共有理、工、農、醫、文、法六個學院。在六個學院學生自治會的基礎上，經過各方協商，於一九四八年下半年，成立了「國立台灣大學各學院學生自治會聯合會」，我被推舉爲主席。這樣，台大就有了一個全校統一的學生組織，領導全校甚至是全市的學生活動。像這樣的學生組織，在台灣歷史上還是破天荒第一次。

台大自聯會成立後，舉辦過許多活動，其中主要有：

（一）反對續招轉學生。一九四八年秋季，在國民黨當局的壓力下，台大校方在正常的招生過後，又續招轉學生，目的是爲了安插當時由大陸逃到台灣的學生中的特務分子和高官子女。因此，剛剛成立的自聯會支持同學衝擊考場，事後還舉行了記者招待會，向社會說明眞相。這就是當時頗有影響的「反對續招轉學生事件」。

（二）設立福利基金，救濟生活困難的台大師生。當時台灣社會經濟混亂，物價暴漲，物資匱乏，學生陷於經濟拮据、生活無著的困境。一九四九年二月十七日，台大自費生曾發表宣言，要求配米、貸金及比照立委之例開放省外匯兌，以解決飢餓問題。台大自聯會爲了籌募救濟台大師生的福利基金，特別組織台大「麥浪歌詠隊」在中山堂演出三天，後來又讓「麥浪」利用一九四九年寒假作環島旅行演出。演出所籌基金雖杯水車薪，但演出所產生的社會效果卻是巨大的。

（三）支持學生社團的進步有益活動，並經常向學校當局反映同學的要求。

（四）籌備成立「台北市學聯」。早在光復之初，台灣學生就自發成立了「台灣學生聯盟」，發展以「脫離日治、迎接祖國」爲主題的宣傳教育活動。雖然這一聯盟不久被當局命令停止活動，但爲後來台灣學運的發展奠定了一定基礎。台大自聯會成立後即著手籌建「台北市學聯」，參加籌備工作的有台大、師院和台北市主要中學的代表；我主持過幾次籌備會議。我走後，聽說在一九四九年「三・二九」晚會上宣布「台北市學聯」成立。

這樣，台大自聯會通過自己的辛勤工作，贏得了同學的信任，在同學中享有崇高威信，但也因此成了當局的眼中釘。

麥浪歌詠隊

一九四七年暑假過後，台大校園裡的學生社團又慢慢恢復活動了。其中，合唱團與劇團的活動最受歡迎。在日據時期，台灣同胞只能唱日本歌曲。光復後，形形色色的西方音樂又湧向台灣。可是，對於剛剛擺脫殖民枷鎖的台灣人民來說，即使是經歷了一場二·二八事變之後，仍然渴望了解和欣賞祖國的歌曲，特別是那些反映祖國人民心聲、歌頌祖國壯麗山河的歌曲。因此，當台大的「黃河合唱團」在台北中山堂公開演唱〈黃河大合唱〉等歌曲時，它當場便以其磅礡氣勢和熾熱激情，贏得了廣大台灣人民的讚許。

陳實

不久，台大的部分學生便在台大黃河合唱團的基礎上，於一九四八年成立了大型的學生文藝社團——台大麥浪歌詠隊。

「麥浪」一成立就是一支活躍的文藝隊伍。在成立不到一年的時間裡，曾舉辦過大中型演出十餘場。通過這樣的歌詠活動，它聯絡、團結了廣大的進步青年，本省學生與外省學生之間，根本談不上有什麼隔閡了。其實，就以當時的學生人數而言，外省學生總是少數，我們搞的活動，如果沒有本省學生的合作，是絕對搞不起來的。由此可見，即使是二·二八後，學生之間並沒有什麼「省籍矛盾」的現象存在。

一九四八年十二月底，「麥浪」連續三天在中山堂，爲台大學生自治會聯合會籌募師生福利基金，專場演出了以〈祖國大合唱〉和歌劇〈農村曲〉及舞蹈〈王大娘補缸〉等爲重要內容，包括大陸和台灣的民歌、民謠：〈康定情歌〉、〈收酒矸〉等在內的許多精彩節目。起了介紹祖國，增強向心力，消除民間的省籍隔閡，促進團結的積極作用。

接著，這支由八十多名台大學生（包括部分的師範學院師生參加演出）組成的歌詠隊，於一九四九年一月到二月間，利用寒假作環島旅行演出，我們從台北到台中、日月潭，直抵台南、高雄。每到一地，都受到當地父老兄弟姐妹的由衷歡迎，場場爆滿，盛況空前。

一直到現在，我還深刻地記得，當時，許多台胞含著熱淚觀賞整個演出的情景。此外，有的還連續看了好幾場。

我記得，一位台灣詩人在觀賞後表示他的感情深刻地寫道：「『麥浪』的感人之處在於，她唱出了廣大台胞對偉大祖國的眞摯感情，唱出了他們對民主自由的渴望和對光明前途的憧憬。」

文藝為誰服務

而最讓我難以忘懷的就是，當我們抵達台中時，受到已故的抗日作家楊逵的熱情歡迎。由於我們的行動已經受到國民黨特務的注意，演出的過程並不順利；楊逵不但幫助我

麥浪南下演出時幾位隊員的紀念照。（周韻香提供）

麥浪隊員在某吊橋。（周韻香提供）

們找到一家戲院，解決了演出場地問題，會後並且安排了一場以「文藝爲誰服務」爲主題的座談會。除了「麥浪」全體隊員，楊逵還邀請了當地文藝工作者（主要是青年作家）和新聞界朋友參加。會上充分發揚民主精神，各抒己見，暢所欲言。我記得，討論中大家都一致認爲「文藝應該爲人民服務」；但是，首先遇到的一個問題就是：究竟誰是「人民」？「人民」的概念是什麼？「人民」中該不該包括國民黨反動派等等。「麥浪」中有些看過毛澤東「在延安文藝座談會上的講話」的隊員就明確指出：「人民不應該包括國民黨反動派，國民黨反動派是敵人，是人民要打倒的對象，文藝不是也不能爲他們服務。」但是，有人並不同意這個看法，他認爲：「反動派也是人，也就是人民。」這樣，爭論就由此展開了。

經過激烈的爭論，最後取得了較爲一致的意見，就是：「人民不應該包括國民黨反動派，不要把『人』和『人民』混爲一談。反動派是人，但不是人民，他站在人民的對立面，是反對人民的。我們的文藝，是人民大眾的文藝，不能爲反動派服務。」

座談會快結束時，楊逵發了言，他首先肯定這樣一次討論是很有益處的，提高了大家的認識。然後，他結合自身的文藝實踐經歷，深刻地闡述「文藝必須爲人民服務、必須反映人民的心聲」。最後，他還即興朗誦了一首詩，送給「麥浪」。現在，人們能夠回憶起來的就只有詩的最後兩句——

麥浪、麥浪、麥成浪，
救苦、救難、救饑荒。

在此之前，楊逵曾問過我們：「爲什麼叫麥浪？」我就回答他說：「在中國北方，麥子成熟的時候才會形成浪，這意味著中國革命即將成功，國民黨反動派統治即將垮台。所以我們把歌詠隊取名爲麥浪，富有象徵意義。」

因此，我個人認爲，從楊逵的詩句內容來看，詩的前面一句，寄託著他對中國革命即將取得全面勝利的期待。因爲當時，中國人民最大的苦難莫過於遭受由國民黨反動派發動的內戰之苦。反內戰、反迫害、反饑餓，是當時愛國民主運動的迫切要求。麥浪的全部演出活動都配合了這一要求。所以得到了楊逵的贊揚。至於詩的後面一句，就體現了老作家的這種喜悅心情，它實際上也凝聚著老一輩的作家，在經歷了一場「二・二八」的民族悲劇後，對青年一代的期望。

可這個期望卻在不久後的「四・六」事件那天，隨著楊逵與無數青年學生的被捕繫獄而破滅了。

潛返大陸

四九年二月，「麥浪」回到台北。

當時的形勢是，一方面，國民黨在大陸內戰戰場上的大勢已去，黨政要員一批又一批地從大陸撤到台灣；另一方面，台灣學生運動正向縱深發展，學生組織日益發展壯大，這對國民黨無疑是心腹之患，所以，對學生下手只是時機問題。

1990年4月，陳實於北京人民大學宿舍。
（何經泰攝影）

警備總部
電令台大師院兩校
拘執不法學生十餘人

【中央社訊】警備總部，近據確報有台大及師院學生十餘人，首謀張貼標語，散發傳單，煽惑人心，擾亂秩序，妨害治安，甚至搗毀公署，私擅拘禁執行公務人員，居心叵測，實甚明顯；而該生等昨晚復又糾衆搶擄，希圖擴大擾亂，明閱該部爲維護社會安全，保障大多數純潔青年學生學業起見，已電令兩校當局迅將該生等拘案依法偵訊，以便其餘學生仍可照常安心上課，茲將各該學生名單探錄如下：（一）台大：曹潛、陳實、許華江、周自強、朱光權、盧秀如、孫達人、王惠民、林火煉、許冀湯、王耀華、簡文宣、陳琴、宋承治。（二）師院：周慎源、鄭鴻溪、莊輝彰、方啓明、趙制陽、朱商彝。

陳實名列黑名單之內。

2000年8月，陳實與台大同學孫達人及前彰化女中教師蕭荻在蘇州大學參加〈台灣新文學思潮（1947-1949）研討會〉。（藍博洲 攝）

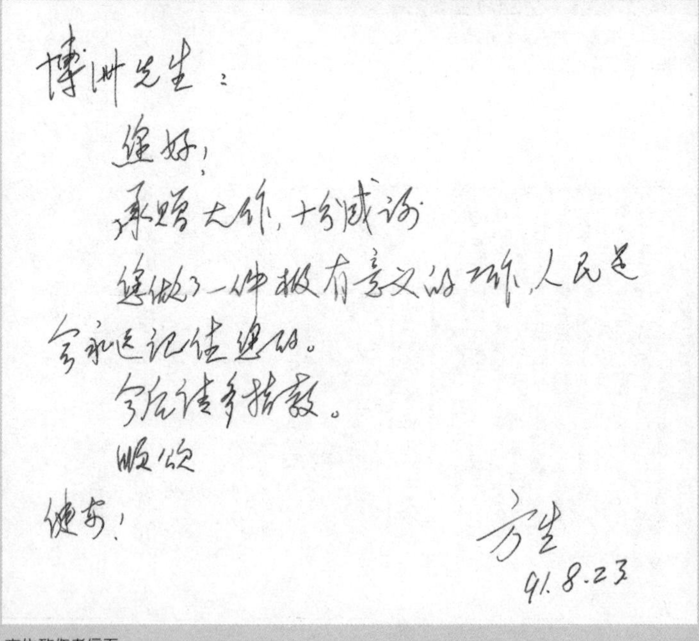

博洲先生：

您好！

承贈大作，十分感謝。

您做了一件極有意義的工作，人民是會永遠記住您的。

今后請多指教。

順頌

健安！

方生
91.8.23

方生致作者信函。

在這樣的形勢下，我作爲台大自聯會主席兼「麥浪歌詠隊」旅行演出領隊，在巡迴演出的過程中，已經被特務嚴密盯梢了；另外，其它幾個主要幹部也被盯了。我們判斷國民黨特務隨時可能逮捕我們，於是準備離開台灣。大約是三月二十日左右吧，我不得不離開台灣，結束了我在台灣整整三年的生活歲月。

採訪時間：一九九〇年四月
採訪地點：北京人大宿舍
參考資料：方生《楊逵與台大麥浪歌詠隊》

我總覺得過意不去！

——胡世璘的證言

胡世璘，四川重慶人，
一九四七年七月來台，考進台大數學系，
曾任麥浪歌詠隊副隊長、台大女同學會會長；
一九四九年四月底，因「四・六事件」而離台；
現居北京。

1993年10月，胡世璘在北京。
（藍博洲 攝）

一九四七年年七月，我到台灣來考台大。那年，我十八歲。

我是四川重慶人；會到台灣，其實是因爲戀愛的關係。當時，我的男朋友也和我一起去考試，他是我的同學。那時候，我所就讀的重慶中正中學，有許多同學都一起到台灣考試；因爲我們唸的中正中學，要想在重慶考一個國立大學是非常困難的事情。雖然台大在上海也有一個招生點，不過，我和幾個同學趕到上海時，卻已經過了報名期限。因爲年輕，就和同學一起跑到台灣來考。結果，我的男朋友沒考上，回了大陸，我就自己一個人留下來，唸台大數學系。

語言隔閡

去台灣之前，我對台灣的印象可說是完全一片空白。那麼，我之所以會決定到台灣，主要還是因爲在內地，我考不上國立的大學；而我父親也供應不了我讀私立大學的錢。我父親雖是個小地主，不過，當時就算賣了三十石的穀子，也不夠我在中正中學一年的學費。所以，我是憑著一定要考上國立大學的決心，到台灣去的。現在想想，自己當時的膽量也眞夠大的。

胡世璘（藍博洲 攝）

剛到台灣的時候，我住在水道町的女生宿舍，那是日本式的房子，就在台大操場再過去的地方；不過，這幾年，我聽台灣來的朋友說，那一片房子，現在沒有了，都變樣了。在女生宿舍時，有一個煮飯的歐巴桑，人很好，她把我當作她的女兒，對我特別好。因爲這樣，我雖然自己一個人在台灣，卻覺得很有依靠；也正因爲日常生活上有她幫助，我才能夠安定下來讀書。後來，我當了家庭教師，生活上最起碼也能夠自立了。

到台灣以前，我並不知道台灣發生過「二．二八事件」，是去了之後，聽人家講，我才知道有過那麼一回事。既便是這樣，我對「二．二八」的印象也不是很深，因爲我不太過問政治。我也沒有感受到「二．二八」對學生之間有什麼大的影響；在學校裡，台灣學生與外省學生的關係是不太好，但也不是很緊張。像我，在台灣人裡就有很多朋友，雖然不算很好，但也不會不好。這主要是他們的普通話還講得不好，也可以說根本不會；他們講的還是以日本話爲主。所以，我想，這是語言隔閡的問題。

胡世璘

唱唱民歌

我在中學時看過電影《居禮夫人》，受到很大的影響，那時，我一心一意想，上了大學以後要留美，往科學方面發展。也因此，我後來到「麥浪歌詠隊」並不是很注意政治上的事情；就是純粹抱著一種唱歌玩玩的心情去的。那時候，我也跟學校裡頭的青年軍玩在一塊，因爲很多四川來的青年軍在台大，老鄉嘛！我還參加四川同鄉會。

參加歌詠隊以後，我也變得比較活躍，同時，也把很多女同學拉進來一起唱歌。當時，內地人比較少，像我們這些女同學就都是抱著一起玩玩的期望去的；另一方面，也因爲當時的台灣，好像沒有太多介紹大陸、國內的民歌，很少聽見。所以，我們也抱著一種把大陸的民歌帶到台灣的心情去唱歌的。

歌詠隊的發展，起初並不叫「麥浪」；記得好像是叫「黃河」吧！從我來說吧！純粹就是唱唱民歌。當時，因爲我的聲音唱得很高，所以，他們就要我領唱，唱〈黃河大合唱〉。那個時候，我年紀小啊！心裡害怕，就找了一個女同學陪著我一起去唱，就這樣，〈黃河怨〉那段的領唱就由我唱。當時，在中山堂演出的時候，並沒有擴音器，我就靠喊，這樣喊唱下來的。想起來，當時嗓子還是挺大的，我記得，那好像是一九四八年年初的事啊！

爲了紀念「五・四」，我們在中山堂作了一場〈黃河大合唱〉演出，日期並不一定是五月四日；至於在我們學校的演出日期是什麼時候，我就不記得了。後來，因爲在紀念「五・四」的會上唱了那麼一場，反應也很不錯；因此，在檢討會上，大家都覺得這個歌詠隊能留下來也挺好的，就把它留下了，大夥兒也都願意唱，之後就慢慢發展成「麥浪歌詠隊」。學校那邊也註冊了，是有註冊的一個社團。

麥浪歌詠隊

「麥浪歌詠隊」的成立，其實並沒有一個時間限制；比方說在什麼時間開始啦！或者舉行一個什麼成立大會啊！都沒有這些。這個歌詠隊就是在「黃河大合唱」演出後，繼續地保持下來了。後來，有人提議要改個名字吧！改個什麼名字呢？有人提到黃河邊上的麥浪，這個「麥浪」就是當大麥要收成時，麥像波浪般一波一波地隨風起伏，很漂亮的。所以就取了個名，叫「麥浪」，後來還搞了個隊歌。

在「麥浪歌詠隊」期間，唱的就不只是〈黃河大合唱〉了，〈生產大合唱〉也唱，那個歌詞我已經忘了；另外，還有〈青年進行曲〉也唱。剛開始，「麥浪」只是在校內演出；校內演了以後，才到中山堂公演的。我記得，一九四八年十二月下旬，我們第一次到中山堂演出時，同學之間還有這樣一個說法，那就是，他們認爲，民間音樂是向來不登「大雅之堂」的；是不能到中山堂演出的；那是交響樂啊！高貴的藝術才能到那裡演出的地方。所以，當時我們這種民間音樂可以到那種地方演出，好像也是經過爭取才得到的。

從我們歌詠隊來講，當時，會唱這些民歌，主要是想，台灣被日本統治了那麼多年；所以，我們希望把國內的地方民謠、民歌介紹到那裡去。所以我們唱的主要就是〈在那遙遠的地方〉、〈康定情歌〉、〈黃河大合唱〉……等歌曲。

麥浪的男女隊員。（周韻香提供）

麥浪隊員在中南部某鄉間火車站。（周韻香提供）

「麥浪」第一次在中山堂演出後，反應很好，這是我們都沒有想到的；當時，我們還害怕演砸了。這之後，我們還到台北市的一女中，演出了很多場；再來，又利用了寒假期間，到台中、台南去表演，那是一九四九年的寒假。在寒假的巡迴演出時，我們就被注意上了。我記得，在巡迴演出的過程當中，就開始有特務來盯了；坐在前面幾排的，往往都是他們這些人。當時，我已經不是一般地只愛唱唱歌那樣簡單了，開始有一些政治的感覺了。

在我們演出的過程中，有時氣氛比較緊張，連我都感受得到。甚至於，有的時候，那些便衣特務還會到後台來搗亂。不過，在前排貴賓座上的，也不完全是這些特務，還有的是有錢的、支持的觀眾。因爲，有的時候，情治單位也是不希望有太多的特務出來的。儘管這樣，那支持的人還眞不少啊！當時也有報導啊！但是報導得不多。其實，在我們的整個演出當中，觀眾都還是很好的；每一場，人都很滿，後面的都站起來看。我想，會有那麼多人喜歡看，主要就是因爲大家沒聽過這樣的歌。當時，我們還唱了〈義勇軍進行曲〉，也就是〈青年進行曲〉。當時的演出，學生觀眾也很多，在我們表演之後，跟各個學校就有了聯繫。

營火晚會

回到台北後，我們在三・二九當天，搞了個營火晚會，那可熱鬧了，外地有不少學生代表都來了。那時，原來聯繫好幾個學校都要來的，可後來許多學校都不讓來。當時，我還怕，要是都不來了怎麼辦？如果這樣，營火會就開不起來了。後來，外地同學來了之後，就怎麼也都擋不住了啦！滿場都是人。不過，現場還是傳說本地的那些同學不能來。可是，到了天快黑時，本地的同學也來了，來了很多很多人；當時，我們在台上演出，看見下面操場上聚集了那麼多人，心裡高興極了。那天晚上眞是太激烈了，唱〈王大娘補缸〉的時候，連秧歌都扭起來了，你想想！晚會還是由我們歌詠隊表演，沒有旁的。那天晚上，我們也唱〈你是燈塔〉這首歌，可就是把歌詞裡的「年輕的共產黨」改成「年輕的同學們」。記得每次一唱起這首歌，底下的觀眾就很激動。我印象裡，晚會的廣場上還有點篝火。這個時候，可以算是台灣戰後學生運動的最高峰，之後就開始往下走了。

介入政治

這一連串的演出過程，把我的歌唱活動也聯繫到政治上了。我當時只有一個想法，就是希望民主，希望能自由的唱歌；可他們卻連唱歌都要管。也就在這樣的情況下，我開始有點反抗思想了。也可以說是，從「麥浪」的下鄉巡迴演出後，我感覺自己好像已經介入政治了。

當然，在這段時期，我也參加過讀書會，讀的是艾思奇寫的《大眾哲學》。當時的歌詠隊是屬於全校性質的社團，而讀書會是各系學生自己搞的。我記得，我曾經在一個讀書會上這樣說：「將來，我的人生就是要爲人民做好事。」基本上，我對國民黨的不滿就是：「我想要好好的唱唱歌，你們卻要管我！」我的反抗思想的萌芽就是這樣。因爲，當時我對什麼地下黨、什麼地下黨員，都不知道，也不可能知道的。你說，在那樣的情況下怎麼可能知道呢？完全就是因爲這樣的一種不滿，自己願意去做的。現在想起來，自己當時也是挺勇敢的。因爲，有時晚上練完歌，回宿舍的時候，後面就會有人跟蹤。

果真抓人了

我曾經在「麥浪歌詠隊」擔任過副隊長，這個職務是輪流的；隊長則一直是綽號「阿胖」的陳錢潮；巡迴演出時，方生（本名陳實）則是領隊。我當副隊長時，麥浪歌詠隊正好印了一小本歌集，上面是我們表演的歌曲。記得有一天，學校訓導處曾找過我去問話；問我：「爲什麼出這個歌本？」我當時還很沉著的告訴他說：「大家喜歡唱歌啊！有個歌本比較方便，沒有其它目的。」

三·二九的營火晚會之後，就是四月五號的音樂節了。那天晚上，我們很多個同學弄了點瓜子，就在我們台大的食堂（飯廳）裡，聊聊天、唱唱歌，算是慶祝音樂節。那天晚上，我們就聽說要抓人了；結果沒有，延至四月六日凌晨才抓人。

六號凌晨，我們女生宿舍一點風聲都沒有；因爲我們距離男生宿舍比較遠，直到第二天早晨才知道果眞抓人了。之後，我們成立了「營救會」，設法營救那些被抓的同學；還派了些代表去獄中看。結果，營救不成後，就開始有同學離開台灣了；臨走前也不打聲招呼。

當時，我並不想走，總覺得弄成這樣子，如果說自己走了，把同學留在牢裡，就像是有對不起人家的感覺。因此，我在良心上總覺得過不去，就覺得不應該走。後來有朋友說：「你再留在這兒，一點事也幹不了！」同時，也傳出要開始抓女同學了。要抓女同學，那當然就是〈王大娘補缸〉（河南民謠）的王大娘，和〈朱大嫂送雞蛋〉（陝西民歌）的朱大嫂了。演王大娘的是文學院的陳詩禮，後來也回了大陸。我演朱大嫂，同時又是台大女同學會會長，所以也覺得好像不走不行了！

那時候，我才大二。我在一年級唸的是數學系，但數學老師都是日本老師，我又不懂日文，所以根本沒法讀書。第二年我就轉到化工系，那裡就有很多講漢語的老師。

1998年9月的胡世璘。（藍博洲 攝）

胡世璘與蔣碧玉及作者。

胡世璘與麥浪隊友林義萍及殷葆衷。（左起）（藍博洲 攝）

回到上海

當時，我擔任一個教授女兒的家教，教她數學。有一天，這位教授向我說：「胡世璘，你應該回去了吧！」我告訴他，有其它同學被關，自己不願意走。他就說：「走吧！你留在這裡，一點事也做不成」。他一直勸我：「快回去吧！」還問我：「錢夠不夠？不夠的話，我可以再給你一點。」我告訴他，我另外還兼了一個家教，攢了一些錢，大概夠買一張船票。他還是給了我一些錢，再加上我攢的錢，這樣，我終於在四月底離開台灣。因為我在上海有親戚，就坐最後一班船回到上海。

採訪時間：一九九三年十月二日
採訪地點：北京民族飯店

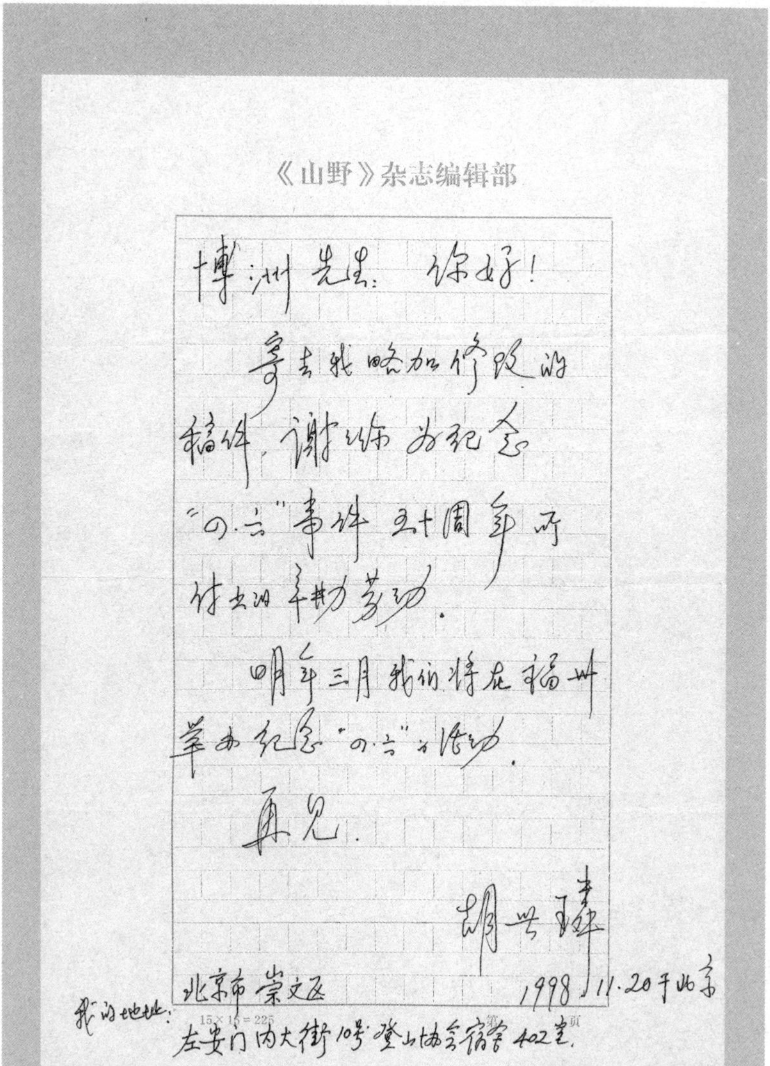

《山野》杂志编辑部

博洲先生：你好！

寄去我略加修改的稿件，谢谢你为纪念"四·六"事件五十周年所付出的辛勤劳动。

明年三月我们将在福州举办纪念"四·六"的活动。

再见。

胡世璘

1998.11.20于北京

我的地址：北京市崇文区左安门内大街10号登山协会宿舍402室.

胡世璘致作者函。

一生漂泊兩岸間

——林文達的證言

林文達，台北人，一九二九年生，日據時期移居天津；一九四七年夏天返台，先後就讀師範學院先修班及台大歷史系，並加入台大麥浪歌詠隊，一九四九年「四．六」大逮捕後，流亡大陸；現居福州。

我們林家，在日據時代的台北，算是一個大家族。我父親是家裡幾個兄弟的老二。小時候，我聽家裡的大人說，我父親在台北工業學校畢業後，因爲一直找不到比較好的工作，就自己一個人先到天津去謀發展。當時，天津是日本的佔領區，有許多台灣人在那裡生活。我父親後來就在台灣同鄉的幫

1998年9月，林文達與孫達人聊起在台大的青春歲月。（藍博洲 攝）

忙下，在一家公司任職。幾年後，他才回來台灣，把母親還有我及哥哥，帶到天津去；留下姐姐和妹妹在台灣。

到了天津以後，我開始到日本人辦的國民學校上學，哥哥也到日本中學校上學。抗戰勝利後，我父親就先帶著母親回台灣，到鳳梨罐頭公司新竹廠當廠長；我和哥哥仍然留在北平上學。

那段期間，我們也參加了北平的台灣同鄉會。一九四七年春天，台灣發生二‧二八事變，消息傳到北平，大部份的台灣同鄉們都慷慨激昂；同鄉會的前輩們發起了各種支援活動，我們雖然年紀比較小，也跟著他們行動。

師院先修班

這年（一九四七年）夏天，高中畢業以後，我就回來台北考台灣大學；結果，我把考試科目看錯了，到了考場，只好抓瞎了；因爲這樣，所以沒能考上台大。既然台大沒考上，我只能屈就去考台灣師範學院先修班（一年制）。

那段期間，我住在中山北路大同鐵工廠附近的同學家裡。雖然二‧二八事變已經過了，可我幾乎天天都可以聽到台灣同學在談二‧二八的事情；當我們走在大同鐵工廠附近時，他們就告訴我說，你看，這邊殺了人，那邊也殺了人……；我深刻地感到台灣同學心

1948年6月，林文達與師院先修班的同學合影。（林文達提供、藍博洲翻拍）

中有一股壓抑的氣。他們總是說：「總有一天，總有一天……！」就我而言，我很能夠理解台灣同學總有一天要算清二．二八血債的心情。而這對我的思想影響是不小的。

師範學院先修班有本省同學，也有外省同學。那麼，老師呢，除了一個教體育的是本省人之外，大多數的老師都是大陸人。雖然本省同學剛剛經過二．二八的強烈衝擊，可我並沒有感覺到同學之間有任何省籍隔閡的問題；也沒有發生過學生對抗老師的事情。

當時，我們也接觸到一些香港過來的刊物；現在，我只記得一個《觀察》雜誌，其他的我記不住了。這些刊物對我們都有影響；應該說，影響很深。另外，因爲台灣在國民黨統治下發生二．二八；所以，民眾的心態也直接影響到我們對國民黨的看法。但是，我從來沒想到要參加這個組織或是那個組織；那種想法，從來也沒有。我也沒想到要「革命」啊！只是現實所看到的問題激起我要改變現實的想法而已！而且，我當時的主要想法是好好讀書，準備第二年再重考台大。

台大歷史系

一九四八年夏天，我由師院先修班畢業轉入本科教育系。另外，我也考上了台灣大學歷史系；同時，我又通過台灣省政府教育廳主辦的台灣省籍學生升學內地大學（自費生）考試，分發到北京大學（什麼系到那邊再說）。對我來說，這一年是個「豐收」年，有了三個大學任由我選擇。相對於一九四七年夏天那種名落孫山的刺痛，形成了對比。一年的勤學終於有了好收穫。

北大是名牌大學，我的第一志願當然是選擇到北大念書。可是，因爲我哥還在北京師大念書，我母親就以家裡兩個男孩都不在身邊的理由，反對我去；起初，我

升學內地自費學生
教廳揭曉錄取名單

【本報訊】本省卅七年度升學內地專科以上學校自費生考選錄取名單，業經教育廳於廿九日在該廳門內正式公佈，計正取生二百名，備取生卅名。該廳定日內即將是項考試結果及各生志願學校，呈報教育部。等教育部核准分發，就可通知各生準時赴各該校報到。又，這次考生的一般成績，較卅五年度升學內地大學公費生成績爲佳（卅六年度沒有舉辦），至於考生各科的一般成績則以國語文和英文較好，數學較差。這次的正取生平均成績在卅五分以上，備取生平均成績在三十分至卅四分之間。考生成績最優良的平均分數在七十分以上。

【又訊】茲將錄取及備取學生名單抄錄於后：（一）正取生二百名：（以報名先後爲序）劉冠昌、陳宗仁、李內盛、李元傑、林鑫水、蔡秋生、陳炎條、歐瑞霖、廖煥瑞、蕭賁宗、朱育炎、葉新陽、林秋發、宋悉祥、張達正、[illegible]、陳德潛、羅降、鄭來水、張秀穎、林文達、潘秀和、曾現璽、洪春煌、陳鴻欽、顏步韜、邱聯輝、

張盛芳、吳沃焦、黃國士、高觀閣、劉昭明、溫文彬、黃炯宗、鄧文岳、曾滋郎、林乔水、吳沃熙、黃興國、鄭延然、莊[illegible]、羅吉鋼、范國平、曾作元、郭茂槐、林樹茂、林汝淳、劉明欽、邱榮富、張[illegible]、方士珍、陳本立、劉詩敏、吳金龍、邱仕豐、鍾鑑麟、陳添亭、黃萬壽、遊煥松、許嘉亮、郭榮柏、李名揚、方振淵、李漢秋、黃浩[illegible]、林玉文、黃國欣、李惠玉、鍾國琳、姚長星、廖鳳儀、游金盛、余幸昭、李錫世、潘家柱、曹鴻階、郭三儀、楊東岳、郭鴻鳴、盧照雄、羅鋼鑑、林驥棟、劉煥齊、吳世興、張昭宗、蔡長洲、歐振隆、黃非宜、張滄濱、吳東烈、

升學內地學生初試
改今日發榜

【本報訊】本省考選自費生保送升學內地專科以上學校初試，原定廿八日發榜，但因故改於今（廿九）日上午在教育廳門口公佈。

【本報訊】本省考選升學內地專科以上學校自費生試卷，廿六日已全部評閱完竣。教育廳定廿七日召開考選委員會，審查成績並討論決定錄取名額。

1948年7月，林文達考取「升學內地自費生」。（原載《公論報》1948年7月30日）

並沒有讓母親知道，我也考上台大；後來，家裡有人向她「告密」，她就說：「既然台大有考上，為什麼一定要到北大去唸呢？」我考慮到家裡有老人家在，一定要有一個男生在身邊照顧，就決定留下來。

除此之外，當時的國內局勢，對普通百姓來說，也有深刻影響。（八月十九日）南京國民政府實行幣制改革，將法幣改為金元券（金元券壹元對法幣參佰萬元），搞得亂哄哄的。台灣雖然還是用台幣（金元券對台幣的兌換率是一：一八三五），但我算了一下，要拿在台灣的兩個人的生活費，一個人才能在北京勉強過艱苦的生活。因此，如果我要到北京大學讀書，那是我家的經濟條件無法承擔的。這樣，再加上大陸的國共內戰正打得火熱，我就放棄到北大念書的念頭。

當時的台大歷史系有三個年級，二、三年級的學生並不多，但一年級的新生卻有四十幾人；文學院的其他系，如中文系、外文系、哲學系，也是如此。

因為我家在新竹市，進入台灣大學後，我就通過一個工學院的助教陳耳的幫忙，在台大新生南路學生宿舍（現為金華國中校址）找到一個床位。住進新生南路的學生宿舍，使得我後來的人生經歷產生了極大的轉折。當時和我同房的有陳錢潮（機械系三年，浙江人）、張以淮（電機系三年，福建人）、華宣仁（電機系三年，浙江人）；鄰室則有王耀華、孫達人、殷葆衷、周自強等學長。起初，因為我和他們素不相識，突然來了我這麼一個人，我想，他們一定對我很警惕；但是，幾天之後，他們大概看我這個人蠻天眞的，也沒有什麼特殊的背景，於是我就得到他們的信任。

在我看來，我周圍的這些學長都是相當優秀的同學，他們不但學業都抓得很好，而且都是一些勤學深思、關懷社會、富有社會正義感、熱心時政的同學；他們的思想言行無疑地對我的思想傾向起了一定的作用。

在台大，由於採取通用的學分制，除了必修課同班同學能見到面之外；上選修課時，也有機會跟各個年級不同系的學生碰面。我記得，我剛入學時選修拉丁語，班上一共只有四、五個學生，因爲人數少，有時候就乾脆在教授家上課，甚至連考試也如此。

當時，大學生的生活是清苦的。新生南路飯堂上的粗菜淡飯，只能勉強塡飽肚子，談不上營養；一日三餐，幾乎沒有油水。偶爾，幾個同學相約在小店裡吃上一碗牛肉麵，就算是很好的打牙祭了。爲了自謀生活，我也曾經兼過家教。

（藍按：據香港《大公報》九月十日的「台北消息」報導：自幣制改革，物價凍結在八月十九日的價格後，台北的物價一點也沒有穩定下來。近來，煙、布疋、雜貨、蔬菜、肉類的價格，波動很大；布疋上漲百分之六十，香煙上漲一倍到二倍。因爲物價高漲，台灣人民的生活日益窮困；不久前，國民黨台灣省政府財政廳事務課的職員鄭振宏還跳海自殺。）

反對續招插班生

（十月上旬），由於國內內戰形勢的發展，使得國統區急劇縮小，所以，就發生了大批內地大學生轉學台灣大學而引起的風潮。當時，台大是台灣唯一的一所綜合大學；儘管新生入學已久，校方卻突然公告要招收轉學插班生。許多台大學生擔心，內地大學裡的職業學生（特務）將藉此機會大批轉入台大。台大學生自治聯合會於是緊急通過組織「反對續招插班生委員會」，向校方交涉，反對當局讓這些學生不經考試就轉學台大的決定。

（藍按：據香港《文匯報》「台北航信」報導：十月二十九日，校方不顧一切拉下臉來，舉行新招插班生入學考試，台大學生自治聯合會於是動員學生擁趨考場，向考生揭露這一陰謀的內幕，說明考試只是一種欺騙和掩飾，錄取人數早已內定……，於是大部份考生未終場即相率離開。）

台大學生自治聯合會反對續招插班生的行動造成台灣當局與學生的對立。（一九四八年十一月四日）校長莊長恭因爲處在學生反對與當局壓力的中間，而決定離開台灣；但是，學生自治會幹部在飛機起飛前趕到台北機場，並且把他挽留下來。最後，終於以台大一些教授評卷轉學考試的妥協，解決了這個紛爭。

學生自治會的選舉

在「反對續招插班生」的風潮過後，各學院學生自治會的選舉便成爲學運的熱點。台大的學院自治會採取「內閣制」。首先，通過普選，產生自治會主席一人；再由主席自組自治會的幹部班子。然後，由台大六院的學生自治會共同推選成立台大的學生自治會聯合會。因此，各學院學生自治會的領導權成爲各派學生爭取的一個焦點。所以，各學院學生自治會的選舉過程，顯得既熱烈又複雜。

就以文學院那次的選舉來說吧！起初，中文系三年級的黃瑜（惠安人）的活動頻頻；後來，有人看到他經常出入警備總司令部，懷疑他是職業學生；他的活動於是引起同學們的警惕。這樣，一部分學生就開始醞釀由外文系二年級、同時也是「麥浪歌詠隊」成員的女同學陳詩禮，出來與黃瑜競選；但陳一直推讓，於是就改由外文系二年級、也是「麥浪」成員的王耀華出面競選。後來，黃瑜沒有出來競選，改由同是惠安人的、中文系一年級的李友邦同學出來；但是，大部份人都懷疑李友邦不過是黃瑜表面的替身。

競選期間，民主的氛圍吸引著全院同學的參與，我也在歷史系積極鼓動，爲王耀華助選。投票在文學院大樓樓梯口的大廳舉行。結果，王耀華以較大的拉距當選主席。我想，這也許是日後他在「四六事件」當中被捕的原因之一吧！出獄後，他因爲生活無著，先到南洋，再到美國，七十年代回大陸定居，目前任教於大連外語學院。

各學院學生自治會的主席選舉出來之後，他們又推舉農學院學生自治會主席陳實（農經系、福建人）爲台大學生自治會聯合會主席。

參加麥浪歌詠隊

當時，台大的學生社團活動很活躍。公告欄上經常貼著許多社團活動的海報，社團的名目繁多，有青年軍退伍生的、宗教性的、同鄉性的、學術性的；有的社團定期刊登牆報，有的出版油印刊物，風氣相當自由。我入學不久就參加了幾個同班同學組織的「星雲社」，組織出版牆報，還參與了系上的「歷史學會」等。

因爲物質生活上的艱難，這些學生社團的活動很自然就同大陸各大城市大學生「反饑餓、反內戰」的學運訴求聯繫起來。

林文達

由於宿舍同房的陳錢潮、張以淮及隔壁寢室的王耀華、周自強都是台大「麥浪歌詠隊」的主要骨幹，我後來也通過陳錢潮和張以淮的介紹，參加了「麥浪歌詠隊」。「麥浪」是在台大原「黃河合唱團」的基礎上，在一九四八年秋天成立的學生社團。它的活動主要是定期在一間教室學唱大陸的民謠民歌、學運歌曲和抗戰歌曲等。

由於參加「麥浪」的活動，我結識了許多志同道合的同學。「麥浪」代表的意思不止是大陸農村的鄉土氣息，它也表現了迎風飄動的麥浪樸實迷人。在「麥浪」，我們學唱樸素無華的新疆、西藏、青海的民歌民謠民舞，如：〈在那遙遠的地方〉、〈康定情歌〉、〈半個月亮〉、〈苦命的苗家〉、〈馬車夫之歌〉……等等，把台灣民眾帶到遼闊祖國的邊疆；〈別讓它遭災害〉、〈你是燈塔〉、〈光明贊〉、〈跌倒算什麼〉、〈團結就是力量〉等學生歌曲，喚醒、鼓舞了困頓中的台灣青年；歌舞有〈西藏舞曲〉、〈朱大嫂送雞蛋〉、〈王大娘補缸〉……等；抗日大合唱的歌曲有氣勢磅礴的〈黃河大合唱〉及馬思聰作曲的〈祖國大合唱〉。每次練唱〈祖國大合唱〉，當男女齊聲唱到「暴風雨狂囂的聲音，在全中國到處怒吼！中國的人民不願再做奴隸，人民要永遠做中國的主人……」的那段歌詞時，我一邊唱著一邊感到自己已經熱血衝騰了；我想，它不但唱出了青年學生的愛國心聲，也唱出中國老百姓（包括台灣同胞）渴望做自己的主人的心聲。

一九四八年十二月，爲了替台大學聯會籌募福利基金，「麥浪」在台北中山堂公演三個晚上的歌謠舞蹈晚會。會場座無虛席。由於民歌民謠樸實無華，訴說人民的痛苦，因而博得了同學和市民們的稱讚和共鳴。我注意到，在舞台兩旁的柱子上，寫著「從人民中來」、「到人民中去」的大幅標語，教人看了耳目一新。雖然我未能完全理解這兩句話的全部涵意，可多少也能受到感染。在演出時，我除了參加大合唱之外，就是在後台做一些採購，如爲演唱同學上街買「胖大海」……等事務。

南下公演

我入學台大的第一學期，就這樣在學潮的風風雨雨下，夾雜著課堂學習和課餘的頻繁活動中結束。寒假前，「麥浪」就醞釀著利用寒假假期南下台中、台南、高雄等地公演的計劃。南下公演不但可以爲學聯的福利基金籌措一些經費，聽說還要與台中農學院、台南工學院的學生團體串聯，醞釀成立全台灣的學聯組織。爲了南下公演，「麥浪」在台北一女中採排了一場，禮堂坐著滿滿的觀眾。

春節，我回到嘉義老家，同家人一同過年。年初三，我就離開嘉義，趕到台中，爲「麥浪」在台中的演出尋找演出場地。我住在台中商會負責人顏老先生的家裡，受到他全家的熱情招待。顏老帶我到台中幾家電影院、劇場商洽，但都沒有結果。後來，「麥浪」的簡義郁等幾個同學也來到台中，一起聯繫演出和住宿的地點。

這段期間，我們一同拜訪了台灣著名文學家楊逵先生。當時，楊逵先生住的是簡陋的日式房屋，幾乎沒什麼擺設，看得出來，他的生活非常清苦；儘管如此，我們還是得到楊逵和葉陶夫婦的熱情接待與支持。他們非常讚揚大學生走出校園、關懷社會的作法。我們

麥浪男隊員。（周韻香提供）

麥浪南下演出時合影於南部某地。（周韻香提供）

也在他們夫婦的幫忙聯繫下，解決了演出地點和住宿的問題；此外，楊逵先生還爲「麥浪」在台中的公演，發動輿論界爲「麥浪」宣傳；有人說：「麥浪」是「一群辛勤的耕耘者」、「他們把祖國各地人民眞正的聲音，廣大群眾的言語傳到台灣來」。楊逵先生自己也在報上介紹「麥浪歌詠隊」，我記得「麥浪、麥浪、麥成浪，救苦、救難、救饑荒」，就是他對「麥浪」的評價。演出前，楊逵先生詳細瞭解我們的演出劇目後，還建議我們增加一些台灣民歌，如〈補破網〉的表演；由於「麥浪」沒有人會唱這首台灣民歌，他就推薦他的長子楊資崩和另一位許肇峰兩位中學生，上台演唱〈補破網〉。我也上台獨唱〈收酒矸〉。這樣，「麥浪」在台中的演出就不僅僅是內地民歌而已，而且也有了台灣民歌的演唱。

我記得，「麥浪」在台中三個晚上的演出是在鐵路東邊的一個劇場，劇場裡坐著滿滿的觀眾，引起不小的回響。這和顏老先生、楊逵先生以及台中學生團體的支持是分不開的。演出期間，我們借宿在台中女中的教室裡，課桌拼起來就是床鋪。三天的演出後，「麥浪歌詠隊」的所有隊員和楊資崩、許肇峰等中學生，在台中女中的樓前留下唯一一張的全體合影。

情治機構顯然對「麥浪」的南下公演相當緊張，我們也覺察到他們正注視著我們的一舉一動。當我們在台中演出時，不但台下有人在監看，而且還有警員直接竄進後台，一會兒要看我們的「演出許可證」，一會兒又要查我們的戶口，百般刁難。

台中演出後，「麥浪」就利用這個機會到日月潭一遊。大伙兒在風景迷人的日月潭玩得很開心，不但劃過大霧茫茫的潭面，到涵碧樓對岸的原住民部落聯歡、合影，同時也到日月潭發電廠參觀。

我們然後又繼續南下台南。在台南市，我們還是通過楊逵先生的親自安排，借宿在一座寺廟裡，打地鋪。在台南一個劇場裡演出時，情治機構的人員又到後台「查戶口」，而且想要阻止我們再繼續南下高雄。可我們還是到了高雄，但情治機構的人員不准我們參觀港口和製鋁工廠（據説是亞洲最大的電解鋁工廠）。因爲新學期就要開學了，我們就結束了這次的南下公演，從高雄回到台北。

新時代的氣氛

新的學期開始了。台大校園的氣氛也隨著內戰的形勢發展，起著相當微妙的變化。當時，國共戰爭的形勢是這樣的：

首先，一九四八年十一月，遼瀋戰役以國軍大敗結束；十二月二十一日，新華電台公布戰犯名單；一九四九年一月，淮海戰役再以國軍大敗而結束；一月三十一日，北平解放；長江以北幾乎已成解放區，解放軍直驅長江岸邊，準備渡江；一月五日，蔣介石任命陳誠爲台灣省主席；一月二十一日，蔣介石宣佈下野；一月二十六日，台灣省警備司令部正式成立，警備司令由陳誠兼任。這樣，作爲蔣介石心腹的陳誠執掌了台灣的軍政大權。

受到局勢動盪的影響，台大學生的生活和思緒也起了相當大的震撼。

有一天，我發現，一名同樣住在新生南路學生宿舍的工學院的范同學，突然請假回南京；後來，我才得知，原來他父親范漢杰已在錦州戰役中被解放軍俘虜了。後來，我收到家兄從北平的來信，他的信寫在解放軍進入北平城時公告傳單的背面；我想，我哥的用意是很清楚的，他是要告訴我北平和平解放的消息。其實，林彪簽署的入城北平的公告，已在同學中間傳閱了；甚至還有人把它貼在校園裡。同學之間還互相傳播著新華社播發的戰犯名單，議論紛紛。我們知道，徐州戰役後，解放軍已直驅長江邊。一部份同學已經學會新華電台播放的〈我們的隊伍來了〉——有些同學甚至公開哼著：「我們的隊伍來了，浩浩蕩蕩飲馬長江……」的歌。然而，蔣介石雖然宣布下野，仍然派了陳誠來台灣執掌軍政大權。國共兩黨的和談在進行著。

我們察覺到一個新時代似乎就要到來，同時也預感到，黎明前的台灣也許會有一段更加黑暗的時期。在那樣的時代氣氛下，我像念書一樣，跟著幾個老學長、老大哥，很認眞地投入當時的學運；因爲我在年紀上算是小弟弟呀！所以他們交代什麼，我就做什麼。我想，我走的路並沒有錯！因爲他們的言論和所做所爲，都符合我的心裡要求，所以我就跟著他們一起走。

三·二一遊行

三月二十日晚上，我在新生南路學生宿舍裡突然聽到有人大喊：「學生被抓了，趕快去救！」的呼聲。宿舍裡的同學聽到呼喊聲後，立刻就走出寢室瞭解究竟；呼喊者解釋說，台大、師院的兩名學生說是違反交通規則，被大安警察分局抓去扣留了。同學們一聽就不約而同地沿著新生南路，趕到台北警察局大安分局。

我也去了大安分局。總之，我既不是領頭的人，也不會衝動到打呀！砸啦！就只是一個助陣的角色而已。究竟分局裡頭的情形怎麼回事？還有學生代表是怎麼交涉的？我也不清楚。我後來知道的情況，都是聽人家講的。

那麼，我自己看到的現場情形是這樣的：

當我趕到大安分局時，學生們（有台大的、師院的）已團團圍住大安分局，有人在分局裡進行交涉，有些不耐煩的學生也衝進了警察分局；除了留下來與學生交涉的警局負責人外，大安分局的警察都走光了。後來，台北市警察局的督察長來與學生交涉，學生代表要求警察局長親自道歉，但沒結果。我看到那些跟警方交涉的同學態度還是很斯文的。只是，有些比較激動的同學忽然提議：把分局長和督察長押回學生宿舍。就這樣，半夜裡把督察長和分局長請到新生南路學生宿舍。然後，同學們就在我寢室旁邊的操場上，把他們兩人圍起來，問他們：你哪裡人？貪污多少……？等等的問題。

就我所知，這些質問的同學都不是平常學運的頭。頭到哪裡去了呢？像是陳錢潮啦！張以淮啦！那天晚上剛好都不在宿舍；如果他們在的話，我想，大概還不至於發生這樣的事情。這個突發事件，完全是自發的，隨意性極大，也不曉得有誰在主持？同學們只顧把平時積壓的一股怨氣，發作在這兩個人身上，也不考慮後果會怎樣。

當時，隔壁寢室的孫達人，正在趕夜工，在臘紙上刻著他們的一份油印刊物；我看版面上正空著一塊，就建議他把今晚的事塡補進去。

後來，陳錢潮、張以淮等人從外面回來了。我記得，陳錢潮瞭解情況後，對這樣的做法是氣得要死！但是已經做了怎麼辦呢？既然已經上了馬啦！那麼現在要怎麼下呢？總不能把那兩個警官放回去就算了。他於是又約了宿舍裡的幾個骨幹商量，經過討論後，大家傾向於第二天就組織遊行。

三月二十一日，台大學聯會和師院學生自治會決定，就學生被抓一事舉行聯合遊行。大家於是分頭去準備。我立刻跑去找經濟系一個叫吳聖英的同學，跟他說大家準備要遊行了，要他準備漿糊和紙張。遊行前，學聯傳下來：口號要統一，隊伍要整齊，同時要防止職業學生混進來搗亂。參加遊行的台大學生有幾百人，領頭是陳錢潮。同學們一路遊行一路喊口號，同時還沿途貼標語。遊行隊伍從羅斯福路走到重慶南路，最後走到中山堂旁的台北市警察局。學生把警察局門口圍得水泄不通，周圍也有許多群眾在圍觀。幾個學生代表進去警察局交涉抗議，後來台北市警察局長出來，在學生面前答應學生代表提出的條件，向台大和師院的學生道歉，並保證以後不再發生類似的事情。

當大家圍坐在警局門前時，我爬上一根緊靠警察局的電桿上，把標語貼在警局的窗戶上，用手一提，那活動窗戶就帶著標語升上去，下面就有人鼓掌。其實，我這樣做，並不是想出風頭啦！而是因爲那個地方醒目，我想讓圍觀的群眾知道我們是爲什麼遊行的。當我從電桿下來以後，有人就告訴我，我剛剛的舉動已被人拍照下來了，要我注意警惕。我說：「照相也沒關係呀！」那時候的學生眞是天不怕地不怕！

警察局長「保證」和「道歉」後，遊行隊伍就撤離中山堂，回到了學校。這是學生和台灣當局第二次的正面衝突，表面上的「勝利」，卻暗藏著危機，這在當時我也感覺到的。

三·二九晚會

三月二十九日是青年節。當天，在中山堂有官方的青年節紀念會；而台大、師院以及一些台北的中學校的學生，也在台大法學院的操場上舉行三·二九晚會。據說台中農學院也有學生代表來參加，氣氛非常熱烈。操場東頭搭起了簡陋的舞台。台大學聯、師院、台中農學院學生自治會都有人上台激昂的講話，台下坐著滿滿的學生，操場四周布置了幾個聚光燈（據說是向電力公司借來的）。聚光燈把整個操場照得如同白晝，爲的是防止特務混進來，乘黑暗搗亂。

慷慨激昂的講話完畢後就是文藝節目，有歌唱、舞蹈以及小話劇，《跌倒算什麼》、《光明頌》等歌唱出了學生的心聲。其中《王保長查戶口》的小品話劇，諷刺政府的腐敗，非常引人注目。整個晚會以全場學生一起扭秧歌作結束。儘管許多學生都是第一次扭秧歌，但大家都盡情地「扭」，希望「扭」出明天的到來。

事後，我聽說當局爲了防止學生們「暴動」，在操場周圍架起了機槍。如果這項傳言是眞的話，那麼，學生們在槍口下扭秧歌的情景，也可以說是「別開生面」了。

事實上，三．二一的遊行之後，我們就聽到當局要抓捕學生的風聲，風聲愈刮愈緊，「黑名單」的傳說已在學生中傳開。我估計，同學裡頭也有人可能是情治機構的「線民」；風聲就是這樣傳出來的。那時候，也有人向我警告說，因爲我在警察局窗戶貼標語的行動，所以我也被列入「黑名單」之中了。

四月一日，南京的大、中學生六千餘人要求和平的遊行被鎮壓，死二人，傷一百餘人的消息傳到台北。恐怖的氣氛籠罩著校園。既便如此，有些天眞的學生仍然把一首名爲〈大家唱〉的歌詞，改成「一個人被捕多寂寞，一群人被捕多快活」，毫不畏懼地唱著。但是，後來就發生了「四．六」大逮捕的事情了。

四．六大逮捕

四．六的前一個晚上，首先傳來師院學生自治會主席周愼源被特務綁架然後脫逃的消息。周愼源的被綁架也證實了當局準備抓人的風聲的可信度。當天晚上，住在新生南路台大學生宿舍的我們就開始緊張了。大家立刻做準備，以防特務的襲擊、綁架。我們的措施是：如果發現有同學被特務綁架就敲打臉盆呼救，大家就衝過去搶救；同時，大家都把寢室的門牌全拆下來，讓特務搞不清楚哪個房間住了哪些人；這樣，那些特務就無法照著名單來抓到人，或者抓錯人。其實，因爲新生南路的台大學生宿舍沒有圍牆，所以根本就無法做什麼準備。

開始的時候，他們並沒有什麼動靜。同學們上廁所的上廁所，刷牙洗臉的去刷牙洗臉；看起來，一切如常。只是宿舍四周已布滿了武裝的軍警。大家於是就去睡了。到了四月六日凌晨，我從隔壁傳來的敲牆聲中醒過來。我透過寢室的玻璃窗往外看去，在濛濛細雨下的路燈微光中，我看到操場那頭布滿了荷槍的軍警。我想，要發生的事終於來了。

不久，這些軍警已進入學生宿舍，我們可以聽到他們在宿舍走廊來回巡邏時，隨著腳步的規律發出的皮鞋喀喀作響聲。天快亮時，軍警從門縫裡塞進來一張警備司令部的通緝令。通緝名單包括台大和師院的學生，一共有二十一名。其中，台大學生聯合會主席陳實，也名列其中；其實，他早在「麥浪」南下公演結束後，就離開台北，到了香港。

照這樣看來，我們判斷，一種情況是特務的情報根本不靈，還有一種情況就是它要抓的人一定不止是名單上的學生而已。

天亮後，軍警們依然沒有動靜。平時宿舍裡起床後的熱鬧不見了，一切都是沉悶的，時間在安靜中一分鐘一分鐘地過去。同學們開始像平常一樣去洗臉、刷牙，上廁所。我也利用這個機會，觀察周圍的動靜。我看到：三三兩兩的武裝軍警仍然在走廊上來回走動，宿舍周圍的各個角落都有軍警在站崗。我們已被完全包圍了。儘管如此，我們還是可以在宿舍範圍裡頭走動。

當早餐時間到了時，原來分散在各個房間的同學們，也都集中到飯堂吃早飯。這時候，軍警方面也利用這個機會，把包圍圈縮小。同學們聚在一起，一邊吃早飯，一邊議論如何面對這樣的變化。後來有人提議：「吃過飯後，大家留在飯堂不要走！」他認爲，那些軍警應該不致於衝進飯堂來抓人。大家覺得有理，草草吃過早飯後，也就留在飯堂，集中起來。那些軍警看我們沒有離開飯堂，就把包圍圈縮小到飯堂的周圍，既不衝進來，也不讓我們出去。因爲這樣，不少學生就高聲抗議，我們被剝奪了人身自由，高喊：「我們要自由」、「我們要上課」……的口號；同時，也有人抗議警備司令部通緝學生的行徑，反對聲、抗議聲不斷。

後來，同學當中有人喊了一聲：「衝出去！」陳錢潮一聽就第一個衝出去，我緊跟在他的後頭，我的後面還緊跟著一些同學。這時候，在大門口待命的武裝軍警見勢就朝地下開槍，一個軍官頭子指著陳錢潮喊說：「抓住他！」幾個軍警立刻衝向奔往大門口的陳錢潮，抓住就打；體魄魁梧的陳錢潮扭不過他們，一邊挨打一邊被抓走。這樣，陳錢潮雖然不在通緝名單上，卻成爲台大宿舍第一個被抓的同學。

同學們眼看這情況，大家知道：衝是衝不出去的了！於是又回到飯堂。這時，一個軍警頭子走進來，他向我們說：「只要你們把通緝名單上的學生交出來，你們就可以馬上回學校上課。」但是，他的講話遭到許多學生的辯駁；大家表示，寧可被捕也不願交出名單上的同學，同時，仍然高喊：「我們要上課」、「我們要人身自由」之類的口號，僵持不下。

軍警的交涉毫無結果，於是就開始抓人。當我們穿過飯堂小門要離開飯堂時，飯堂門外已經布置好了軍警特務，有的拿著照片在指認；當王耀華經過時，有一個便衣立刻指著他說：「就是他！」這樣，王耀華被捕了；後來，周自強（前學生會主席）也同樣被捕了。接著，吳聖英、陳克臻、朱昭直、陳秋玉、史靖國等同學一離開飯堂，也都一個個被抓了。有些不在通緝名單上的同學雖然明知自己被錯抓，但他們也不辯解，爲了保護通緝名單上的同學，他們寧可將錯就錯。

那時候，「麥浪」原先在唱的一首名爲〈大家唱〉的歌，歌詞裡頭的一段是：「一個人唱歌多寂寞，大夥兒唱歌多快樂！」同學們就將它改成：「一個人被捕多寂寞，大夥兒被捕多快樂！」毫不畏懼地唱著。雖然這反映了同學們不知天高地厚的、天眞的一面，但也清楚地表現了同學們爲了保護同學義無反顧的同學情誼。

我回到寢室以後，也準備被抓，於是就把陳錢潮的棉大衣穿上；我想，如果我也被抓的話，就可以把它交給陳錢潮。因爲，當他衝出去而被抓時，穿得很單薄。接著，我就清理自己的桌子裡的東西；看看，也沒什麼可當作「犯罪」的證據。然後，我又去清理陳錢潮的床鋪，不料卻發現一本硬紙板做封面的、厚厚的《列寧文選》；我想，這如被搜去就可當作陳錢潮的「犯罪」證據呀！當時，寢室門口有軍警在監守著，拿出去藏是不可能的了，在房間也無從燒毀。當我正在爲這本《列寧文選》苦惱時，我發現我們寢室的天花板上有一個出入天花板的洞口；我於是由別的同學幫我監看門外的動靜，然後把書用力擲進天花板裡頭。這樣，總算放下了心頭的一個「包袱」。

營救同學

整個逮捕行動，在四月六日那天清晨達到高潮；再後來，基本上就不再抓人了；只是把我們包圍在宿舍裡，不讓出去。我們被困在宿舍裡，哪裡也不能去。這時候，我才深刻地感到自由的可貴；平時熙熙攘攘的宿舍，現在已變爲讓人受不了的一片死寂。我們就這樣熬過了兩天，第三天，那些軍警才讓我們走出宿舍；但宿舍大門仍有軍警在站崗監視，晚上也還實行宵禁。

我們在宿舍「開放」後，立刻趕到學校上課；但是，學校已經停課了。我從其他同學那裡聽到兩天來的一些情況：就在新生南路宿舍被圍捕的同時，公園路上的台大學生宿舍也同樣被武裝軍警包圍，並抓走了一批學生；師範學院學生宿舍也被武裝軍警包圍，學生據樓抵抗，最後，武裝軍警一層一層地打進學生宿舍，逮捕了一、二百名師院學生；社會上傳聞，一些文化人、新聞記者也在四六當天被捕，聽說楊逵先生因爲草擬了《和平宣言》，也被捕了。還好，一些通緝名單上的同學得以安全逃出，如：王惠民化裝成受傷的軍官逃出去了，殷葆衷也乘黑夜逃離了。

台大一些沒有被捕的同學，不曉得由誰組織下，很快就在學校裡組成「四．六營救會」，積極營救被捕同學。其中，包括草擬《告全國同胞書》，揭露「四．六」當天的眞相；以及組成學生代表，前去監獄慰問、看望被捕同學。

有一次，工學院學生劉登民（台電總經理劉晉鈺的兒子）向台灣當局要求去看望被捕的同學，當局只同意讓他「看望一下」。回來以後，劉登民在學生群眾會上向大家報告看望被捕同學的情況。劉登民說，他向那些被關的同學說了一些話，可那些被捕的同學只是用眼睛沉默地望著他，沒有人說話。我們聽了以後都很難過地流淚！爲什麼平時慷慨激昂的這些同學，才幾天就變得這樣冷漠、沉默呢？大家都擔心他們是否在裡頭挨了毒打和折磨？

營救會的另一工作就是，幫助那些被通緝的同學逃離台灣。我也交出了我的身分證，以備那些同學做假身分證逃離。

決心離台

我個人認爲，國民黨當局派武裝軍警公然進入校園，逮捕手無寸鐵的學生，是史無前例的惡行。我無法理解，這些熱愛國家民族、要求民主的學生究竟犯了什麼彌天大罪？爲什麼非要遭到這樣粗暴的逮捕呢？當局所說「張貼標語、破壞社會秩序」的罪狀，只是對這些學生的「欲加之罪」罷了！

那天，離開台大新生南路的學生宿舍後，我再也不願回去那裡住宿，就住到公園路上的林姓同學家。有一天，我父母親和三叔從嘉義帶來祖母的意見，要我立刻離開台北，回嘉義老家。「書不要讀了，太危險了！」這是祖母的話。國民黨當局逮捕學生的消息已傳到各地，學生家長和親友們的心情是沉重的。我拒絕就這樣回去嘉義。我想，我不能在危難時刻丟下其他同學，一走了之。面對我的婉拒，我父母親也只好當晚就乘火車回嘉義，以此回覆祖母。

「四．六」之後，堂堂的國立台灣大學的青年學生，竟在一夜之間變成不是囚犯就是逃犯；學校一度停課，校園裡僅有的一點民主也被踐踏了。師範學院的情況更糟，不但學校被勒令停課整頓，學生也要重新登記，朱乃長等二十幾名學生甚至被開除學籍。在這樣惡劣的環境下，有一大批學生憤然離開校園，被迫離開台灣，成了繼「二．二八」後新的一批「失蹤者」。多年以後，我才通過各種管道知道，這些同學有的到了日本、南洋等地，而大多數的人（大約有一百多人）則到了大陸。

對我而言，「四．六」之後，我也必須面對將來何去何從的問題？我的前途到底在哪裡呢？

就在這個時候，台灣當局公告四月二十五日要在台北市舉行戶口假檢查。五月一日，全省又實施戶口總檢查。那一天，全島各地，即使是火車、輪船上的乘客，也都要接受檢查。我可以理解，當局的這一手是對島內進步人士的施壓。

那天晚上，我只好回到新竹家裡，接受戶口檢查。到了半夜，里長陪著查驗戶口的軍警人員來到我家。事前，我母親怕我出問題就去找里長，告訴他說：「我的孩子病了，從台北回來……」里長也怕我給他添麻煩，就叫我檢查時躲在房間不吭聲就行了。

從台灣當局加強控制的力度看來，我知道，台灣我是不能再待下去了；當天晚上，我決心離開台灣！我於是把我的心事告訴我父母，並請他們給我一些路費。他們知道，事到如今，也沒有其他路可走了；因此也沒有阻止我。第二天，我從新竹到了鹿港鄉下，向一位柯先生討回他欠我母親的債，結果一無所獲。我於是直接上台北。幾天後，我母親從新竹到了台北，拿給我十塊美金、十塊銀元、一個金戒子和一個金幣，做爲我離開台灣的路費。

航渡大陸

當時，我設想離開台灣的路有幾條，但目的地都是北京。第一條路是乘船到青島，因爲青島周圍都是解放區；第二條路是乘船到香港，到香港後，再設法北上北京；第三條路是乘小船到福建，因爲在我之前已經有一些同學從新竹港搭船到福州了；最後一條路則是在不得已的情況下，從蘇澳乘走私船到琉球，而後到日本。後來，有位廈門籍的同學王邦拐約我一同到沙勞越，他說，到南洋當個小學教員，混一碗飯吃是有的。

我前思後想，最後還是決定走青島那條路。但是，五月初，由於青島的戰爭形勢吃緊，到青島的船停開了。這樣，我只得求其次，臨時改爲到上海。爲此，張以淮就陪我去找一個叫汪禮年的女同學，請她設法幫我買一張到上海的船票。當時，有一個規定，要上海地區的人才能買到上海的船票。汪穠年是杭州人，所以她可以買到票。汪穠年是當時大家公認的台大校花，也是「麥浪歌詠隊」的成員，「四．六」後，她曾經跟劉登民一起到牢裡探視被捕的同學，是個熱情積極的人；但是，自那之後，她就被家裡人軟禁在家，不讓她出門了。我們只好晚上到她家訪問，她也答應設法爲我買到到上海的船票。

五月十三日清晨，我和一位台大同學宋鴻雲，在張以淮的陪伴下，一同乘火車從台北到基隆。在路上，張以淮偷偷地告訴我：蘇州已經解放了！我想，這樣的話，上海很快也將解放吧！我們在基隆港務局找到了汪穠年的朋友，他很快幫我們買到了開往上海的船票。「等你們勝利歸來！」這位港務局的年青職員同我握手告別時說。

我的船票還是張以淮幫我付的錢。當時，他問我：「你身上帶了多少錢？」我說：「美金十塊、銀元十塊，一共二十塊。」張以淮聽了就說：「這樣怎麼夠！」他於是就要幫我付船票錢。我就說：「那你先幫我墊這筆錢，回去以後，你去找我母親要，她會還給你的啦！」可四十四年後，當我第一次回台灣探親時，我向我母親提起這事，我母親聽了很驚訝的說：「沒有啊！張以淮從來就沒跟我提起這事啊！」由此可見，當年我們同學之間的感情是無話可說的啦！

上船前，張以淮還特意去買了幾罐鳳梨罐頭給我；把我打扮成省親的樣子。我們三人然後走到停靠在碼頭上的民生輪，但是，我們沒有立刻上船，而是在附近轉悠；一直到查檢證件的軍警人員下船後，我和宋鴻雲才上船。

當民生輪啓航後，我站在甲板上一直望著越離越遠的台灣故里，一直到迷迷茫茫連山都望不到的時候，我知道，我就這樣告別台灣了。

五月十五日，民生輪駛抵上海。當船開進黃浦江的時候，我看到國民黨的軍隊正整隊的開往前線；到了晚上的時候，就聽到砲聲隆隆了。那幾天，每天的報紙都登載著戰況圖，從那裡可以看到解放軍已經打到哪裡了。我聽到很多上海市民都在說：「快了！快了！」

其實，我當時的心情是急著到北京，設法重新到北大入學；因此，我在上海一天也待不住。但是，解放前的上海，機場到處都是人山人海，我根本買不到到北京的機票。因爲人生地不熟，我就到上海台灣同鄉會，看看他們能不能幫我買到機票。在同鄉會，我見到了比我先到上海的台大同學：劉登民和劉登元兄弟、陳詩禮、以及胡世璘等人；他們是搭飛機離開台灣的。歷經四・六的逮捕與逃亡之後的大夥兒，見了面，都激動地抱頭痛哭！

五月二十七日，上海解放了。可我沒想到，一直要到時隔整整四十四年後的一九九三年夏天，我才能回來台灣探親。

麥浪的紐帶

一九八二年，旅居美國的「麥浪」同學烏蔚庭寫信給北京的《台聲》雜誌，希望《台聲》幫忙尋找在大陸的「麥浪」同學；因爲這樣，在「四．六」事件過去卅三年以後，「麥浪歌詠隊」的部份同學終於在《台聲》雜誌的聯絡安排下，在北京重聚。

一九八三年春，我有機會參加全國台聯訪問巴西的旅行團。在和當地的台灣鄉親聚會時，我唱了一首〈康定情歌〉。下台後，在座的許芬老先生就找到我說：「他第一次聽這

林文達與麥浪隊友王耀華及台大學弟陳鼓應。
（左起）（林文達提供、藍博洲翻拍）

首歌是一九四九年台大麥浪歌詠隊在台中演唱的。」我就告訴他說，當年我也是麥浪的成員之一。許老先生很高興，兩人就這樣聊了起來。許老先生是楊逵的摯友，當年在台中上台唱〈補破網〉的兩個中學生，其中一個就是許老的長子許肇峰，也在巴西聖保羅。許肇峰在五〇年代也曾被捕，據他說，在獄中，他還見過同樣被捕的張以淮。在巴西的不期而遇，許老與我從此成爲摯友。

我從巴西回國，路經美國紐約、舊金山時，又與當年「麥浪」的同學：陳華琴、台純懿（台靜農教授的女兒）、汪禯年、林民瑞見了面。異地重逢，大家都很高興。雖然時隔三十多年，遠隔重洋，天南地北。但是，幾十年來，「麥浪」的歷史紐帶和一顆中國心，一直把我們聯繫在一起。

一九八四年，我在台大歷史系的同班同學陳良謀，從台灣回到泉州。他輾轉找到了我，並且拿出台灣保安司令部對他的「判決書」給我看。「判決書」上羅列了同班的我和于凱、王邦拐是「潛匪」。陳良謀說：「我只是和你們這些『潛匪』同班，就被判十年，關了十二年；如果你留在台灣的話，我看，至少也要被判無期徒刑。」陳良謀又告訴我說，我離開台灣之後，許多同學相繼被捕判刑，其中于凱被槍決，他（她）們都經歷了台灣五〇年代白色恐怖的磨難。

一九八五年春，楊逵先生在台灣逝世，福建文聯爲此舉行悼念座談會。爲了表示我對

楊資崩、蔣碧玉與許芬。（左起）（藍博洲 攝）

這位為台灣民主事業奮鬥終身的勇敢鬥士的懷念，我在會上追憶了楊老先生當年對青年學生、對「麥浪」的關懷和支持。

一九八八年夏，在美國的部份「麥浪」同學來到北京，同在大陸的同學一同隆重紀念「麥浪」成立四十周年，地點在台盟中央禮堂。台盟中央、全國台聯負責人參加，並稱贊了當年「麥浪」的愛國民主精神。

一九九〇年，楊逵先生的長子楊資崩（資生）第一次來廈門，說是一定要見到「麥浪」的我。當我從福州驅車到廈門與他相見後，資崩高興地說：「既然見到了你，現在，我可以回台灣了。」

一九九三年六月，在闊別四十三年之後，我終於從福州回到了故鄉台北。因為四十幾年來的社會變化實在是太大了，一時之間，我對故鄉的

1998年9月，林文達、孫達人與作者，合影於台大附近餐廳。

街景與人事都感到陌生了。爲了重尋往日的記憶，我於是在親友的陪同下，回到當年求學所在的台大校園走走。當我在台大文學院舊大樓裡撫摸著樓梯扶手上下走動時，四十多年前，我在這裡學習的情景，立刻又浮現在我的腦海裡；同時，我又記起了當年台大活躍的學生運動的陣陣浪潮。

幾天後，我聯絡上從巴西回台定居的許芬老先生，並且在他老人家的陪同下，驅車到桃園大溪——楊逵長公子資崩兄經營的資生花園；我一進楊家就先在楊逵先生的遺像前默默悼念，並向他報告：「我回來了」。後來，資崩還特地拿了四十多年前的老牌「新樂園」香煙給我抽。他說，這樣的老牌煙，還可以讓我們回憶當年青春歲月的理想與友誼吧！我感到他的聲音裡有一種我可以體會的歷史的感傷。

從大溪回台北不久後，我又得知台北六張犁公墓挖掘出五〇年代白色恐怖時期被迫害的亂墳堆一百六十三個，其中就有同班同學于凱的。因爲這樣，我曾經經歷過的「四．六」大逮捕前後的往事，時不時地就會突然從回憶的腦海浮現……。

我想，就像我的同學陳良謀所說，當年如果我沒有離開台灣的話，命運如何當可想而知。儘管到了大陸，我也如同這一代的所有中國知識分子，在政治大變革當中，經歷過風風雨雨的曲折。但是，我認爲，糾正歷史的不公正，還原「四．六」的歷史眞貌，是歷史的必然。面對歷史，我始終認爲，做一個有良知的中國的台灣人，「麥浪」以及我自己，是無愧於人民的。

採訪時間：第一次／一九九八年九月十五日
第二次／一九九八年九月廿三日

採訪地點：台北市舟山路孫達人先生家宅

參考資料：林文達：〈「麥浪」和「四．六」〉及〈回憶「四．六」〉（未刊稿）

從黃河到麥浪

——陳錢潮的證言

陳錢潮，浙江溫州人，一九二六年生；
一九四六年十月隻身來台，就讀台大機械系；
一九四七年，台大校慶時籌建「黃河合唱團」，
在中山堂演出〈黃河大合唱〉。
後來又擔任「麥浪歌詠隊」隊長；
「四六事件」中，是第一個被捕的台大學生；
以「妨礙秩序罪」判刑，十個月後出獄。
出獄後，仍然受到情治人員的監視，
生活無法維持，生命無保障；
在兩個多月東躲西藏之後，
只得無奈地搭木帆船離開台灣。

1997年6月17日，陳錢潮攝於溫洲自宅。（陳錢潮提供）

成長背景

一九二六年，我出生於浙江省溫州市。

我的老家是一個山明水秀的江南農村——浙江省永加縣永臨區白雲鄉梨村。我家老屋建成已有幾百年歷史，其中住有十多家宗族。我聽祖母說，我的祖父是農村私塾的坐館先生，育有我父親與叔父兄弟二人；父親比叔父大七歲。

父親在兒童時期就開始接受教育，但十五歲時祖父去世，爲了生計，父親於是去附近山村，像祖父一樣，當起了坐館先生。民國初期，父親到永加縣（現在溫州市區）投考警官學校，爾後開始了警務生活；以後他參加了國民黨，屬於國民黨的左派。父親一直在外地工作，一九三七年抗日戰爭爆發，他才回到溫州。一九四二年，父親病故；那時，我才十六歲。所以，父親經濟條件的具體情況，我也不大了解。

我唸高中時，因爲碰到抗日戰爭和家境的變故，所以轉了好多次學。溫州在抗戰時期曾經淪陷三次，我也飽嚐了流亡漂泊的生活。開始的時候，我在永康新群中學讀書；父親病故那年，老家的老房子又遭火災，我只得輟學，回去幫叔父蓋房子（幫工兼採購材料）。

高中二年級，我在溫州甌海中學高中部讀書；三年級上學期，溫州淪陷，我於是隨叔父去龍泉示範中學讀書。這段時期，我一面讀書，一面還要幫助叔父經商。

一九四五年下半年，抗日戰爭勝利，我又回到溫州甌海中學高中部，一直讀到畢業。那年秋天，我隨叔父到上海，在叔父經營的商業公司當練習生。

上海是中國最大的商業城市，又是青年學生民主鬥爭的中心。抗戰勝利後，青年學生又投入「反內戰要和平」的民主浪潮，一切情形使我大開眼界。後來，我遇見中學時代一位要好的同學，他是一位很有志向的革命青年，經常找我談心，闡述革命道理，同時又約我參加革命集會和遊行，給我影響很大，不久，他去了解放區了。

台大機械系學生

一九四六年初，各大學開始招生，我請求叔父同意我去投考大學，前後投考了蘇州東吳大學、上海交通大學、南京中央大學，後來又到杭州投考浙江大學。

陳錢潮

在浙江大學報名處，我看見台灣大學的招生廣告。在此之前，上海出版的《大公報》曾經連續好幾天刊登介紹台灣的報導，其中關於台灣大學，它介紹說：「台灣大學原來是日據時期的台北帝大，學校設備非常完整，藏書非常豐富，任教教授非常有水平」；所以，我臨時決定投考台大機械系；考取後，我就回到溫州，整理行裝，向母親辭別，離開少年時用淚水、汗水蓋成的房子。想不到這卻是我和母親最後的一面。一九四七年七月七日母親病逝。到了一九五九年，因山洪爆發，上游一座小型水庫決堤，我家的房子也被沖得無影無蹤。

十月，我從上海坐船到台灣。當時，台灣給我的第一印象的確就像先前聽說的那樣，是祖國美麗的寶島。但是，到學校後，經歷過抗日戰爭的烽火和學生運動洗禮的我，卻對台大的校園感到有些陌生，只覺得整個學校的氣氛是死氣沉沉的。

去台大報到後，我就住在水道町的台大宿舍；這是一座座單獨小房子，我和考入台大的三位老鄉住在一起；第二年，我又搬到新生南路宿舍，先後和張以淮、林文達、華宣仁四人住在一個房間。

我的家庭有姐、弟六人，一位大姐、兄弟五人，我是老大；因爲唸高中時父親亡故，考上大學後母親又去世，因此生活一向比較困難；但是這也養成我不怕困難，艱苦奮鬥的個性。

在台大，我除了享受公費待遇，另外又抽一些時間打工來增加收入；除了在當時台灣的中學生雜誌兼差審稿之外，我也到補習班教課。所以，生活基本上還可以解決。

1949年2月，陳錢潮、陳實、汪穠年、台純懿、張以淮及林文俊（從右到左）等麥浪隊員攝於日月潭。（陳錢潮提供）

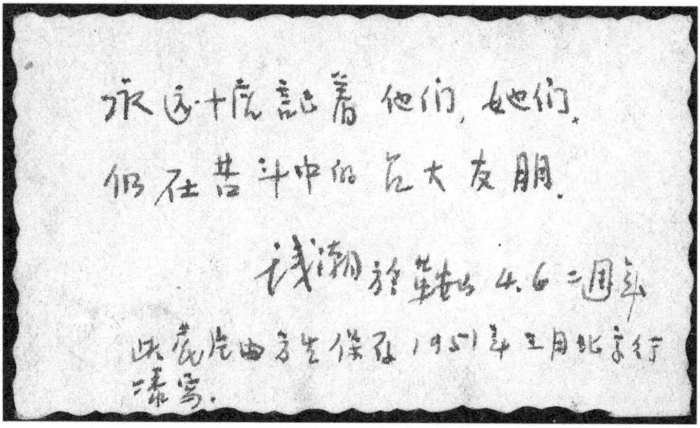
永远十分記着他们，她们，
仍在苦斗中的伟大友朋.

台灣第一次演出〈黃河大合唱〉

四七年十一月，台大校慶的時候，在一些老師和同學的鼓勵下，我自告奮勇出面籌建「黃河合唱團」，在中山堂演出〈黃河大合唱〉。我估計，這是〈黃河大合唱〉在台灣的第一次演出；當時，它受到了台灣各界的熱烈歡迎。「黃河合唱團」是臨時組織的團體，因團內團員思想不統一，以後就解散了。

我以後和志同道合的同學共同組織「麥浪歌詠隊」，在第一次全體隊員大會上，我被推選爲隊長，胡世麟（女，現名胡琳，在北京）和林義萍（現名林一平，在北京）二人則被推選爲副隊長。

「麥浪歌詠隊」和台大學生自治會有密切的關係，台大各學院學生自治會聯合會（簡稱自聯會）主席陳實（現名方生，在北京），文學院學生會主席王耀華（現在大連），法學院學生會主席周自強（已逝），工學院學生會主席簡義郁（已逝），理學院學生會主要負責人劉登元（現名黃堅，在北京），這些人都是「麥浪」歌詠隊的核心人員。所以「麥浪歌詠隊」在台大學生運動中不斷成長壯大。

四九年寒假，「麥浪歌詠隊」到台中、台南演出，是台大各學院學生自治會聯合會討論決定的，爲了擴大領導，法學院學生會主席周自強，工學院學生會主席簡義郁，農學院

麥浪隊員在中南部某地。（前排右邊第三位應是陳錢潮）（周韻香提供）

麥浪全體合照於南下演出的某地。（周韻香提供）

麥浪的男隊員們。（周韻香提供）

學生會主要負責人劉登明等人也都參加，並推舉陳實為「麥浪歌詠隊」南下演出領隊；這次南下演出，並有很多新參加「麥浪」的同學；記得，法學院自治會主要人員吳聖英負責財務管理。

第一個被捕的台大學生

四月六日凌晨，我從隔壁房傳來的敲牆聲中醒過來，從玻璃窗往外看，外面下著細雨，一大批武裝的軍警已包圍了新生南路學生宿舍。

過了些時，軍警已挪動到宿舍走廊裡，有的在走廊裡來回走動。天快亮時，軍警從門縫裡塞進了警備司令部的通緝令。

天亮後，我們到食堂吃早飯時，有的學生嚷著：「我們要自由」、「我們要上課」……。後來，我聽到有人叫了一聲「衝出去」，我就第一個從宿舍過道衝向大門，那些軍警馬上朝地下開槍，兩三個軍警衝向我，抓住就打。我就這樣第一個被捕了。

台北地院看守所的牢房

「四·六」被捕的三百多名學生，被關押了十多天後，大部份陸續交保。可我和台大及師院的另外廿一名同學，卻繼續在警察局拘留所或設在警備旅軍營裡的臨時關押所禁閉，經過情報處的審訊後，分別在一個月黑風高、燈火迷茫的夜裡，被關進了囚車，在手持衝鋒槍的武裝人員監押下，一同被送到位於愛國東路的台北地方法院看守所裡，開始過著集體而又分開的鐵窗生活，等待接受「法辦」。

台北市地方法院看守所和台北監獄相鄰。它是一幢像一只張開的手掌的平房。掌心是看守長的辦公室和值班高台。坐在高台上可以看見每個牢舍裏的動靜。每個牢舍有一條三米寬的過道，兩側是兩排六平方大小的牢房。每間牢房有一個厚木製成、供犯人彎著腰出入的小門。門的上部開有一個小小的欄柵，供看守窺探牢房裡的動靜。小門的下部有個遞送開水飯菜用的小洞。門上裝有可以上鎖的鐵栓。對著小門，牢房裡的牆上開有一個離地一人多高，裝著欄柵的鐵窗——踮起腳尖，勉強可以看見外頭的一角天空、一塊三角形空地和一排相鄰的牢舍。除了木門、鐵窗以外，牢房周圍是磚牆，地上是木板。小鐵窗下面的地板上，有一塊二尺見方、可以掀起的木板，下面放著一只供犯人大小便用的馬桶，這馬桶從牆外一個鐵製的、外加鐵鎖的小柵門放進和拿出，每天早晨六時左右，有值班的勞工犯（服刑中的犯人）來清洗馬桶。每間牢房關著三、四個犯人。

二舍

我們的牢房叫「二舍」。除了我們台大和師院的二十二個同學之外，還有「四・六」

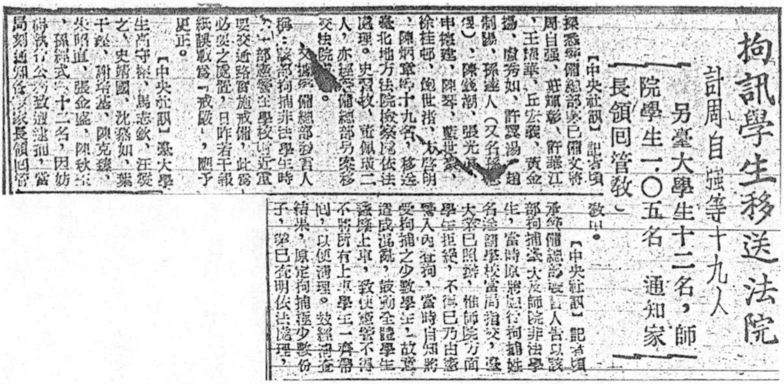
拘訊學生移送法院

計周自強等十九人

另臺大學生十二名，師院學生一〇五名 通知家長領回管教

【中央社訊】記者頃探悉：警備總部業已備文將周自強、莊輝彰、許華江、王耀華、丘宏義、黃金揚、盧秀如、許冀湯、趙制陽、孫達人（又名孫[illegible]）、陳錢潮、張光直、申德建、陳琴、藍世豪、徐桂邨、鮑世浩、朱啓明、陳炳奎等十九名，移送臺北地方法院檢察處依法處理。史習枚、童佩瓊二人，亦經警備總部另案移交法院[illegible]。

又據警備總部發言人稱：該部拘捕非法學生時，曾以十部憲警至學校附近重要交通路口實施戒備，此為必要之處置，日昨若干報紙誤載為「戒嚴」，應予更正。

【中央社訊】臺大學生[illegible]尚守[illegible]、馬志欽、汪[illegible]之、史[illegible]國、沈[illegible]如、葉千鈞、謝培[illegible]、陳克[illegible]、朱明直、張金盛、陳秋[illegible]、孫[illegible]式等十二名，因妨礙執行公務致遭逮捕，當局刻通知各該家長領回管[illegible]

【中央社訊】記者頃承警備總部發言人告以該部拘捕臺大及師院非法學生，當時原擬個別拘捕，姓名送請學校當局指交，臺大業已照辦，惟師院方面學生拒絕，不得已乃由憲警入內拘捕，當時自知將受拘捕之少數學生，故意造成混亂，鼓動全體學生蜂擁上車，致使憲警不得不將所有上車學生一齊帶回，以便清理。茲經清查結果，原定拘捕少數份子，業已查明依法處理，[illegible]

據4月8日《新生報》載，陳錢潮與周自強等19名同學，被移送台北地方法院檢察處「依法辦理」。

前後被拘押的兩個中學生和幾位社會進步人士。如台灣著名的文學家楊逵先生和《新生報》副刊《橋》的主編史習枚（筆名歌雷）等人。由此可見，當年台灣警總的大逮捕，並不只是針對引發「三・二一腳踏車事件」的台大與師院學生，而是包括文化人在內的全部所謂「不安」因素。

楊逵先生與台大「麥浪歌詠隊」演出部部長王耀華同學很熟悉。「麥浪歌詠隊」到台中演出時，從演出場地到一些道具服裝，都是楊先生給幫忙解決的。楊先生一見到王耀華，就私下告訴他：

「我是被特務秘密抓來的，他們可以隨便處死我；但你們是公開被捕的，他們不好隨意下毒手。你們……」

王耀華明白楊先生的意思，馬上表示：

「只要有機會，我們坐牢照樣要鬥爭！」

絶食鬥爭

第二天早晨，勞工犯從小門的那個小洞裡給我們送來了犯人吃的早餐。一個發黑的木碗裡盛著用發了霉的蕃薯簽煮成的飯餅。那飯餅是在木模裡擠壓成型的，直徑約十二公分、厚約二公分，每人一個。當然，還有菜；那是聞起來帶有一股異味的兩片醃漬蘿蔔乾。這種牢飯比起在警備旅的臨時拘押所、警察局的拘留所和警備司令部情報處的牢飯，還差很多，實在叫人難以下口。

大家正在思考中，王耀華就對周自強說：「我們不吃它，進行絶食吧！」

「對！」大家異口同聲喊道：「我們絶食！」

於是，有的人大聲吶喊起來：

「我們是人！不吃豬狗食！」

「我們要人的待遇！」

有的人還把木碗從小洞裡扔出去，讓飯餅在過道裡撒的到處都是。不久，就有一個自稱姓吳的便衣特務氣急敗壞地趕來彈壓。惡狠狠地叫道：

「不吃就餓死你們！」

我們應聲回答：「寧願餓死！決不受辱！」

「同學們！我們以絕食進行抗議！」

喊聲一浪高過一浪，有人還拿起木屐敲打木門，沒穿木屐的就隨手抄起什麼硬的東西，敲打地板。霎時間，隆、隆，嘎、嘎，咚、咚，各種敲擊聲不絕於耳，恰如陣陣戰鼓，響徹了整座看守所。

守衛的士兵緊張地握緊槍把，在過道口探頭探腦地張望，以防不測。姓吳的特務起先還神氣活現，厲聲斥責，說什麼：「你們身爲被告，到了看守所裡，就全都享受一樣的待遇。」

「老子不享受了，賞給你吃吧！」師院學生自治會糾察部長莊輝彰說著就把一碗「甘薯飯餅」朝他飛去。

那個身穿筆挺的黑毛嗶嘰中山裝的特務立刻一閃身，拔腿跑了。看守們也全都溜得不見了蹤影。

初戰告捷了，地板敲擊聲、口號聲和歌聲在特務和衛兵走後又持續一段時間，之後，終於慢慢地冷靜下來了。這時，被二十二位同學奉爲領頭人的周自強同學響起了清澈響亮的聲音：

「同學們，我們既然已經決定進行絕食鬥爭，就應該團結一致，堅持到底！他們未必會很快滿足我們的要求，要作思想準備，多往困難方面設想。但是，我們的要求是正當的，只要堅持到底，一定會勝利的。」

同學們群起響應：「團結一致，堅持到底，不獲全勝，決不罷休！」

我於是把昨天兩校教授和同學前來慰問時所送的糖果一份份分開，發給大家，並且囑咐說：「要節省著吃，準備用它來對付十天、八天。」

晚飯時，送飯的勞工犯也已明白了我們的決心，所以只把飯桶抬到過道口，不到每間牢房面前來分發了。

第二天，同學們仍堅持一口不吃。可是，送來的開水卻一桶還不夠，又送了第二桶。大家都多喝開水，躺下來，盡量少活動；實在餓得難受時，就在嘴裡含上一塊果汁糖。

第三天一早，那個兩天不見影子的特務跑來請功了，大聲叫道：「同學們！同學們！請大家聽我說！我把你們的要求報告了上級。經上級研究，決定改善你們的伙食，給你們米飯吃，還有好菜好湯。這是當局對你們的特別照應……。」

不知哪個同學應聲回答：「要特別照應就放我們出去！就讓我們重新得到自由！」

那特務一聽來者不善，趕快應聲喊著：「這就來！這就來！」說著，一溜煙跑了。

中午的伙食眞的有所改善：每人一瓷碗米飯，一碟蔬菜，量雖很少，但較之發霉的蕃薯干來，已有天壤之別。它至少讓人能夠下咽。興奮之餘，同學們又叫起了口號，唱起了〈團結就是力量〉，以此祝賀入獄後的第一次勝利。

監獄裡頭的「自由天地」

我們雖然失去自由，但深信遲早會重獲自由。所以，在牢房裡不憂愁，不苦惱，更不懊喪。

看守所規定，犯人每天有兩次放封，每次長達十分鐘。上午的放封是在十時左右，下午是在三時。在進行絕食鬥爭的那兩天裡，大家躺在牢房裡沒有出來。第三天中飯過後，大家就都急著叫看守前來爲我們打開牢門放封。也許我們的絕食鬥爭贏得了他們的同情和欽敬，看守們對我們也似乎另眼相看了。那天，他們竟然同意提早放封。

我們跨出牢房，在牢舍右側一片比籃球場大不了多少的草地上，盡情享受十分鐘的自由活動。草地周圍是牢舍的牆壁，我們這些文弱書生根本不可能從那兒越獄逃走。可是，在當局的心目中，我們卻比任何罪犯都更可怕。在我們放封的時候，除了固定的看守之外，還增加一個班左右的持槍士兵看守著我們。但是，我們根本不把他們看在眼裡，各自快活地在草地上伸伸腿，彎彎腰，活動活動肢體。或是散散步，做做健身操，有時還跳起集體舞，扭扭秧歌。這塊草地於是就成了我們的「自由天地」。

大家都有個想法，我們不是什麼「囚犯」，我們是代表中國未來希望的青年學生。

各地學生英勇鬥爭
台大不畏強暴堅持罷課
川大召開晚會火炬遊行

大陸報紙關於台大學生堅持鬥爭的報導。

不再孤立無援

這段期間，外面的同學不時給我們送來換洗的衣服。一位同學在整理衣服時，發現在外面送來的茄克裡有一張小紙片，上面寫著：「營救會發表〈告全國同胞書〉」。在放封時，同學們得知後不由得又喜又驚。驚的是，這樣做有些危險，如給特務察覺，送信人一定會受牽連。喜的是，牢房的高牆也擋不住同窗的深情。

一天，師院一個姓莊的本省籍難友和一個看守閒聊，發現他倆原來是遠親。姓莊的同學就托他給家中帶去一個口信。第二天他家中給他帶來了兩包香煙和一張紙條，告訴他說：家裡的人已經給看守一些錢。他需要什麼東西盡管請這個看守想辦法供應。以後，同學中又有不少人通過這個關係和外界取得了聯繫。

過了半個月左右，給我們站崗的士兵換防。師院一位姓樓的難友發現，帶兵前來接防的那個副排長是他中學時的同學。通過這個關係，我們又知道了外界的許多情況：師院換了院長，師院學生必須全部重新登記學籍，凡是被甄審不合格的學生一律不予登記；營救後援會發表的〈告全國同胞書〉贏得了全國各地學生和人民的同情與聲援，他們一致嚴厲譴責台灣當局的暴行，強烈呼籲各界人士主持公道和正義，發動了台北市各個中學聲援營救工作，開展了募捐和慰問活動等等。並且知道師院的一位女同學和一位男同學在投寄〈告全國同胞書〉時被特務當場抓住，那個女同學現在也被關押在看守所的女牢裡，那個男的不知下落（後來聽說，他就是英勇不屈，終被殺害的李德育同學）。由於同學們利用各種關係，和外界建立了不同的聯繫渠道，我們這個「四・六事件」的獄中集體，已經不是孤立無援的了。

轟鳴的飛機馬達聲

一天深夜，轟鳴的飛機馬達聲把我們吵醒。仔細一聽，原來是一架架運輸機在飛行的聲音。第二天上午放封時，我們還看見一架架大型運輸機不斷從頭上掠過。我們猜測，國民黨又在從某個重要城市「轉移」到台灣來了。下午放封時，姓樓的同學已經從他的中學學友排副那兒獲悉：解放軍已經勝利渡過了長江天塹，解放了南京。

我們高興得在草地上唱起歌、跳起舞來，我們雖然嘴裡不說，但是誰的心裡都暗暗藏著一個心願和信念：解放軍今天渡過了長江，明天就會跨過海峽，前來解放我們。

那幾天，監獄裡的看守似乎也對我們「溫和親切」起來，放風的時間超過了十分鐘也不吆喝我們回到牢房裡去。滿臉橫肉的看守長的臉上也露出了幾絲笑容，連那個老愛瞪大著眼睛訓人的特務，也瞇細著笑眼，和我們話了家常。這一切並不使我們感到意外，反而更加使我們明白，我們的命運和解放軍息息相關。

隨著解放軍取得節節勝利的消息不斷地傳來，我們在獄中的生活條件也不斷地得到了改善。有時改善得使我們不由得感到驚喜：放封的次數從每天兩次增加到三次，每次從十分鐘增加到足足半個小時。洗澡、理髮、看病都得到了理所當然的同意。而最大的收穫是：每次放封回到牢房裡時，只要保證關押在每個牢房裡的人數不變，牢房裡的人員之間允許相互串換。看守們裝聾作啞，任憑我們在牢房裡開展各色各樣的活動：有的進行討論，有的學習外語，有的打起了橋牌。

反貪污鬥爭

一個多月後，台灣的報紙上出現了橫幅大標題「保衛大上海」。

一天，監獄的庶務課長手裡拿了一本花名冊，塞進每間牢房的小洞，要我們每個人在自己的名字下面按一個手指印。同學們翻開扉頁一看，原來那是一本伙食報銷賬。

事情是這樣，我們進行絕食之後，當局爲了避免事態的擴大，以致影響他們的形象，特別允許我們這些「犯人」享受國軍士兵的伙食待遇，即每月供應大米四十五斤。主管部門深知他們的監獄人員均有尅扣犯人口糧的罪惡行爲，因此特地要求他們務必辦理報銷手續，即由我們按指印予以承認，否則，不予通過。這也是世上一個奇聞。

由於我曾經在台大水道町宿舍管理過伙食，一看賬目，就發現其中有問題。我於是借口當時快要放封，要庶務課長把賬本暫時留下。放封時，我把發現的情況和周自強等同學研究之後，認定監獄人員有貪污行爲，決定派代表和典獄長算賬。除我是當然代表外、台大選出黃金揚，師院選出宋承治，然後通知看守說：我們有重大的事情要向典獄長「請教」。看守找來了庶務課長問我們有什麼重大的事情？並且說：有什麼事情可由他處理。我們對他說：「你不配。我們要請典獄長來算算你們的伙食貪污賬。」他一聽，立刻漲紅了臉，一言不發，悄悄地走了。

典獄長一直避而不見。

無奈，我們只好又用木屐敲打起門板和地板來，邊敲邊喊：「算清伙食賬！處罰貪污犯！」接著，又有人唱起了〈你這個壞東西〉來，結合實際情況，改動了幾句歌詞，直接把典獄長和庶務課長的名字點了出來，典獄長這時才請我們三個代表去他那兒商談。

典獄長是個小老頭。據說庶務課長是他的小舅子。在典獄長辦公室裡，他請我們三個坐下，沏茶倒水，大獻殷勤。庶務課長則站在一旁支支吾吾，向我們解釋糧食的使用情況。他承認我們每月吃不到四十五斤米，其中的差額不是他少給，是監獄裡的鍋子大，燒的米少，經常把米燒糊了，所以造成浪費。我們就追問：如果眞是燒糊了，飯裡會有糊味，而我們卻一直沒有吃過有糊味的米飯；而且，我們一共有三十多人搭伙，不能算少。監獄裡的鍋子究竟有多大，我們想到廚房裡見識見識。

庶務課長的臉色頓時變得更加難看起來，不敢領我們去廚房看那口鍋子。典獄長承認，由於管理不善。不免造成了一些浪費。至於貪污……他忽然又想起了什麼，趕緊說：「倉庫裡老鼠多，消耗也大……。今後一定設法改善……對，對，設法改善，希望你們勸說同學們先在花名冊上蓋個手印，不然，糧食就領不到。不然，就沒米下鍋。……」

我們對他說：「賬目不搞清楚，我們決不按手印。沒米下鍋由你們負責。由倉庫裡的那些兩腳耗子負責。」我們還提出一套具體的檢驗用糧和菜金的方案，是否同意執行，要求他們必須在二十四小時內答覆。

談話過後，每餐飯的飯量增加了，菜也改善了。可是，他們一直拖著，不肯答應執行我們提出的檢驗方案。

二十四小時過後，我們再次敲打地板，還用放封後拒絕返回牢房裡去的辦法，要求典獄長予以答覆。那天下午，我們放封到天色將近黃昏，還在小操場上不斷地唱歌，齊聲高呼口號，一個也不回牢房。那些站在操場周圍的士兵和看管牢房的看守個個採取對此不聞不問的態度。看守長催了幾次，我們回答：「二十四小時的期限已經到，不答覆我們的要求，我們願在操場上過夜。」庶務課長這時只好出面答應，說明天進行檢驗。

第二天，我們三位代表首先作爲監督人員，按我們的方案進行檢驗。結果庶務課長不得不承認：我們每月每人只吃了三十二斤大米，現在共節餘五百多斤糧食。菜金則由於物價上漲，登記差價等原因，很難說清。他們表示，今後一定改善伙食，同學們也就給予既往不咎了。

爲了保證今後伙食費不再被剋扣，我們向典獄長提出：每天我們輪流出二人到伙房監督。典獄長也只能答應了。至於以前被剋扣的大米，按照當時的米價折成現金，在獄中商店購置一些日用品分發給同學們。我們這次在獄中的反貪污鬥爭。說明了一條眞理：任何貌似強大的邪惡，在正義的面前，終歸要失敗。

堅持下去

我們是一群二十多歲熱情、精力充沛的青年學生。在學校裡勤奮學習，努力工作，往往被同學們當作榜樣。我們曾把時間以分秒計算，用它來把書讀好，把事情做好，我們關心時局，希望通過自己和大伙的共同努力，把苦難深重的祖國建設成為一個自由、民主、富強的新中國。

現在，我們被迫整天坐在六個平方米大小的牢房裡，無所事事，虛度青春年華。我們感到氣憤，感到憎恨，覺得難以忍受。幾個月悄然過去了，有許多同學於是利用相對穩定的獄中生活，開始學外語、寫日記、寫詩、寫歌曲和小說；也有一些同學一再背誦高風亮節的詩詞，借以鞭策、勉勵自己；可是，也有極個別人的開始悲觀失望，不知何時才會把牢底坐穿，為了陶醉自己，就開始找點樂趣來打發時間。

在我們二舍，除了「四．六事件」被捕的學生和難友之外，還住著兩個特殊犯人。他們是台灣光復初期，台灣貿易局大貪污案裡的要犯。當時，台灣省的知名人士林日高、王添灯等人在「省議會」上予以公開揭發後，全省人民群情震怒。迫於形勢，台灣當局不得不「立案查辦」。結果，此案大事化小，「請」一名科長和一名科員承擔全部責任，坐進「優待班房」。他們住在二舍門口通風最好的一間。他們的牢房從不上鎖。每天有專人送高級飯菜來供他們享用，還經常喝酒划拳。他們平時可以在各處走動，絲毫不受限制。有時還有人陪伴他們打幾圈麻將。他們坐牢並不白坐，每月享有高薪待遇。姓吳的那個特務還經常和他們稱兄道弟，作他們的座上客。

爲了避免這兩個令人不齒的傢伙的靡爛生活，對我們某些意志比較軟弱的同學的不良影響，我們特地組織全體同學對下面一些問題進行討論：我們爲什麼坐牢？應該怎樣對待坐牢？在牢中應該幹些什麼？經過這場討論，彼此相互提醒，使那些開始有些消極跡象的同學有了很大的轉變。他們重新認識到個人的作用，珍惜自己的青春，對生的目標和死的價值有了新的認識，重新恢復了剛入獄時那股蓬勃的朝氣和旺盛的正氣。

《火種》

爲了調劑牢獄生活，幾位喜愛寫作的同學開始建立幾個小組，共同編寫、出版獄中的小報《火種》。這是一種手抄的不定期刊物，內容有詩歌、短評、雜文等等。同學們自由投稿，選用後就抄寫出版。一般每星期出刊一期。它迅速成爲同學們自我教育的小小的「火種」，給獄中的同學帶來穩定精神和追求光明的希望。

有一期《火種》的內容是把台灣報紙上近期發表的各大城市不斷解放的消息歸納起來，上有「保衛戰」，「堅守陣地」，「與城共存亡」等國民黨軍政要人慣用來自欺欺人的「豪言壯語」，下面則是刊載某某城市於某月某日「勝利完成殲敵任務」後轉移的消息。互相參照，加上一針見血的評語，令人看了無不忍笑不止。送水的勞工犯見了一定要借去讀一讀。因爲那些內容全部摘自國民黨的報紙，不怕人家抓辮子，我們也就借給他去看了。

幾天後，勞工犯把它還給我們時說：「『二・二八』見了很喜歡。可是他們的中文水平不高，有些還看不太懂，如果有一張用日文寫的這樣的刊物就好了。」

《台灣人》

在二舍旁邊的三舍裡，關押著由於「二・二八事件」而被捕的一些台籍青年。他們長期失去自由，卻仍關心著台灣人民的解放事業。自從我們這些「四・六事件」的難友們被關押到二舍來以後，我們的歌聲，口號聲，給他們帶來了新的希望。他們的心田裡開始盪漾起一股只能在戰友和同志之間才會產生的感情。

有一天，一個送飯的勞工犯對我們說：「『二・二八』向你們問候！」我們也以相似的口吻回答：「請你對他們說，『四・六』謝謝『二・二八』的盛情，並向他們致意。」一天，我們聽見有人在大聲呼叫。勞工犯來送水時，告訴我們說：「『二・二八』頂撞看守長，挨打了。」我們於是用木屐敲打地板，一邊齊聲高呼：「反對體罰！」「反對看守長打人！」我們的集體聲援終於迫使看守長有所收斂。後來，送水的勞工犯給我們送來了「二・二八」用日文書寫的一張字條，向我們表示謝意。

因此，當送水的勞工犯向我們轉送「二・二八」希望有一張用日文寫的刊物的願望時，我們認爲這個想法太好了！再出一張日文小刊物，讓它在「二・二八」難友中進行宣傳，溝通彼此的感情，不是很有意義嗎？經過討論，爲了安全起見，規定由孫達人同學出面和送水勞工犯接觸，傳讀後定期收回。於是，一個以《台灣人》命名的手抄日文小刊物又在獄中誕生了。

記得某期《台灣人》裡面有一篇題爲〈苦難的台灣人民〉，它對日據時期和光復以後台灣人民種種苦難的原因作了比較，說明：只有和全國進步力量結合起來，喚起台灣人民的覺醒，一起創造未來，台灣才會有光明的前途。這篇文章很受三舍難友的歡迎，他們拜託送水勞工犯傳言：「它說到了『二・二八』的心坎上。」

坐木帆船逃回大陸

經過台灣法院的所謂「開庭」和看守所的偵查，四個月後，師院的薛愛蘭與台大的陳琴兩人交保出獄了。六個月後，朱乃長、宋承治、樓必忠、郎立巍、魯教興、趙制陽等師院的六個同學以「妨礙公共秩序」的罪名判刑，服刑期滿後交保釋放。十個月後，我和台大的藍世豪、許冀湯等三人，加上師院的兩個同學（名字不詳）共五個同學也以「妨礙公共秩序」判刑，緩刑兩年，交保釋放。

出獄後，在當時台灣白色恐怖下，情治人員仍然監視我的行動，使我的生活無法維

1988年7月，麥浪40周年紀念會，重新唱起「麥浪的歌」（徐波提供）

1988年8月，麥浪成立四十周年紀念時，陳錢潮與部份隊員同遊北京頤和園。從右到左是：劉登元、陳錢潮、林義萍、陳華琴（女）、陳實、王惠民、陳詩禮（女）；後排：胡世璘（女）、汪今之（女）、許世瑋（女）、董龍生（女）、殷葆衷及姚謙（女）。（陳錢潮提供）

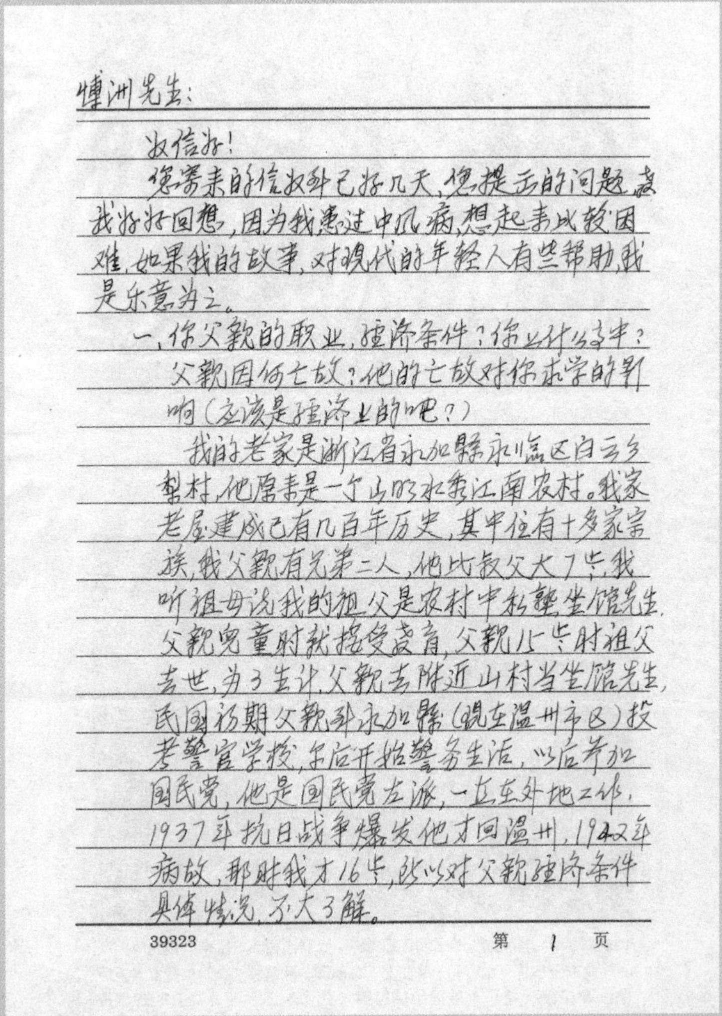

慱洲先生：

收信好！

您寄来的信收到已好几天，您提出的问题，容我好好回想，因为我患过中风病，想起来比较困难，如果我的故事，对现代的年轻人有些帮助，我是乐意为之。

一、你父亲的职业，经济条件？你上什么中学？父亲因何亡故？他的亡故对你求学的影响（应该是经济上的吧？）

我的老家是浙江省永加县永临区白云乡梨村，他原来是一个山明水秀江南农村。我家老屋建成已有几百年历史，其中住有十多家宗族，我父亲有兄弟二人，他比叔父大7岁，我听祖母说我的祖父是农村中私塾当馆先生，父亲儿童时就接受教育，父亲八岁时祖父去世，为了生计，父亲去附近山村当塾馆先生，民国初期父亲到永加县（现在温州市区）投考警官学校，毕后开始警务生活，以后参加国民党，他是国民党左派，一直在外地工作，1937年抗日战争爆发他才回温州，1942年病故，那时我才16岁，所以对父亲经济条件具体情况，不大了解。

39323 第 1 页

陳錢潮致作者函。

持，生命也無保障；據聞，情報處不同意台灣法院對我的判決，來人抓我並留條要我再去法院談話，弄得我兩個多月東躲西藏，無法容身；無奈之下，我只得在一九五〇年三月，坐木帆船離開台灣，回到溫州。

後來，我又到了上海，在上海大姐處得悉鞍山市政府在上海招聘技術人員，我於是應聘在同年七月去鞍山機械廠工作；我從見習技術員一直做到技術員、工程師，工作基本順利。

一九五七年以後，在極左思潮影響下，我因地主家庭出身，而且又從台灣歸來，在各種政治運動中都受到衝擊，所以每次政治運動中都當了「運動員」。一直要到打倒「四人幫」以後，我又一次獲得解放。後來，我不但在工作上提拔為高級工程師、總工程師，並於一九七九年被評為鞍山市勞模，爾後為鞍山市治金工業公司（現鞍山市治金工業局）副經理，一九八六年退休。

結語

我在台大時並不是共產黨的地下黨員，所以對「麥浪」與地下黨的關係不太了解。張光直說周自強可能是地下黨員；我所認識的周自強的確是思想進步、才能出眾的一位卓越的學生領導人，但是他已去世了。

一九七九年七月一日，我終於加入中國共產黨，成爲一名共產黨員。

因爲我患過中風病，您提出的問題，我想起來比較困難！如果我的故事，對現代的年輕人有些幫助，我是樂意爲之的。

參考資料

1.陳錢潮致筆者三封書信（二〇〇〇年九月八日，十月十九日及十二月十八日）

2.陳錢潮（執筆）、宋乃長、王耀華〈「四・六事件」獄中紀實〉，收錄於福建省台灣大專院校校友會編《「四・六」紀念專輯》。

台灣糖的滋味

——路統信的證言

路統信，河南人，
一九四八年七月隻身來台，投考台大；
先後就讀哲學系及森林系，曾經參加學生社團耕耘社，
一九五〇年七月二十八日，在台大學生宿舍被捕，處刑十年。
現居台北。

白糖甜，
甜津津，
吃著白糖仔細忖：
此糖造自台灣人。
想當初，

1997年3月29日路統信在台大農學院。

鄭成功，
開闢台灣多艱辛，
原望後人長保存。

甲午年，
起糾紛，
鴨綠江中浪滾滾！
中日一戰清軍敗，
從此台灣歸日本！
台灣糖，
甜津津，
甜在嘴裡痛在心。

這是我小學二年級國語課的一篇課文，題目叫：〈台灣糖〉。一直到現在，六十多年了，我還是記得清清楚楚的；因此，你應該不難想像，它當年給我的印象有多麼深刻啊！

其實，我是從那一刻起就知道我國疆土台灣這個地方；同時也就在那時，割讓台灣的國恥，讓我幼小的心靈感到悲痛。也許，這樣的情感就是我後來毅然渡海來台的原因罷！

一九三七年，七七事變發生後，家鄉淪陷，我到國民政府管轄區唸中學。那個年代，全國同胞爲救亡圖存，團結抗戰，救國運動特別多；我們經常跟在遊行隊伍中，喊著：「打倒列強」、「打倒日本帝國主義」的口號。因爲家鄉淪陷了，所以，「救亡圖存」的口號，對我而言，就不僅僅是口號而已！當時，我切身地感受到：你如果不救自己的國家，就要做亡國奴了！

一九四五年八月，抗戰勝利，台灣光復，回歸祖國；我就夢想：有機會也能到台灣走走看看。後來，我有一個同學，因爲他哥哥跟隨政府部門到台灣服務；他也跟著過去，並轉到建國中學就讀。一九四七年春天，他從台灣回到家鄉，我就和一些同學去看他，想聽他談談台灣的情形。那時，台灣爆發的「二．二八事件」剛剛平息未久，他是因爲在動亂中挨了打，精神受到刺激，所以才回鄉療養。聽他這麼說，原本也想到台灣的同學，就不敢去了。可我並沒考慮那麼多，心裡頭想，有機會我還是要去的。

隻身來台

第二年（一九四八年）初夏，我高中畢業。這時候，國共內戰打得正激烈（中原、豫西和豫東的解放軍，從五月到七月，發動夏季攻勢）；我想繼續唸書，於是就自己一個人，從家鄉輾轉來到台灣。到了台灣，我先後報考了幾所學校；最後，我決定讀台大哲學系。

一九四八年九月，學校開學。我原先有些擔心：像我這樣的所謂「外省人」，會不會受到「二·二八事件」的影響而被本省同學排斥？然而，一段時間過去之後，我個人並沒有被本省同學排斥的情形；我覺得，校園中的本省同學與外省同學之間，並沒有太大的隔閡，相處融洽。

我因爲剛進台大，生活還沒安定，也沒有參加任何社團活動。那時候，大陸各大城市時有學潮；但台大校園的氣氛，就我個人的體會，倒還平靜。校園社團比較知名的如「麥浪歌詠隊」，主要在唱各地的民歌和民謠；我曾去看過他們彩排或演出。

暴風圈外

我在台大的那段時間，一直都住在羅斯福路四段的男生宿舍；那是一棟兩層樓的木造房子（現已拆除，改建爲捷運公館站），大概住了一百名不到的學生。我記得，從舟山路的台大側門出去，是氣象館，前面是一大片空地，沒有甚麼房子；當時，那條路也不叫舟山路，是基隆路；現在的基隆路是後來才拓寬的。因爲我不住在新生南路的男生宿舍，所以，在「四六事件」的風暴中，我不在現場。

就我所知，「四六事件」的導火線，跟「二·二八事件」一樣，都是很小的事情引起的。聽說，有一天（三月十九日或是二十日），台大和師院的兩位同學，共騎一輛腳踏車，經過現在的仁愛路、新生南路口時，被警察取締；因爲警察的態度很不好，學生心裡也不服氣，雙方就起了衝突；爭執中，警察動手打了學生，事情就這樣鬧了起來。第二天，台大和師院的學生就聯合起來，遊行到台北市警察局，要求警察不可以隨便打人、抓人；警察局長爲了平息眾怒，也出面做出承諾。

當然，秋後算賬也隨之而來。

四月六日，一大早，同學們奔相走告：昨天晚上，警察包圍了新生南路的台大男生宿舍和和平東路的師院宿舍，許多同學已經被抓走了。事後，我才知道，事情的起因是：他們先秘密抓了一位師院自治會的主席（周愼源），可是，當押人的三輪車行經台大醫院旁的學生宿舍時，那位同學卻機警地跳車求救；宿舍裡的台大學生就把情治人員擋住，不讓他們進去抓人；情治單位爲了避免事態擴大，原先是想把那些他們認爲的「問題學生」各別逮捕的，既然逮人不成，那就乾脆連夜包圍宿舍，企圖一次就把那些學生統統逮捕，以免學生鬧起來後，無法控制。

四六之後

事件後，同學們成立了營救會，買些食品、罐頭，送到台北監獄，給那些被關在裡頭的同學。當時，傅斯年算是強勢的校長，平常就強調民主、自由的理念，對這件事，他不但反對秘密抓人，而且還指派訓導處的人，跟學生一起處理營救之事。

（藍按：四．六之後，國民黨在台灣的社會控制，隨著國軍在內戰的節節敗退而更加嚴厲。首先，在五月一日，實施全島戶口總檢查；接著，又在五月十九日宣告：自二十日起，全省戒嚴；二十四日，立法院通過實施「動員勘亂時期懲治叛亂條例」；二十八日，台灣警備總司令部頒布「出境登記辦法」；與此同時，爲了防止所謂「共匪滲透」，公教人員開始實施連坐保證制度。）

到了九月，新學期開始的時候，連我們學生也要有保證人，不然就不讓我們註冊；爲了找保人，當時，我眞是傷透了腦筋！因爲我在台灣一個親人也沒有，要找誰來保呢？

考生服務團

在此之前的暑假，台大招生考試時，我曾參加台大同學辦的「考生服務團」，專門爲那些來台大報考的考生服務；傅斯年校長也很支持我們的服務工作。

協助新生處理升學問題
臺大同學組考生服務團
中大招生時間考場與臺大相同

〔本報訊〕臺大新生報名已自昨天開始，報考新生很多，從上午八時半到下午六時，總數已經有三百三十五名。該校同學，爲求便利遠道來校投考的學生，由各學院學生自治會生活促進會、新南國契、青年團等四單位聯合組織一個考生服務團，廿七日晚成立，廿八日即開始工作。他們爲考生辦理伙食、宿舍、升學指導、試題解答等事情，並出版快報，專門報道有關投考方面各項消息。工作極爲熱烈。女生服務部門，由水道町女生宿舍的女同學負責。

〔又訊〕國立中央大學委託臺大招考新生，報名時間和考試地點均與臺大同。昨天報考中央大學的新生，已有六名。

台大同學組成「考生服務團」為新生服務。（原載1948年7月29日《公論報》）

關於投考大學諸問題

丁燮林 講

今天我很高興，能和諸位談話，但這不是演講而是隨便談談，各位有什麼問題，我都願意在這裡回答大家，我想這樣要自由得多，着實得多。

剛才一位同學提出了幾個問題，其中有些在教育部的規則上已經規定，也有些在簡章上也已說明，所以現在我約略地再提一次：

（一）同等學力問題：這是依照教育部的規定，如高中二年完業，自修一年的同學，可以投考，但是在名額上也是以教育部的規定，不超過錄取人數百份之五。

（二）錄取名額問題：臺大是國立大學，同時地點在臺灣省，它不但要取本省同學，也當然要取外省同學，近來時常有人問起臺大是否要不收內地學生，或者要硬性地規定錄取的比例，這些都是沒有理由的推測，臺大招考學生的原則絕對是以他們考試的成績來決定的。

（三）宿舍問題：目前臺大雖然有學生宿舍，但已感到不够，且又限於經費，因此可以說沒有。

（四）獎學金問題：這是依照教育部規定的辦法，而簡章上也已有說明。

（五）關於試題命題的原則：這除以各院系性質不同，分甲乙丙三組之外，臺大是由各院系教授出題目，而我僅能提供意見，在本人的意見覺得大學試題應有如下的原則：第一，所出的題目應限在高中過程中學習過的；第二，要力求普遍和易於解答，因爲入學考試的目的在測驗同學的程度能否入大學聽講和學習，以前有些大學都以出難題來表示該大學的程度高，這是錯誤的，去年北大的國文試題有些人認爲太容易，然而我們以爲這才是正確的方向。

（六）怎樣選院系：這問題談來可大，選擇院系是有各種不同的出發點，有以學習的目的來選擇，也有往往以爲國家正需要某種人才來入某學院，或者以吃飯的目的，來決定選擇有出路的院系，當然這是自私的，或者由家庭的傳統環境（如醫生的兒子學醫）來決定院系，如果我們不談這些，則應正確地以各位的興趣來決定．所以最好在入大學之前，就要決定自己所要學習的院系，如果在入大學之後，確實因興趣不合，而得轉院系時，照現在的規定是一年級可以轉院系，二年級祗可轉系，且有其他的限制。

對於學習方面，我以爲第一：大家對各科都應該具有良好的基礎，然後才可以深造，學不好不要緊，可以從頭再來，切不可糊里糊塗，一知半解，第二：爲要深造一門學問，就必須要有良好的工具，最主要的當然是國文，這並不是要求他怎樣地深奧，而最低的限度是要能流利地表達自己的意見和領受人家的著作。其次是外國文，今日最普遍的可說是英文，因爲我國科學書籍太少，翻譯的也不多，尤其在今日對世界各國的了解和認識是非常重要的，就是研究中國的

台大考生服務團經常舉辦相關主題的講座。（原載1948年7月27日《公論報》）

我會參加「考生服務團」，主要是因爲高中畢業那年，來台之前，我先是到南京考中央大學；那時，我才十八歲，從來沒有出過遠門，在戰亂的情勢下，自己一個人，坐了兩天一夜的火車，來到完全陌生的南京；因爲舉目無親，又不知道到考場的路怎麼走？一路上，心裡頭總覺得不踏實。但是，下了火車，走出車站，我就看到南京中大考生服務團的同學，拉著醒目的布條，在爲外地來的考生服務；我於是走過去，然後在他們的安排下，坐上開往中大的校車。

那時後，我對中央大學考生服務團同學的服務熱誠，非常感動；基於這種體驗，我們認爲也應該給那些來報考的考生服務。基本上，「考生服務團」在同學聯誼方面，起了很大的作用；開學以後，許多新成立的學生社團，就是在這樣的基礎上，自然組成的。

海天合唱團

「麥浪歌詠隊」在四六事件中受到很大的衝擊，有人被捕入獄，有人逃回大陸；因爲這樣，「四·六」之後，「麥浪歌詠隊」基本上已經沒甚麼活動了。第二個學期剛開始，台大學生又新成立一個合唱團：「海天」；雖然和「麥浪」一樣是唱歌的學生社團，但是跟「麥浪」比起來卻非常保守，選唱的歌都是藝術歌曲。因爲，在當局看起來，那些帶有地方特色的民謠和民歌，都是共產黨的歌啊！

「海天」成立時，我參加了；那時，我們的音樂老師是賴孫德芳女士，指揮是中廣公司的計大偉先生。在校內的公開演唱，事先都要把曲目送訓導處審核，通過以後才可以唱；既便如此，有些國民黨的特務學生還是會藉機擾亂。

一九五〇年元旦，台大在法學院禮堂舉行新年晚會。「海天合唱團」的同學在晚會節目中合唱〈李大媽〉，歌詞是：「太陽出來照眼花，李庄有個李大媽，身體胖那麼耳朵大呀，好像一個活菩薩。」這原本是抗日戰爭時期流行的一首民謠，沒有什麼政治意味。可節目進行當中，卻有一些同學在台下鬧場，大聲叫嚷：「這是共產黨的秧歌！」事後，他們又向校方檢舉告發。

其實，在此之前不久，中廣電台才剛播出過這首民謠，校方於是正式行文，向中廣取得〈李大媽〉的歌譜，以此證明：這首民謠並非鬧場學生所指的禁歌，並向保安司令部澄清說明；這樣，一場校園風波才算平息。這之後，兩名爲首的鬧場學生也因另一違反校規的事件，遭到校方開除。可以這麼說，當時的傅斯年校長，對那些擾亂校園安寧的職業學生，也是深惡痛絕的。

那時候，我已經大二了；經過一年的適應，我也逐漸參與學校的社團活動。除了「海天合唱團」之外，還有「美術社」（指導老師是師範學院的美術系主任孫多慈教授）、「耕耘社」等等。這些社團其實並不帶有政治性，但是，在五〇年代白色恐怖時期，凡是學生自組的社團都有問題，雖然這些社團都是經過訓導處登記認可的，但是參加的人也很難不被牽連到這樣那樣的所謂「匪諜」案。

耕耘社

我之所以被捕與我參加了「耕耘社」有關。

在國民黨官方的說法中，「耕耘社」被當作是「匪學運外圍組織」；這根本就是硬扣給我們的「紅帽子」。其實，「耕耘社」不過是一個種菜的學生社團而已。

一般說來，當時，大多數學生的經濟能力都很差。早餐，就只是幾片黃蘿蔔和幾粒花生米配稀飯而已；然而，因爲大家都還年輕，求知慾又高，對這些並不在意，也不覺得有多苦。而且，只要外頭兼個家教，再加上公費補助，生活還勉強過得去。可是，隨著內戰的發展，大多數的同學都和家人失去聯絡，家裡每月寄來的生活費也都斷了。這樣，不想個辦法，生活就會有困難了。於是就有幾位同學在校園共同闢地種菜，後來參加的同學多了，就向校方登記，正式成爲學生社團。

「耕耘社」就是在這種情況下產生的。我們在傅斯年校長的支持下，在農學院的空地上開闢了幾塊菜園，自己勞動種菜自己吃；如此而已！不搞讀書會，更不搞任何活動。另外，還有一個「健康社」，後來也有很多同學被抓；他們也只是一個自己磨豆漿喝，如果有多的，也賣給其他同學喝的社團而已！

牽連

我們「耕耘社」最早被捕的是一個叫做于凱的同學。在校時，我被分配跟于凱住同一間寢室，他雖然是歷史系的學生，也跟我們一起參加「耕耘社」。他這個人，就我平常的印象來看，並沒有甚麼特殊的地方，他很少和我或其他同學談論思想方面的問題，從他平時閱讀的書，也看不出有任何「左傾」的色彩。他之所以被捕，後來我才知道，是因爲他與師院一位于非教授的交往有關。

于非（原名朱芳春）教授是心理學老師，當時，台灣省政府社會處辦了幾次「社會科學研究會」的講座，其中「實用心理學補習班」，請他去做了幾次演講。那時候，學生的物質生活雖苦，但求知慾旺盛；因爲校園裡已不常有活動了，所以只要哪裡有學術活動，大伙兒都會去參加。就這樣，幾次下來，那些聽講的人慢慢就互相認識了，後來也都一個一個地被捕、判刑。

據說，于非在于凱被捕之前已逃離台灣了。這時，我們這些和于凱有來往、認識的，住同一宿舍，或者同是「耕耘社」的人，全都有問題了。于凱大概是在一九五〇年五月某日突然失蹤的；後來，陸續又有一些同學突然不見，我們就明白：他們一定是被秘密逮捕

什麼是苦惱

——心理講座——

于非教授

今天和大家談一個「什麼是苦惱」的問題。

「苦惱」是每個人都熟悉的名詞，它好像是每一個人底老朋友，誰都不能說他不知道苦惱。——這個年月，人類當然是更和它接近了，因爲這實在是一個最多苦惱的時代。

說人在動物裡最聰明，心理學上說人底智慧商數（Intelli-jence Quotient 簡稱 I. Q.）最高，實在還不如說人是最會苦惱或頂多苦惱的動物：人和動物的分法很多，今天我們這樣地來分，也不完全是開玩笑。

說人是會笑的動物，也還不如說祇有人會哭。

如果改變一下我們詩人海涅（Heinrick Heine）底話，我們便可以說：「人類的確是很智慧的，但這智慧最多的產品却是苦惱，」因爲苦惱總該是人類底不幸，苦惱的製造，也總該算是一種愚蠢的行爲。從這方面給人算算總賬，人是不是有真的智慧，人是不是真比豬狗高明。怕也是個值得再答復的問題；因爲智慧總不能離開幸福太遠。怪不得詩人們歌讚起天空中的鳥，小孩子們更喜歡些花朵，哲學家也要嚷着「回到自然」，宗教家更在大叫「回頭是岸」了。

嗐！人，實在是個難懂的東西，人生更是一個沒有謎底的謎！（用沉重感嘆的聲音。）

話扯遠了，再說下去，就完全是哲學的話題了，那我們幾分鐘是搞不清楚的；拉回來，還直接了當地來說咱們底老朋友「苦惱」吧。

雖然大家都是苦惱專家，但問起什麼是苦惱？簡單地給苦惱一個說明，像定義一樣的解釋，那怕不少人都要張口結舌大眼瞪小眼了，最多說句：苦悶是[illegible]，是寂寞，是孤獨以及更多的像不舒服咪、不高興呀、不耐煩呀、但這都是苦惱的形容——不切實不過真迷迷糊糊的描寫，最多說是苦惱的分類；因爲像這些一連串的字眼，都不過是苦惱的家族罷了。

那麼，苦惱是什麼呢？我們不能不從心理學裡找個比較滿意的答案，苦惱的名詞很通俗，但真地要弄清楚它，倒還不是太簡單的事；在心理學家注意到這個俗爛了的掛在每個人嘴邊上的名詞，也還是沒有好久的事，因爲太熟悉了的東西，常反容易被人忽略。

苦惱當然是情緒(emoton)上的一個名詞，應該就是那個不快（dislfess）的俗稱，也就是快（Del-jht）的反面，凡是不快樂的都是它底所屬，有時也叫它作痛苦。按行爲派提倡人也是研究情緒較早的瓦特孫(Watson)所說的不快的情緒，發生最早也最強烈的有恐懼（Fear）和忿怒（Anjry），他把其他的一群像仇恨，嫉妬以及憂鬱等，都擺在社會化了的或說是複雜的不快的情緒。這裡所含有的問題太多，今天不多拉雜，我們可以這樣說，凡是產生拒絕行爲的都是不快的情緒；換成我們底口語，就是「苦惱」；像人爲什麼要吹鬍子瞪眼睛把自己變得那麼兇惡醜陋呢？就是爲了把討厭的刺激嚇走；如果你不懂得毛骨悚然全身打哆嗦，那就逃不開敵人了。而這些情緒都是使我們感到不快的，所以說苦惱的產生，完全是爲了我們不願意接受的一種刺激。

第一句話，苦惱是心理學上所指的不快的情緒。

不快的情緒的生理基礎已經解剖出來了，它是內分泌的作用，並且大體上說是甲狀腺和腎上腺的分泌，最重要的是腎上腺，當然脾臟肝臟幾個串腺體，也是有關係的；但是強烈的苦惱情緒，總是以腎上腺內分泌的加多，是頂主要的原因。

第二句話，我們說苦惱是你底腎上腺給製造出來的；你能管理住你的

于非教授的心理講座頗受青年歡迎。

了。

我當時就想，不知哪一天會不會也輪到我！

在午睡中被捕

一九五〇年七月二十八日，下午兩點多，我正在睡午覺，一名訓導處的人陪同兩名便衣特務，到宿舍找我。其中一名特務一進來，就到處東翻西找的；另外一名特務就對我說，他們有點事，要我跟他們過去談談。

當下，我心裡就明白了，一定是爲了于凱的事；於是跟著他們走出宿舍。出門前，那名負責搜查的特務從書架上抽出一本書，然後問我：「這是你的嗎？」

我看了一眼他拿在手上的書，原來是一個美國作家寫的《新中國》；我就說：「是。」他於是就如獲至寶地帶走。其實，這本書的「新中國」指的是中山先生辛亥革命、推翻滿清、建立民國後的新中國；寫的是當時中國的社會情形。因爲用字淺顯，容易學，有人就把它翻譯成中文；後來在全國各地被當做中、英對照的英文教材。但是，在白色恐怖的五〇年代，那些特務卻是看到「新」字就認爲有問題。

那個年代，國民黨政府非常注重思想的箝制。比如說，光復初期，本省同學閱讀文言文，非常吃力，當時的台大中文系主任許壽裳教授，就特別爲此編了一本白話文的《大學國文》，裡頭包括魯迅、郭沫若、夏衍……等進步作家的文章；一九四九年十月，中華人民共和國成立以後，這些作家都沒有跟隨國民黨到台灣，於是就成爲「附匪」作家；這樣，這本台大講義組出版的《大學國文》就變成禁書了。

軍法審判

我在宿舍被捕以後，就被送到環河北路七十七號的調查局，接受冗長的疲勞審問；他們主要問我和于凱的關係，我就所知回答。然後，他們又把我移送大龍峒的一處民宅臨時看守所（保安處的看守所已經關不下人了）；民宅的三個房間一共關了十幾個人。

兩個月後，我又被移送到青島東路的軍法處。在那裡，他們又多次審問；問來問去，還是問我和于凱的關係。我的回答仍然一樣。

那段時間，軍法處也是人滿爲患；而且幾乎每天凌晨都有人被叫出去槍決。我現在還深刻地記得，大概都是在凌晨四點左右；尤其是台大醫院的許強和郭琇琮醫師那批，人數相當多（十四人），都是國家優秀的知識份子；他們個個都唱著〈國際歌〉、高呼口號，堅強地走出去；大伙兒都擠到押房前頭，目視他們致敬送別。那種場面，對同是台大人的我，有不同於別人的感受；現在想起來，心情還會激動。

在軍法處，開了兩次庭後，我就被移送到碧潭附近的新店戲院，關在戲院中用木棍隔

匪中央社會部潛台間諜蘇藝林等叛亂案

偵破時間：卅九年五月八日

地點：台北、台南、高雄、基隆、花蓮等地。

匪諜及處理情形

姓名	年齡	籍貫	處刑	姓名	年齡	籍貫	處刑	姓名	年齡	籍貫	處刑
蘇藝林	三三	河北	死刑	劉維杰	三二	山東	死刑	徐國華	二六	河北	十年
于凱	二四	山東	死刑	白靜寅	三二	河南	死刑	游飛	五九	福建	十年
安學林	二八	天津	死刑	余熙	三二	福建	死刑	關幸元	二五	山東	十年
陳平	二三	浙江	死刑	孫玉林	三三	河北	死刑	謝克倫	三五	江蘇	十年
馬學縱	四一	河北	死刑	張慶	二二	河南	死刑	謝士楷	二七	江蘇	十年
周一粟	二七	福建	死刑	徐毅	三二	江西	死刑	石小岑	三三	安徽	十年
嚴明森	三二	廣東	死刑	葛仲卿	二五	山東	死刑	路統信	二三	河南	十年
李學權	三五	福建	死刑	譚興坦	三〇	湖南	死刑	王平雷	二三	江蘇	五年
田子彬	二七	河北	死刑	姜民權	二一	江蘇	十五年	王玉祿	卅五	河南	十年
林振成	三三	台北	死刑	胡連昇	三二	河北	十一年	夏淑仙	二五	河北	六月
簡桂生	二九	台北	死刑	路齊書	二八	河南	十年				

決判文號及日期：報奉國防部(40)則副字(0589)(1190)號代電分別核准。

死刑執行日期：蘇藝林、等十八犯，于四十年六月廿九日執行死刑。于凱于四十一年十二月二日執行死刑。

案情摘要

匪幫中央社會部，于卅七年秋密派高級匪幹于非，（化名王實，原名朱芳春）女匪幹蕭明華，（後與于非結爲夫婦，并經台灣省保安司令部逮捕。）先後潛台，分別謀得國語日報編輯及省立師範學院助教工作。初以「台灣青年解放同盟」及「新民主主義青年團」名義展開活動，後利用社會處主辦之社會科學研究會附設「實用心理學補習班」爲基礎，從事組織活動。于匪非於卅八年七月赴平，同年九月返台，攜返匪共中央社會部命令，乃改變工作路線，專力于情報策反工作。于匪發展之組織，工作路線非常廣泛，曾利用我國防部第三廳第一組中校參謀蘇匪藝林，竊取我重要機密軍事情報，企圖策反我海陸空三軍「陣前起義」，或駕駛機艦逃往匪區「立功」。在政府機關及公營事業機構中潛伏之匪諜，則進行心理作戰，散佈失敗主義空氣，搜集資料，準備作完整接收參考。并計劃吸收台籍流氓，在東部山區建立武工隊，企圖接應匪軍登陸。

陰謀策略與

一、利用多種關係以「迂迴談判」與「直接突擊」方式，滲誘我黨政軍高級人員投靠匪幫，策反我海陸空三軍「陣前起義」及駕駛機艦逃往匪區「立功」。

二、利用女色及同鄉同事部屬關係，搜集我軍事、政治、經濟、工業生產等重要機密情報，派專人送往北平匪當局。

三、在政府機關及各公營事業機構中，進行心理戰，散佈失敗主義空氣，動搖我中下級公務員鬥志，并相機吸收。

四、利用我政府所主辦之「實用心理學講習班」，爲吸收同黨機構，并在台灣大學建立「耕耘社」，「海天歌詠團」，「新生劇團」等外圍團體，相機發展組織，以合法掩護非法活動。

五、設法透過關係，派遣匪諜滲入美國駐台使領館，竊取情報。

六、吸收台籍流氓，向我軍中購買武器，在東部山區中建立武裝工作隊，以掩護身份暴露同志，迎接共匪軍事攻台。

「安全局機密文件」中有關路統信的檔案。

成的押房。我聽一些先到的難友說，關在那裡的人，通常都判刑比較輕。這樣，心情也稍爲安定。

第二年（一九五一年）四月間，判決書送達；結果，我以「參加叛亂組織」的罪名，被判處有期徒刑十年。在那樣的白色恐怖年代，這已算是幸運的了。接著，我就被移送設在內湖國小的「新生訓導處」；一個多星期後，我又和大批難友被押到基隆港，上了船，然後移送綠島「管訓」。

所謂「新生」，就是政治犯。在國民黨看來，都是思想有問題的人，所以要把我們集中起來，施以三民主義的感化教育，換換腦筋，然後才可以「新生」做人。

出獄感懷

我在綠島待了兩年，就被遣返新店安坑的軍人監獄；整整七年後，刑期滿了，才得交保出獄。那是一九六〇年八月二日。

出獄後，我已不能回台大復學；後來通過轉學生插班考試，重回台大校園，到森林系就讀。畢業後，我一直從事森林植物學的教研及自然生態保育的教育工作；先後擔任過台大農學院技正、宜蘭農工森林科教師、中華林學會秘書長、《中華林學》季刊總編輯；現任中華自然資源保育協會常務理事、學術研究組長、中華造林事業協會特約講座及《現代育林》雜誌主編；著有《椰子類全科》、《台灣之水源涵養林》……等書；經南京林業大學推薦，我的簡歷已被列入一九九八年版的《世界名人錄》（第三卷四八一頁）。

我想，我們這個世代的人，都是在戰亂的年代成長的；不論本省籍或外省籍的同學，絕大多數的人，對國家前途與未來都充滿著希望與熱愛；因此，在內戰年代，我們的共同心願就是：趕快結束戰爭，加緊國家建設，使民生樂利，國家富強。

雖然我受了災難、吃了苦，可是我並不後悔當初隻身負笈來台求學的決定，在這個動亂的歷史大洪流中，個人的遭遇是時代決定的，在即將進入二十一世紀的現在，我只希望同樣的悲劇，永遠不要在中國歷史的進程上重演。

採訪時間：一九九七年三月廿九日
採訪地點：台大農學院水池邊

台大麥浪歌詠隊利用1949年寒假南下演出。（周韻香提供）

麥浪歌詠隊

輯二

麥浪的歌舞

演出的話

留意一切的民歌吧！

在遼闊的田野上，零星的村落裡，到處激蕩著恬暢空氣的，是人民自隨的歌唱，如今我們把民間樸實的歌聲帶來了！

都市裡一般醉心於爵士音樂，一味摹擬著西洋音樂的人們，他們鄙視著自己本土的民歌，殊不知外國音樂的泉源也來自民間，如音樂大師貝多芬，柴可夫斯基的音樂大半都以民歌作基調，修曼（Schman）且曾明白地說過：「留意一切的民歌吧！它們是優美旋律的中心泉源，流露著各種不同民族的天賦特性。」中國自新音樂運動以來，才注意到散播在僻鄉村落的新的音樂的種子，經過了人民音樂家不斷的發掘之下，已從它粗壯的枝幹上開出了燦爛的花葩，它深深地叩動了人們的心弦，跟著它果敢奔放的聲音，已不斷地喚起了廣大群眾團結的力量；所以我們要使中國音樂有前途，只有努力著發掘已生根在泥土裡的種子，創造出新的歌曲，才能被人民歡迎，才能永遠地生長在人民的心地裡！

在人民充滿了憤怒憂怨希望和歡樂的歡聲裡，它好像從田野上給我們帶來了一股新鮮的空氣，讓我們愉快地呼吸吧！它將會帶給我們新生的活力！

一、歌謠

祖國大合唱

金帆詞／馬思聰曲

一、美麗的祖國

太哪陽滾過大海的綠波，照著中國美麗的山河，讓我們用太哪陽的光輝，來讚美我們親愛的祖國，我們生在祖國的懷抱裡，我們死也抱著祖國的土地，高山大江，無邊的平原，我們的祖國多麽美麗，他的懷中藏著金礦煤礦，田野上也波著麥浪和稻浪，到處都有城市和鄉村，他有四萬萬親愛的子孫，世界上沒有一個民族有我們祖國這樣多人口，五千年的歷史，光輝燦爛，祖國的英雄四處奔走呵！讓我們來唱那太陽的歌，讚美我們親愛的祖國，讚美我們四萬萬的人民，讚美我們壯麗的山河！

二、忍辱

但是，中國的人民，爲什麼總是過著苦痛的日子？數千年來，勞苦的弟兄，沒有一天不在忍辱吞聲，數千年來，被欺侮的姊妹，沒有一天不在低頭嘆息，專制皇帝，曾高坐在上面，一個倒了，一個繼續起來，他手握血的屠刀，他腳踏人民的骨頭，人民的血肉築成了宮殿，人民的淚水，匯成了酒池，兇惡的暴君，荒淫的暴君，他那管你天災人禍，屍積曠野，他那管你餓死凍死典田賣子，唉！太平洋的海水啊！爲什麼你那樣鹼那樣苦，爲什麼你那樣腥那樣深，豈不是中國人民苦痛的血淚混進了你浩蕩的波濤！可是，我們祖國的人民從來就不屈服於淫威，於暴力，我們堅強地屹立了數千年，因爲我們是英勇的，又堅韌，又倔強。

三、奮鬥

看呀！看呵！排山倒海般祖國人民起來了，看呵，看呵，看呵，看呵，祖國人民起來了，排山倒海般起來了，海洋的怒濤也比不上我們雄壯的吼聲，雄壯的吼聲，雄壯的吼聲，我們雄壯的吼聲！千萬的英雄伸出手臂要粉碎人民身上的枷鎖，是誰想喝祖國的血？是誰？是誰想吃祖國的肉？是誰還想叫黑暗遮蓋祖國的土地？是誰？是誰？是誰？誰想，誰就要被消滅，被消滅，消滅，消滅，消滅，消滅！看呵，祖國人民起來了，排山倒海般起來了，結成強壯的隊伍起來了，排山倒海般起來，排山倒海般起來了，暴風雨狂嘯聲的聲音，在全中國到處怒吼，中國的人民不願再做奴隸，人民要永遠做中國的主人！中國的人民不願再做奴隸，中國的人民永遠做中國的主人。

四、樂園

祖國呵！看千萬忠勇的英雄用鮮血染紅你的胸脯，他們要在你的土地上面建築自由幸福的樂園，親愛的祖國，你的懷中不應該有兇暴們的巢窠，你這美麗廣闊的山河應該開著民主的花朵，一個美麗的中國將要出現，自由幸福的樂園。那時四萬萬的同胞弟兄，親親熱熱好像一家人，那時四萬萬的同胞兄弟，親親熱熱好像一家人，沒有人呵在剝削他人，再沒作福的惡棍。親愛的祖國呵，我們歌頌你，歌頌你，我們親愛的祖國，我們歌頌你，歌頌你，我們歌頌你就要從血泊裡新生，我們歌頌你就要從血泊裡新生，我們歌頌你永遠要做自由人，我們都是你的英勇的子孫呵！讓我們歡迎新中國，新中國，新中國，他在前面向著我們走近來，近來，走近來，自由幸福的拍著手掌，樂園就要出現，就要在祖國地面出現，祖國呵！祖國呵！自由幸福可愛的樂園，那自由幸福可愛的樂園，就要在祖國地面上出現。

二、齊唱

一、大家唱

湘梁詞／舒模曲

來、來、來、來、來、你來、我來、他來、她來，我們大家一齊來，一齊來，來唱歌，來唱歌，來唱歌，來唱歌，我們一齊來唱歌，來唱歌。一個人唱歌多寂寞，多寂寞，一群人唱歌多快活，多快活，你別說我們唱歌儘是 Do Re Mi Fa Sol 你別笑我們唱歌都是哇哩哇哩哇啦叫，唱歌使我們勇敢向前進，唱歌使我們年青又活潑，來來來來，來來來來，來來來來，來來來來，小孩子來呀唱呀！老人家來呀唱呀！小姑娘來呀唱呀！大嫂子來呀唱呀！同學們來呀唱呀！同志們來呀唱呀！大家一齊來呀唱呀，來呀唱呀，來呀唱呀！我們唱，我們歌唱自由。我們唱，我們歌唱勝利。大家唱，我們盡情的唱，我們高聲的唱，我們盡情的唱，我們大家唱，我們大家唱，我們大家一齊唱！

二、祖國進行曲

呂冀配詞

我們祖國多麼遼闊廣大，它有無數田野和森林，我們沒有看過別的國家可以這樣自由呼吸，我們沒見過別的國家，可以這樣自由呼吸，打從南京走到遼遠的邊地，打從新疆走到太平洋，人們可以自由走來走去，好像自己祖國的主人，各處生活都很寬廣自由，像那黃河直竄奔流，這兒青年都有遠大前程，這兒老人到處受人尊敬，我們祖國是多麼遼闊廣大，它有無數田野和森林，我們沒有見過別的國家，可以這樣自由呼吸，我們沒有見過別的國家，可以這樣自由呼吸。

三、別讓它遭災害

蒙沙詞／董源曲

（甲）山上的荒地是什麼人來開？
地裡的鮮花是什麼人來栽？
什麼花兒開放呀結出了自由的果？
什麼花兒開出呀幸呀幸福來？

（乙）山上的荒地是我們大伙兒開，
地裡的鮮花是我們大伙兒栽，
民主花兒開放呀結出了自由的果，
和平花兒開出呀幸呀幸福來。

（合）嘿呀嘿呀，嘿呀嘿呀嘿呀嘿呀嘿！
和平民主的鮮花開，自由幸福的日子來，
咱們大伙兒多自在，
快來看好花果樹呀，讓它好好的站起來，
站起來，站起來，別讓它遭災害，
別讓它遭災害嘿呀，別讓它遭災害！

別讓它遭災害

蒙 沙詞
董 源曲

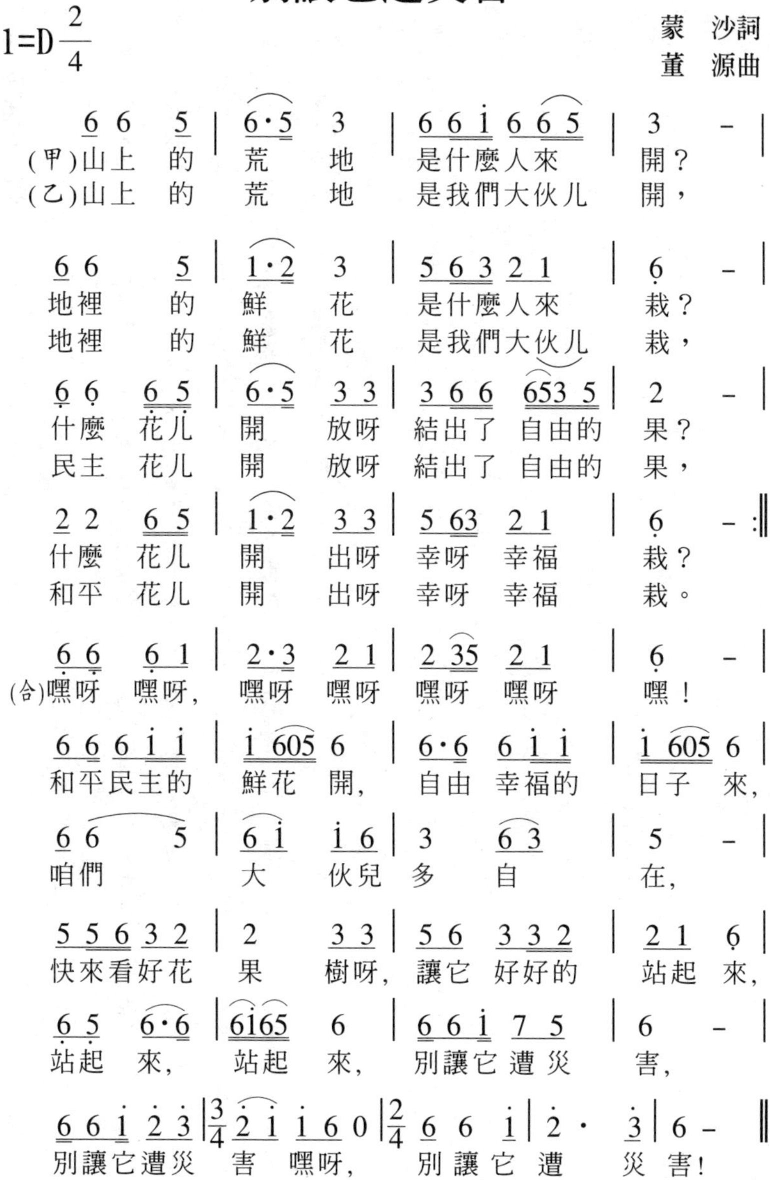
1=D 2/4
(甲)山上的荒地是什麼人來開？
(乙)山上的荒地是我們大伙儿開，
地裡的鮮花是什麼人來栽？
地裡的鮮花是我們大伙儿栽，
什麼花儿開放呀結出了自由的果？
民主花儿開放呀結出了自由的果，
什麼花儿開出呀幸呀幸福栽？
和平花儿開出呀幸呀幸福栽。
(合)嘿呀嘿呀，嘿呀嘿呀嘿呀嘿呀嘿！
和平民主的鮮花開，自由幸福的日子來，
咱們大伙兒多自在，
快來看好花果樹呀，讓它好好的站起來，
站起來，站起來，別讓它遭災害，
別讓它遭災害嘿呀，別讓它遭災害！

四、你這個壞東西

舒模曲

你，你，你，你這個壞東西，百姓的米麵糧食不夠吃呀，你一大批，一大批，硬要強徵去，只管你打仗要軍米，百姓的死活你是不管的。你這個壞東西，你這個壞東西，壞東西，壞東西，拉夫抽丁，徵糧徵米，拆散父子，拆散夫妻都是你，你的心腸和魔鬼一樣的，別國在和平裡復興又建設，只有你成天的在內戰上玩把戲，你這個壞東西，眞是該槍斃！嘿！你這個壞東西，嘿！眞是該槍斃！嘿！！！

你這個壞東西

1=B $\frac{2}{4}$

舒　模曲

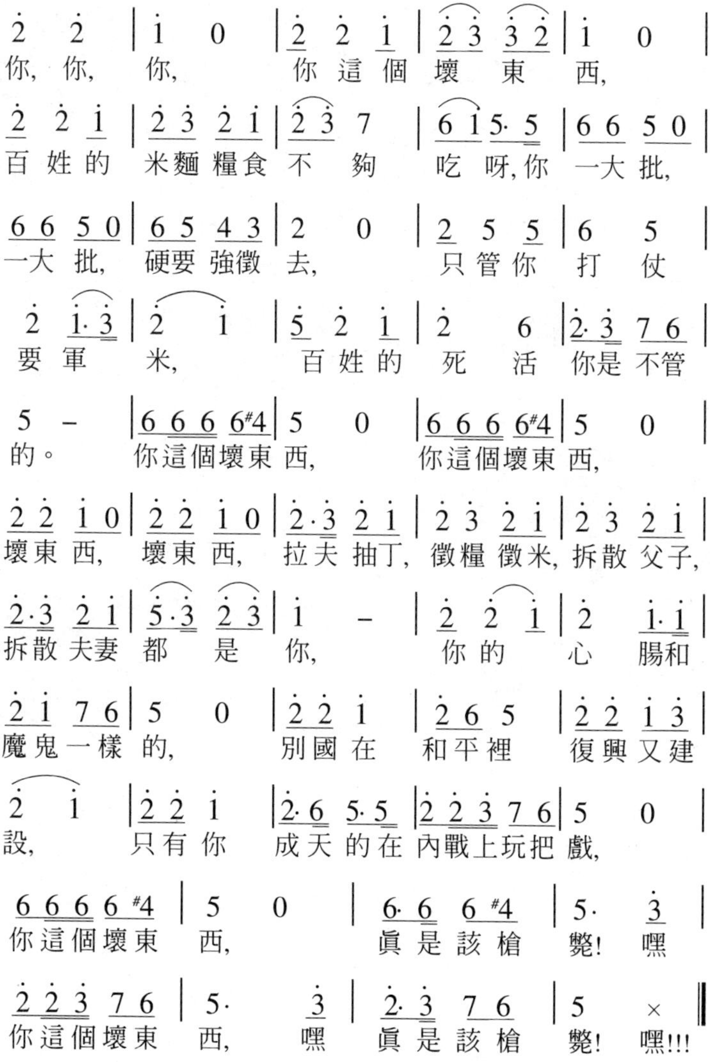
你，你，你，你這個壞東西，
百姓的米麵糧食不夠吃呀，你一大批，
一大批，硬要強徵去，只管你打仗
要軍米，百姓的死活你是不管
的。你這個壞東西，你這個壞東西，
壞東西，壞東西，拉夫抽丁，徵糧徵米，拆散父子，
拆散夫妻都是你，你的心腸和
魔鬼一樣的，別國在和平裡復興又建
設，只有你成天的在內戰上玩把戲，
你這個壞東西，眞是該槍斃！嘿
你這個壞東西，嘿眞是該槍斃！嘿!!!

三、光明的頌歌

朋友！
在這爭取自由民主的今天
讓我們握緊手吧！
你聽！

一、團結就是力量

團結團結就是
力量
團結團結就是
力量
團結團結就是
力量
團結就是
力量

團結就是力量

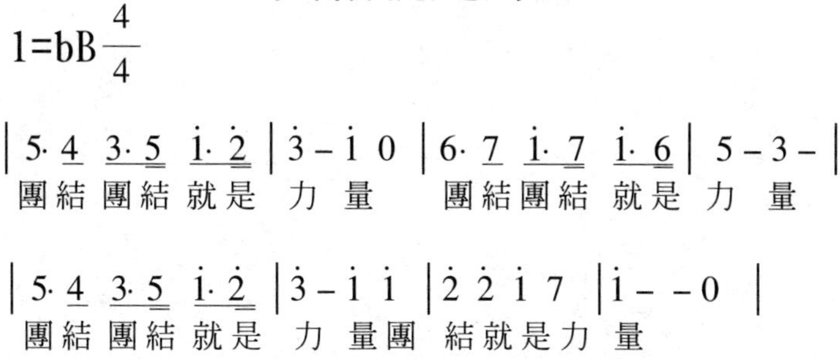
1=bB 4/4
團結團結就是力量 團結團結就是力量
團結團結就是力量團結就是力量

是的，
在「團結就是力量」的號召下
勇敢的中國學生們：

你是燈塔

你是燈塔
照耀著黎明前的海洋
你是舵手
掌握著航行的方向
勇敢的中國學生們
你就是核心
你就是方向
我們永遠跟著你走
中國一定解放
我們永遠跟著你走
人類一定解放

你是燈塔

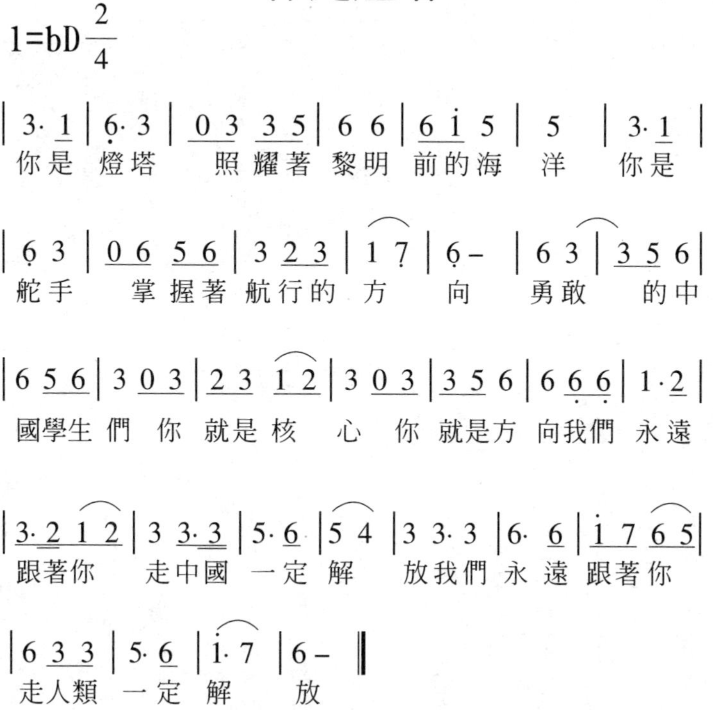
1=bD 2/4
你是燈塔 照耀著黎明前的海洋 你是
舵手 掌握著航行的方向 勇敢的中
國學生們 你就是核心 你就是方向我們永遠
跟著你 走中國一定解放我們永遠跟著你
走人類一定解放

但是，
大地仍佈滿著荊棘，
人類仍生活在黑暗裡，
優秀的青年們，
憑著你們青春的活力，
戰鬥在祖國的原野上吧！

青春戰鬥曲

我們的青春像烈火樣的鮮紅
燃燒在戰鬥的
原野
我們的青春像海燕樣的英勇
飛躍在暴風雨的天空
原野是長遍了
荊棘
讓我們燃燒得更鮮紅
天空是佈滿了黑暗
讓我們飛躍更英勇
我們要在荊棘中燒出一條大路
我們要在黑暗中
向著黎明猛衝（呼聲）

青春戰鬥曲

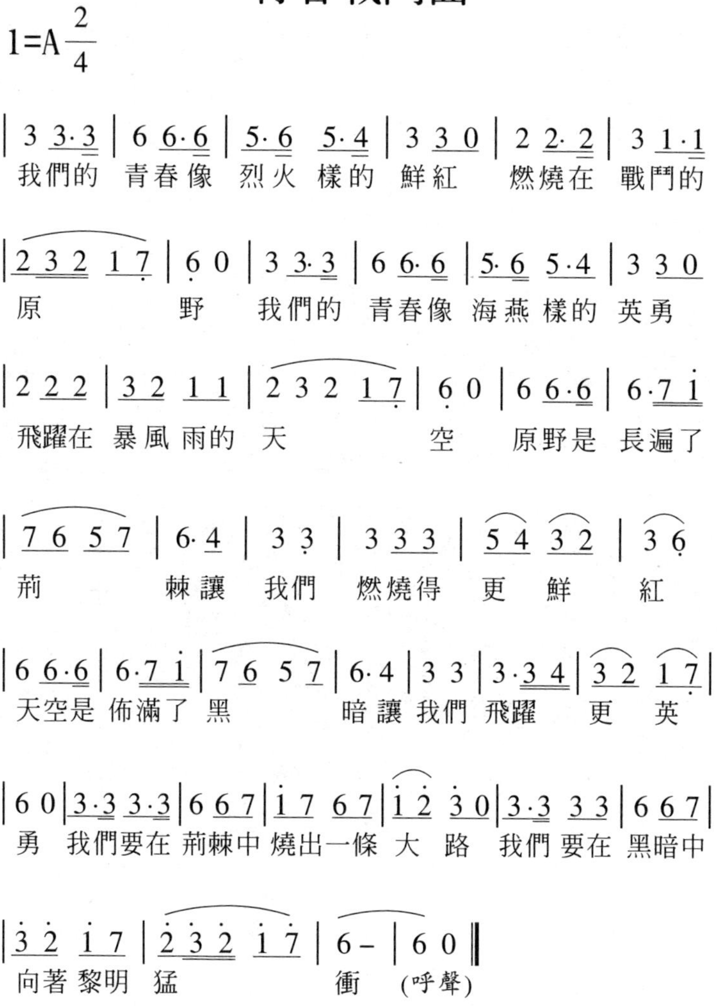
1=A 2/4
我們的 青春像 烈火 樣的 鮮紅 燃燒在 戰鬥的
原 野 我們的 青春像 海燕 樣的 英勇
飛躍在 暴風 雨的 天 空 原野是 長遍了
荊 棘讓 我們 燃燒得 更 鮮 紅
天空是 佈滿了 黑 暗 讓 我們 飛躍 更 英
勇 我們要在 荊棘中 燒出一條 大 路 我們 要在 黑暗中
向著 黎明 猛 衝 (呼聲)

衝！衝！
勇敢的衝向前去！
一個人跌倒了，
千萬個人站起來！

跌倒算什麼

跌倒算什麼，
我們骨頭硬，
爬起來再前進！
生要站著生，站著生，
死也站著死，站著死，
跌倒算什麼，
我們骨頭硬，
爬起來再前進。
天快亮，更黑暗，
路難行
跌倒是常事情，常事情。
跌倒算什麼，
我們骨頭硬，
爬來再前進！

跌倒算什麼

1=F 2/4

中板　堅毅

綠永、舒模詞

舒　模曲

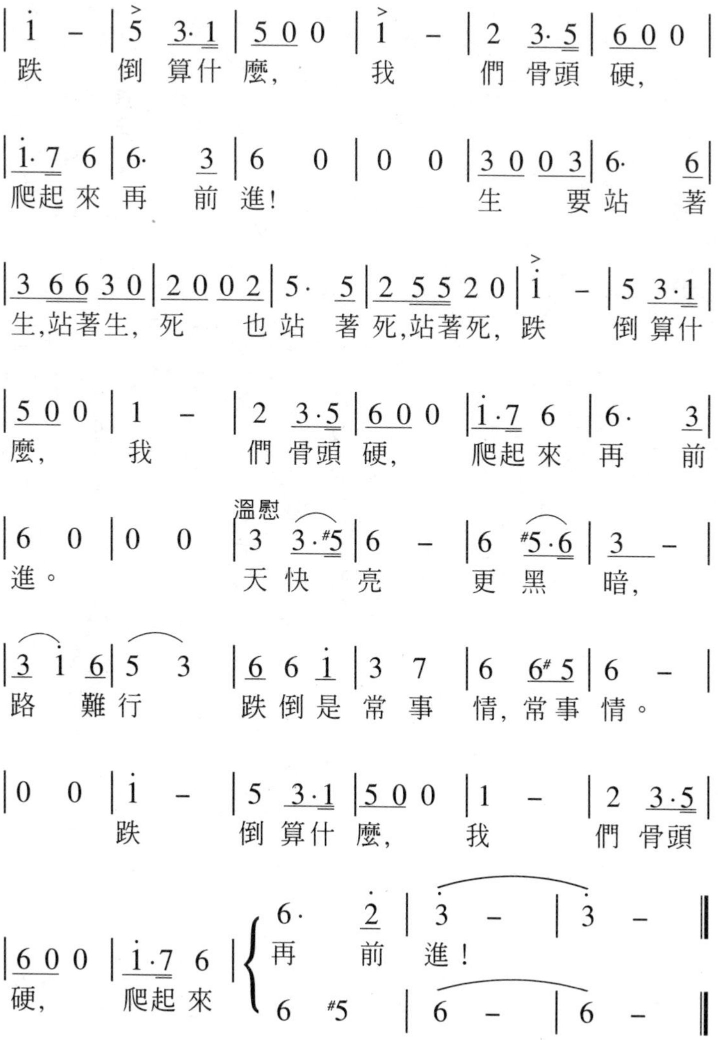
跌倒算什麼，我們骨頭硬，
爬起來再前進！生要站著
生，站著生，死也站著死，站著死，跌倒算什
麼，我們骨頭硬，爬起來再前
溫慰
進。天快亮更黑暗，
路難行跌倒是常事情，常事情。
跌倒算什麼，我們骨頭
硬，爬起來再前進！

衝！
勇敢地衝向前去！
你看，
人民偉大的行列已踏上光明的大路！

光明讚

兄弟們
向太陽
向自由
向著那光明的路
你看那黑暗快消滅
萬丈光芒在前頭

光明讚

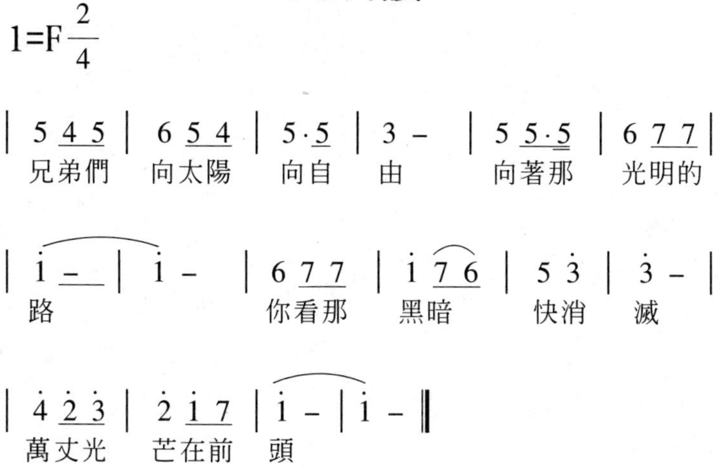
1=F 2/4
兄弟們 向太陽 向自 由 向著那 光明的
路 你看那 黑暗 快消 滅
萬丈光 芒在前 頭

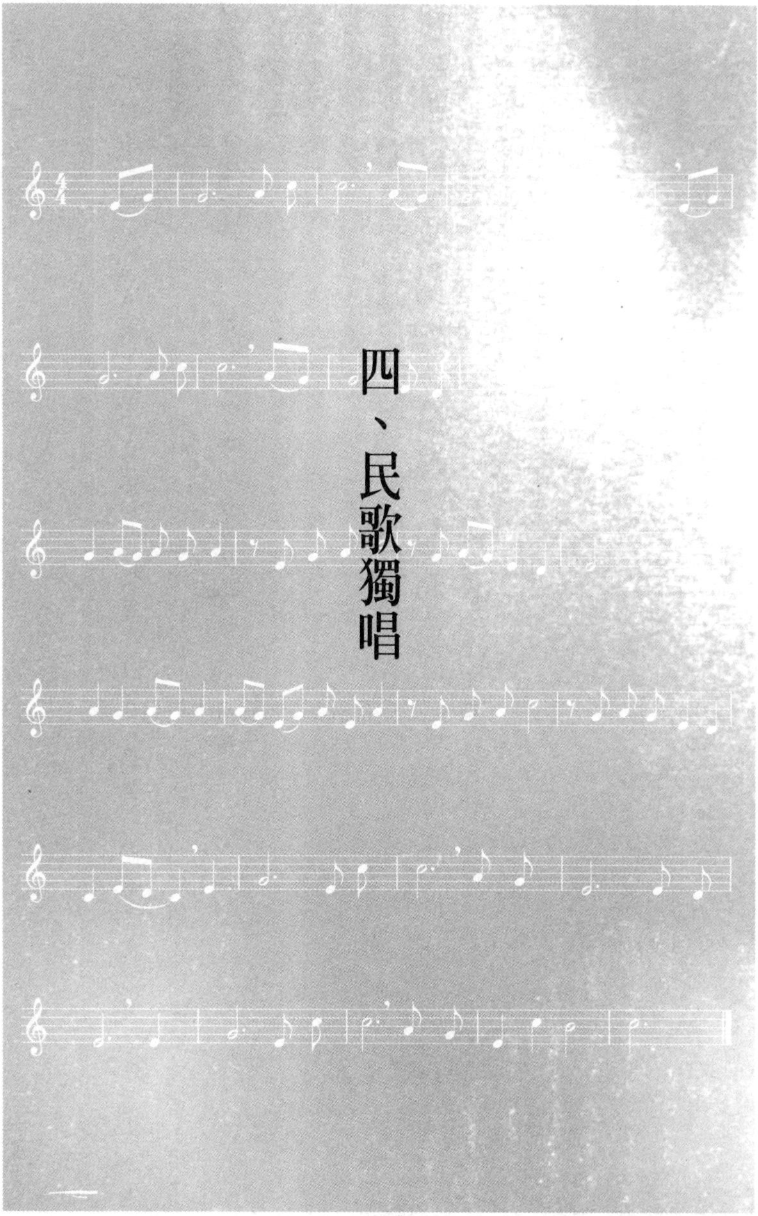

四、民歌獨唱

控訴（男聲獨唱）

東北民謠

十四年來啊，沒有家，高山樹林裡，把鬼子打呀，媽媽白髮多，爸爸呀埋在荒山下，如今恩仇分明，嘗夠了辛酸苦辣呀！在血泊裡掙扎長大。救了咱們的，永遠跟著他，坑了咱們的，永遠記著他，欺侮咱們的，死也不饒他，不饒他！

苦命的苗家（女聲獨唱）

貴州民歌．宋揚詞

太陽出來紅啊，月亮出來黃呀！苗家要出頭，擺脫苦和愁，好比那月亮趕太陽啊！一世都趕不上啊，好比月亮趕太陽越趕就越沒下場。

太陽西邊落啊，月亮東邊出啊！苗家要活命，天天低頭忙，好比那月亮和太陽啊！一世拉到頭忙啊！忙得腰酸骨頭痛啊到頭來沒有一顆糧。

苗家要自由啊，苗家要平等啊！我們當了兵，我們出了糧，爲什麼別人享福喂，我們就沒有份啊，爲什麼國家事啊不准我們問？

收酒矸（男聲獨唱）

我是十六囝仔丹，自少父母就眞散，
爲著生活不敢懶，日日出去收酒矸，
每日透早就出門，家家戶戶去甲問，
爲著打拼顧三飩，不驚路頭怎樣遠，
有酒矸可賣無，
壞銅舊錫，壞銅舊錫，
簿仔紙可賣無。

五、舞蹈

康定情歌

西康民謠

跑馬溜溜的山上　一朵溜溜的雲喲，
端端溜溜的照在　康定溜溜的城喲，
月亮彎彎　康定溜溜的城喲
李家溜溜的大姐　人才溜溜的好喲，
張家溜溜的大哥　看上溜溜的她喲，
月亮彎彎　看上溜溜的她喲
一來溜溜的看上　人才溜溜的好喲，
二來溜溜的看上　會當溜溜的家喲，
月亮彎彎　會當溜溜的家喲
世間溜溜的女子　任我溜溜的愛喲，
世間溜溜的男子　任你溜溜的求喲，
月亮彎彎　任你溜溜的求喲

康定情歌

1=F 2/4

西康民謠

3 5 6 6 5 | 6 3 2 | 3 5 6 6 5 | 6 3· |
跑馬 溜溜的 山 上 一朵 溜溜的 雲喲,
李家 溜溜的 大 姐 人才 溜溜的 好喲,
一來 溜溜的 看 上 人才 溜溜的 好喲,
世間 溜溜的 女 子 任我 溜溜的 愛喲,
3 5 6 6 5 | 6 3 2 | 5 3 3 2 1 | 2 6· |
端端 溜溜的 照 在 康定 溜溜的 城喲,
張家 溜溜的 大 哥 看上 溜溜的 她喲,
二來 溜溜的 看 上 會當 溜溜的 家喲,
世間 溜溜的 男 子 任你 溜溜的 求喲,
6 2· | 5 3· | 2 1 6 | 5 3 3 2 1 | 2 6· ‖
月亮 彎 彎 康定 溜溜的 城喲
看上 溜溜的 她喲
會當 溜溜的 家喲
任你 溜溜的 求喲

旁白：這是一支富有情意的曲子，它的節奏和曲調很容易就讓你連想到一群有著充沛活力的孩子們，在溜溜的山巒上盡情地奔馳著的姿態。古老的康定城，在月光下雖然朦朧得淒涼冷落，可是一顆顆活躍的心，並沒有以此而洋溢起一點感觸，勞動人民在樸實的生活裡，自有著他們美滿的理想，有誰敢說，他們不會懂得愛情呢？

馬車夫之歌

新疆民謠

大板城的石路硬又平哪，西瓜呀大又甜
那裡住的姑娘辮子長啊，兩個眼睛眞漂亮
你要想嫁人不要嫁別人哪，一定要你嫁給我
帶著你的錢財，領著你的妹妹，趕著那馬車來

馬車夫之歌

1=F $\frac{4}{4}$

新疆民謠

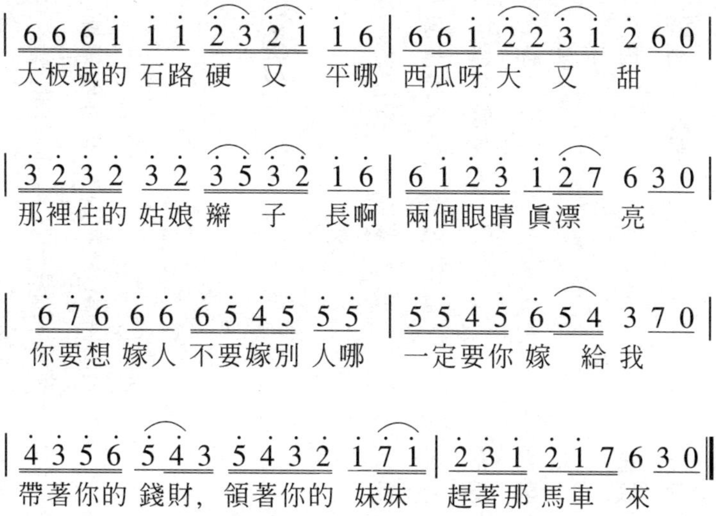
大板城的石路硬又平哪 西瓜呀大又甜
那裡住的姑娘辮子長啊 兩個眼睛眞漂亮
你要想嫁人不要嫁別人哪 一定要你嫁給我
帶著你的錢財，領著你的妹妹 趕著那馬車來

旁白：曠野上的牧羊女，詩人畫家看來也許是一幅美麗的動人的意境，然而在人民樸實的眼中看來，她那粉紅的小臉好像紅太陽，她那活潑動人的眼睛，好像天上明媚的月亮，你聽，這歌聲多麼夠熱情，在美的照臨下，他們自會想到應該怎樣去追求的。

在那遙遠的地方

青海民歌

在那遙遠的地方　有位好姑娘
人們走過她的身旁
都要回頭留戀的張望
她那粉紅的小臉
好像紅太陽
她那活潑動人的眼睛
好像天上明媚的月亮

我願拋去了財產
跟她去牧羊
每天看著那粉紅的小臉
我那美麗金色的衣裳
我願做一隻小羊　依在她身旁
我願她拿著細細的皮鞭
不斷輕輕打在我身上

在那遙遠的地方

1=F 4/4

青海民歌

| 6 i | 2 i 7 6 i 2· i 6 | 6 i i 7 6 – | 6 i 2 i 6 5 6 5 4 5 |

在那 遙遠的 地 方 有位 好姑娘 人們 走過她的 身旁
她那 粉紅的 小 臉 好像 紅太陽 她那 活潑 動人的 眼睛
我願 拋去了 財 產 跟她 去牧羊 每天 看著那 粉紅的 小臉
我願 做一隻 小 羊 依在 她身旁 我願 她拿著 細細的 皮鞭

| 6 i 4 5 6 5 4 3 | 2 — 0 ‖

都要 回頭 留戀的張 望
好像 天上 明媚的月 亮
我那 美麗 金色的衣 裳
不斷 輕輕 打在我身 上

都達爾和瑪利亞

新疆民謠

可愛的一朵玫瑰花　塞地瑪利亞
可愛的一朵玫瑰花　塞地瑪利亞
那天我去打獵　山上騎著馬
正當你在山下歌唱　婉轉入雲霞，
歌聲使我迷了路　我從山坡滾下
哎喲喲　你的歌聲婉轉入雲霞

強壯的青年哈薩克　一萬都達爾
強壯的青年哈薩克　一萬都達爾
今天晚上請你　過河來我家
喂飽你的馬兒　拿上你的東不拉，
正當月兒升上來　撥起你的琴弦
哎喲喲　你我相依歌唱在樹下

都達爾和瑪利亞

1=F 2/4

新疆民謠

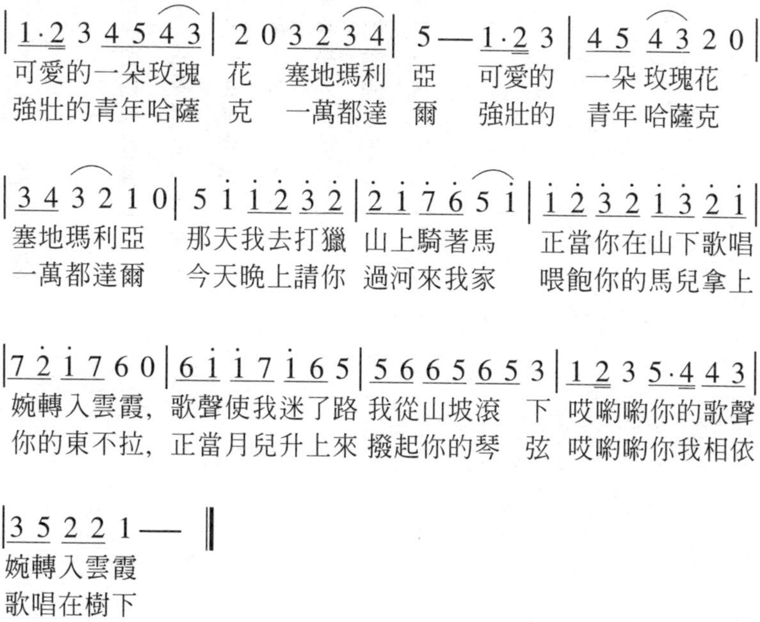
可愛的一朵玫瑰 花 塞地瑪利 亞 可愛的 一朵 玫瑰花
強壯的青年哈薩 克 一萬都達 爾 強壯的 青年 哈薩克
塞地瑪利亞 那天我去打獵 山上騎著馬 正當你在山下歌唱
一萬都達爾 今天晚上請你 過河來我家 喂飽你的馬兒拿上
婉轉入雲霞, 歌聲使我迷了路 我從山坡滾 下 哎喲喲你的歌聲
你的東不拉, 正當月兒升上來 撥起你的琴 弦 哎喲喲你我相依
婉轉入雲霞
歌唱在樹下

青春舞曲

青海民謠

太陽下山明朝依舊爬上來
花兒謝了明年還是一樣的開
美麗小鳥一去無蹤影
我的青春小鳥一樣不回來
我的青春小鳥一樣不回來
別得哪喲喲喲別得哪喲喲
我的青春小鳥一樣不回來

青春舞曲

1=C $\frac{4}{4}$

青海民謠

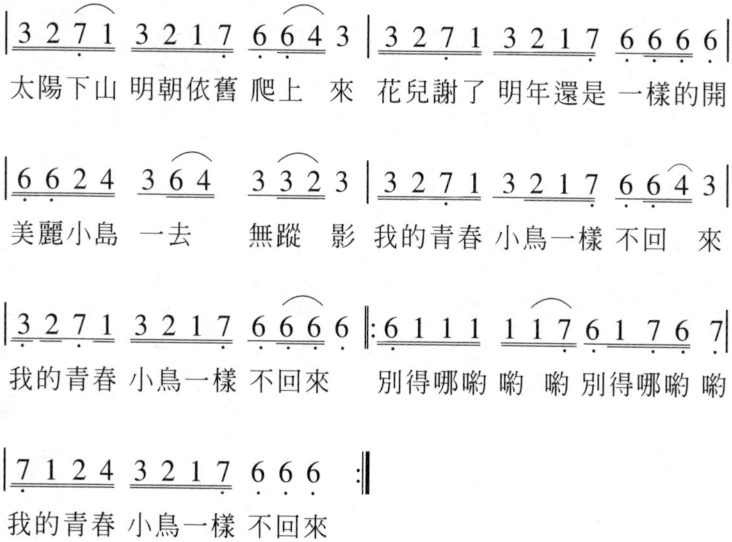
太陽下山 明朝依舊 爬上 來 花兒謝了 明年還是 一樣的開
美麗小島 一去 無蹤 影 我的青春 小鳥一樣 不回 來
我的青春 小鳥一樣 不回來 別得哪喲 喲 喲 別得哪喲 喲
我的青春 小鳥一樣 不回來

王大娘補缸

河南民謠

（生）擔子一挑響叮噹
（丌）郎格里格郎格一不郎當
郎格郎當郎格郎當一不郎當
叮卯一響狗汪汪
郎格里格郎格一不郎當
郎格郎當郎格郎當一不郎當

急急忙忙往前闖，
一心要到王家莊，
王家莊上有個王木匠，
去年當了王保長，
一當了保長有辦法，
不到半年蓋瓦房，
今年又娶了個新太太，
太太名叫王大娘，

說起了王大娘命眞苦，
她本來名叫李大娘，
她有個丈夫叫李清芳，
年又青來力又壯，
結婚不到五六天，
丈夫被拉去把壯丁當，
一去六年無音訊，
如今死活無下場，
李大娘窮苦無辦法，
有一天去請求王保長，
保長一見就動了心，
一心要她當二房，
李大娘一聽心裡慌，
立刻請人把辦法想，
拿言語，塞包袱都不行，
細細綁綁來拜堂，

究竟保長勢力強，
李大娘就變成了王大娘，
王大娘本來就長得好，
不太瘦來不太胖，
不太高來不太低，
不太輕來不太重，
二個眼睛生兩旁，
一個鼻子生在面中央，
人人都說她漂亮，
連我老漢也在想，
一步一步往前走，
不覺來到王家莊，
把擔子放在大門口，
我大喊三聲叫補缸，
（旦）娘在房中縫衣裳，
忽聽得門外叫補缸，

昨夜夢中被驚醒，
只聽得人們鬧嚷嚷，
起初不知爲什麼，
出來一看心嚇慌，
咱老大不知爲的啥，
向咱弟弟動刀槍，
拼拼碰碰打得兇，
打破了老娘的大糞缸，
糞缸一破全家臭，
家醜外揚不像樣，
左右隔壁都在罵，
一直罵到大天亮，
咱老大眞正是個大渾賬，
把老娘的臉皮全丟光，
拿起糞缸往外走，
一出門來把鬼闖，

把糞缸交給補缸匠，
（生）這般臭氣眞難當，
把紙團塞在鼻孔上，
我閉起嘴來把補缸，
糞缸補好還給你，
（旦）補得和新的一模樣，
（生）但願你半夜肚子脹，
一痾痾滿一大缸。
（旦）請問補缸要好多錢，
（生）只要兩百塊大洋，
（旦）價錢爲什麼這樣貴，
（生）要曉得物價又在漲，
（旦）物價爲啥又要漲，
（生）因爲……所以就要漲，
（旦）閒話少說把錢拿去，
（生）謝謝你好心的王大娘，
（旦）拿起糞缸回家轉，
（生）拿起擔子回家轉，
（生）我坐飛機，
（旦）我坐船。
（合）下次再來大補缸。

旁白：這是一幕王家莊變遷的喜劇，它寫出了我們這個時代的一大變局，雖說是喜劇，然而可喜的又在那裡？這種帶著眼淚笑的喜劇，也許只有在我們所處的社會才有吧！王保長今天雖然沒有出場，但是從這個補缸匠粗壯的調子和生動的表演裡，我們是看得夠清楚了。

王大娘補缸

1=A $\frac{4}{4}$

河南民謠

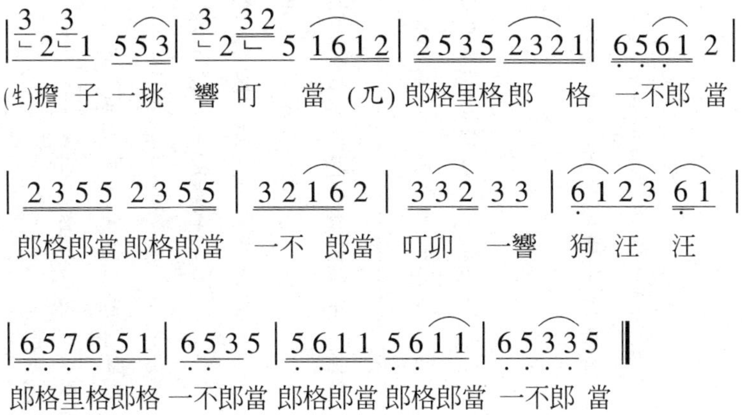
(生)擔 子 一挑 響 叮 當 (兀) 郎格里格郎 格 一不郎 當
郎格郎當 郎格郎當 一不 郎當 叮卯 一響 狗 汪 汪
郎格里格郎格 一不郎當 郎格郎當 郎格郎當 一不郎 當

插秧謠

江南民歌

HM……布穀聲聲　田裡水漂漂
我們大夥兒從早到晚彎背插秧苗　插秧苗
HM……
你一束我一把　不要嘆辛苦
這兒完了那兒再來　同把苦來熬
布穀聲聲　田裡水漂漂
我們大夥兒從早到晚彎背插秧苗　插秧苗
HM……
爲抗戰呀齊努力　本來是不計較
有錢的出錢有力出力　這樣才公道

HM……布穀聲聲　田裡水漂漂
我們大夥兒從早到晚彎背插秧苗　插秧苗
HM……
多少人呀只會吃　還說米不好
腰酸背彎手腳都痛　他們那會知道
布穀聲聲　田裡水漂漂
我們大夥兒從早到晚彎背插秧苗　插秧苗
HM……
一排呀排　一線呀線　努力的插下去
前方在殺敵後方生產　功勞是一樣的高

旁白：在覺醒的大時代裡，誰願意一輩子做著牛馬？從這片幽沈的歌聲裡，農民們已唱出了對一個社會的合理要求，讓我們仔細地體味它吧，他們怨和恨的是什麼。

插秧謠

1=E 4/4

江南民謠

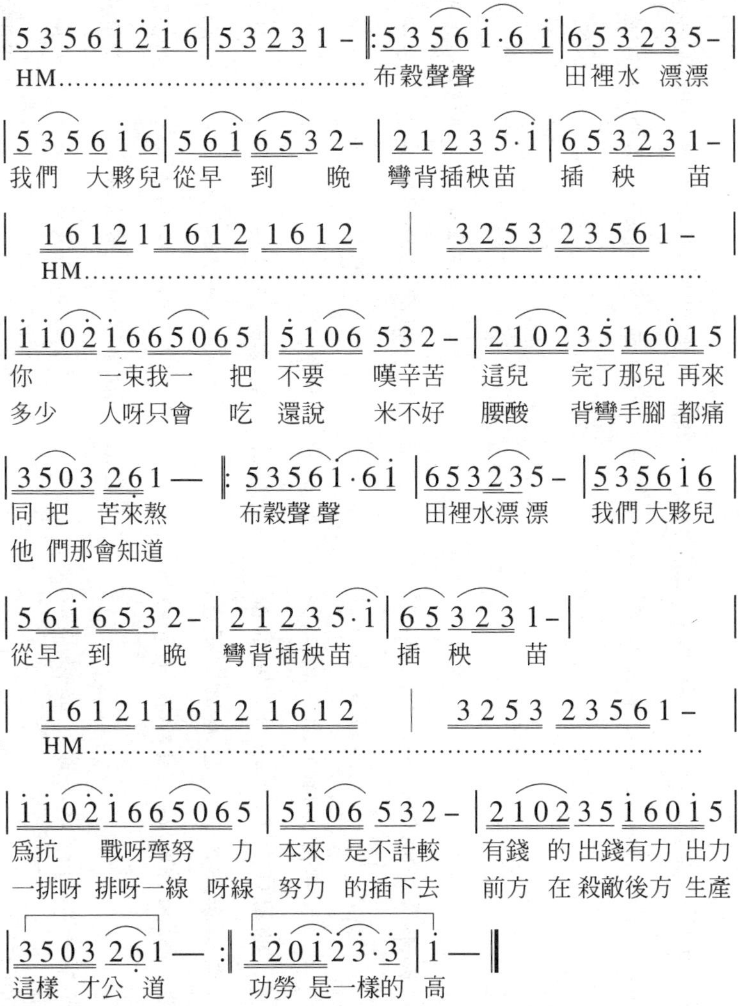
HM……布穀聲聲 田裡水 漂漂
我們 大夥兒 從早 到 晚 彎背插秧苗 插 秧 苗
HM……
你 一束我一 把 不要 嘆辛苦 這兒 完了那兒 再來
多少 人呀只會 吃 還說 米不好 腰酸 背彎手腳 都痛
同 把 苦來熬 布穀聲 聲 田裡水漂 漂 我們 大夥兒
他 們那會知道
從早 到 晚 彎背插秧苗 插 秧 苗
HM……
爲抗 戰呀齊努 力 本來 是不計較 有錢 的 出錢有力 出力
一排呀 排呀一線 呀線 努力 的插下去 前方 在 殺敵後方 生產
這樣 才公 道 功勞 是一樣的 高

朱大嫂送雞蛋

陝西民歌

母雞下雞蛋呀　咕打咕打咕打叫
朱大嫂收雞蛋　進了土窯　窯依呀海（過門）
筐裡的雞蛋　都拿出來依呀海
十個雞蛋剛剛好　手拿著雞蛋出了門
扭扭捏捏　扭扭捏捏　出了門依呀海（過門）
出了村子口呀　過了大石橋
走了二里地　到了大鳳莊依呀海
把雞蛋給了當兵的　依呀海
再問聲　同志打仗辛苦了
當兵的聽了大聲笑

嘻嘻哈哈　哈哈哈哈　好大嫂依呀海

當兵拿雞蛋呀　唱著歌兒笑
謝謝你好意的　朱大嫂眞正好
把雞蛋給了當兵的　依呀海
再問聲　對不起朱大嫂
只要你打勝仗
圓圓雞蛋　圓圓雞蛋皆吃飽依呀海

旁白：這是抗戰時期的一個小插曲，到處受了人們熱烈的歡迎，因為從朱大嫂身上得到了人民意志主動的表現，否則的話，一個老百姓送幾個雞蛋去慰勞前線抗日的兵士算得了什麼新奇呢？

朱大嫂送雞蛋

1=C 2/4

陝西民歌

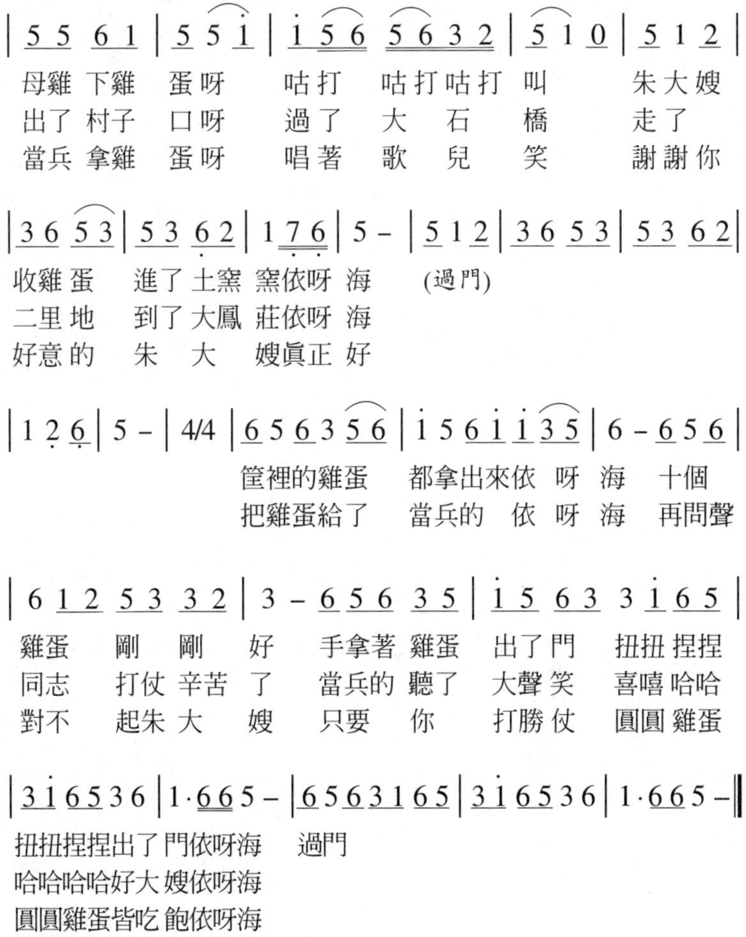
母雞 下雞 蛋呀 咕打 咕打咕打 叫 朱大嫂
出了 村子 口呀 過了 大 石 橋 走了
當兵 拿雞 蛋呀 唱著 歌 兒 笑 謝謝你
收雞蛋 進了 土窯 窯依呀 海 (過門)
二里地 到了 大鳳 莊依呀 海
好意的 朱 大 嫂眞正 好
4/4
筐裡的雞蛋 都拿出來依 呀 海 十個
把雞蛋給了 當兵的 依 呀 海 再問聲
雞蛋 剛 剛 好 手拿著 雞蛋 出了門 扭扭 捏捏
同志 打仗 辛苦 了 當兵的 聽了 大聲 笑 喜嘻 哈哈
對不 起朱 大 嫂 只要 你 打勝 仗 圓圓 雞蛋
扭扭捏捏出了門依呀海 過門
哈哈哈哈好大 嫂依呀海
圓圓雞蛋皆吃 飽依呀海

一根扁擔

河南民謠

一根扁擔軟溜溜的溜呀哈哈
軟海軟海軟海軟海海呀哈哈
擔上了扁擔
要到荊州
楊柳青　花兒紅
茲額茲額擦拉擦拉崩
哎嗨哎嗨喲呵
要到荊州

旁白：這個歌曲的調子是輕快的，可不是嗎？在這花紅柳綠的大好時光，有誰能壓制住人們心境的愉快呢？但是勞動人民肩上的擔子是放不下的，他還得挑上扁擔茲額茲額地趕向荊州去吶！

一根扁擔

1=F 4/4

河南民謠

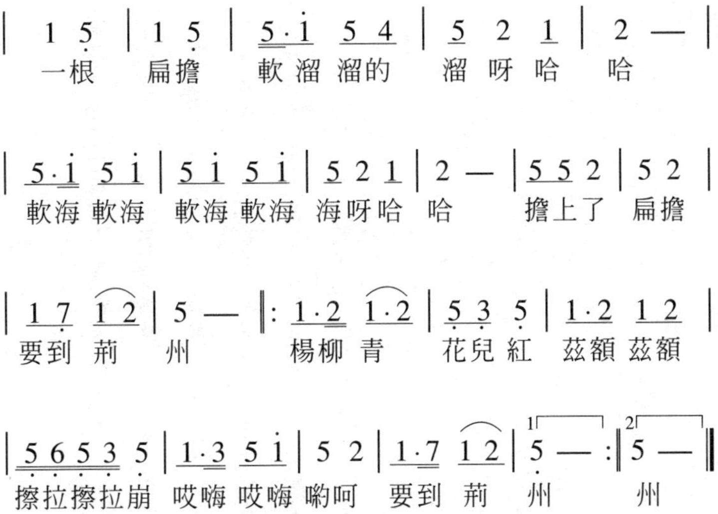
一根 扁擔 軟溜溜的 溜呀哈 哈
軟海軟海 軟海軟海 海呀哈 哈 擔上了 扁擔
要到 荊 州 楊柳 青 花兒紅 茲額茲額
擦拉擦拉崩 哎嗨 哎嗨 喲呵 要到 荊 州 州

春遊

西藏民歌

旁白：這是一個西藏的土風舞，提起西藏，我們一定會聯想到那宏大陰森的喇嘛寺，高聳雲霄的喇嘛塔，和藏人對宗教萬分的崇信與虔誠吧。而邊疆舞也正反映了邊疆民族的生活和性格，當春姑娘光臨到西藏的漠原上，冰雪被春風吹化了，藏族的青年在廟會中相遇，便成群的追隨著走向郊原，春天的氣候引動了他們的舞興，禁不住飄然起舞，奔放著熱情，年青而曼妙，生動美麗的戀歌使他們陶醉了，和諧的歡樂，湧現在心的深處。舞的人數是不計的，有時是成群的起舞，有時也可以兩個情侶悠悠的舞著。

沙利紅巴哀

新疆民歌

旁白：西北的高原，雖然顯得那樣荒涼冷落，但是那裡的歌聲都會留給你一個舒暢愉快的心情，他告訴我們邊疆同胞對於物質文明的渴求，從那融洽的感情裡，他流露出了一股友情的暖流。這支歌曲的意思也像這樣：當一隊駱駝從遠地載來了一批經商的客人，來到莊上下宿，頓時間就給這莊罩上了一層新鮮活潑的氣象，小姑娘們抱著滿懷欣喜的情緒出去探望，看看帶來的東西有沒有適合著他們渴求的？

農作舞

錢風編／莊嚴曲

旁白：這是一只最具中華民族作風和氣派的舞蹈，中國的人民百分之八十是農民，在這裡，我們來看農民們如何鋤土，車水，插秧，施肥，望風，盼雨，除草，整田，收割，打稻，推磨，舂米，以及收穫時的歡樂。

六、歌劇

農村曲（三幕）

集體創作

旁白：「農村曲」是抗戰初期裡產生的民族形式的歌劇，它借了某農村中一個家庭參與抗戰的經過，刻劃出全中國人民站起來反抗兇暴、爭取解放的歷程，雖然，在時間的外表看來，它已是過了期的，但是，我們仍可看出人民遭受了災難便要反抗的偉大意義。

收穫的季節，靠近黃河南岸的鄉下，一位王姓的家裡，王大發，他有個美滿的家庭，安分樂己從不拒繳一切捐稅，惟一的盼望便是一次好收成。一天黃昏，正在一天工作後比較悠閒的休息的時候，忽然嫁在他村的妹妹鳳姑回來了，哭訴鬼子兵到他村莊的情形，燒殺，擄掠，家人流離失所，她丈夫走散，孩子也在路上餓死。

鳳姑回到娘家，又受了吝嗇嫂嫂的虐待，只得從鄰舍善良的友伴們汲取一些同情與慰安，幾天後，不意她的丈夫經過了危險和流浪來了，她丈夫宋吉祥是個工人，國仇私恨交滲在心裡，使他決心去當游擊隊打東洋鬼子。鳳姑也勸他哥哥一起去殺敵，但被她嫂嫂搶白了一頓。

鬼子兵一天打近一天，難民也一天多似一天，最後，王大發為了感衷於身受痛苦的人們，激起了愛自己的土地的心，毅然舉起了武器離開妻兒保衛家鄉，和敵人清算去！

劇旨：描寫在偉大抗戰時代中，炮火洗禮下的農村。

人物：王大發（王），農民，三十餘歲，忠厚老誠。

王金氏（金）——王大發之妻，年近三十，吝嗇婦。

王鳳姑（姑）——王大發已出嫁之妹，年二十，性溫柔。

宋吉祥（宋），手工業者，年二十餘，鳳姑之夫，稟性耿直。

黃天苗（黃）——村中惡棍，年三十餘，鬼祟，陰謀。

小毛——逃難孤兒，年近十餘歲，伶仃孤苦，無處逃生。

老農——王大發之鄰居，保守性強。

農婦——王大發之鄰居，老於世故，維護正義。

農女——王大發之鄰人，名叫巧姑，熱心公益。

其他上前線的男女群（不登場）

第一幕

（幕啓，金氏抱小孩在場，王大發自山坡上轉下）

王：太陽西下照山坡呀呵——身過棗林莫奈何——心裡想金花妹幾時送把紅棗給五哥。

金：寶寶睡睡，蓋上被被，媽媽煮飯，媽媽挑水，寶寶睡睡，蓋上被被，快快睡睡，我的寶貝，快快睡睡，我的寶貝。

王：麥穗黃又黃，瓜田已牽籐，要是雨水多，今年好收成，（對金）快快去燒飯，肚餓口又渴。

金：要燒菜沒錢哪，芝麻油，用完哪，你偏要借給王大媽，你偏要借給王大媽，你自己去喝西風吧！

王：狗娃媽，少說話，明早起，再買吧，樣樣都短不短你，休怪王大媽。

金：村長來催糧和草，家家戶戶要全交，還有抗戰救國捐，咱家也要出兩毛！

王：人家都交咱也交，箱中還有塊八毛。

金：你要交來你去交，狗娃新衣要不要？

（鳳姑上）

王：鳳姑！

姑：大哥呀！眞傷心，妹妹，無家可安身，逃難找親人，大哥呀，逃難找親人。

王：怎麼哪？

姑：東洋兵，到我村，房子燒得乾乾淨，亂殺我村裡人，大哥呀，亂殺我村裡人。

王：妹夫呢？

姑：他嗎？金生爸，忙逃奔，兵慌馬亂兩地分，不見他人和影，嫂嫂呀，不見他人和影。

王：

金：孩子呢？

姑：（哭）他哦！小金生，生了病，斷口缺糧送了命，埋在荒山坑，哥嫂呀埋在荒山坑！

（女孩領鄰人老農，農婦，農女，黃天苗隨上）

婦：

女：鳳姑！

……東洋兵，到東村，房屋燒得乾乾淨，殺死很多人。

齊：唉嗨喲，殺死很多人。

婦：鳳姑姐姐莫傷心。

女：娘家都是自己人。
農：如今年頭眞不順，事事苦得種田人。
黃：王大哥，別怪我囉嗦，中國自招禍，還好怪那個，東洋兵厲害，怎麼打得過？
女：誰說打不過？先生道理講得多，中國人民四萬萬，東洋鬼子沒奈何！
黃：莫奈何，莫奈何，你看鬼子明天就要渡黃河！（下）
女：人家說他是個壞東西。
婦：那麼你還理他做甚麼？快去勸你鳳姐姐，可憐鳳姐受折磨。
女：鳳姑姐姐不要傷心，東洋鬼子兵，說來眞可恨，燒毀村莊亂殺人，你今天遭難妹同情。
婦：左鄰右舍都愛你，作活針線都給你。
女：姐妹們和好，個個人都笑嘻嘻。
王：狗娃媽，作飯去。
婦：大家都來幫助你。
合：大家幫助你，鳳姑不要著急，鳳姑不要著急，大家都來幫助你，幫助你。
（眾退場，月亮慢慢升起）
姑：夜半雞飛狗跳牆，東洋鬼子來搶莊，火光沖天哭聲起，男女老小遭禍殃！張家的大媽投河死，王家的嫂子背砍傷，孩子摔死在路口，姑娘大聲罵東洋，可憐我們娘兒倆，忍氣吞聲逃他鄉，夫妻離散孩兒死，以後的日子怎麼下場？

（幕徐下）

第二幕

（幕在樂聲中啓，婦女多人在勞作，金一人洗衣）

女：（左手抽根線）左右手把針穿，千針萬線日夜連，小小十指磨針尖。

姑：汗珠濕淋淋，姐妹手不停，二月涼風吹面過，千里爲我捎書信。

姑，女，婦：磨針尖，不疲倦，縫好棉衣送前線，姐呀，妹呀，縫好棉衣上前線，捎書信，報好音，表達我們一片心，姐呀，妹呀，表達我們一片心。

婦：鳳姑一雙好妙手，繡朵繡花全不愁，鞋子背心多少件，誰有福氣誰享受。

女：鳳姑娘，鳳姑娘熱心做事好心腸，前線定要打勝仗，前線定要打勝仗。

金：好心腸好心腸，回到娘家不幫忙，儘爲人家做衣裳，儘爲人家做衣裳。

婦：姑娘回娘家，應該招待她，燒飯又擔水，還要抱娃娃。

姑：嫂嫂莫見怪，有話快來講，你有什麼事，我定來幫忙。

金：你要來幫忙，我也不多講，樣樣都靠我，那就太荒唐。

（黃天苗上）

黃：圓圓太陽當頭掛，娘們爲誰做衣裳？鳳姑巧姑快快去，山坡底下有情郎。

婦：黃天苗呀，黃天苗，滿嘴胡說又霸道，你家也有姐和妹，何必來此瞎吵鬧？

合：大家莫睬無事漢，快快回家吃午飯，大家莫留無事漢，快快回家吃午飯。

（眾下只金和黃在場）

黃：老東西去你的吧！（對金）王大嫂你知道不知道，鳳姑的丈夫已來到？穀米價錢漲一倍，看你怎麼吃得消？

金：眞的嗎？

黃：難道我還騙你不成？

金：眞心焦來眞心焦，我家丈夫沒主腦，物價天天高又高，看他怎麼吃得消。

黃：王大嫂你請聽，戰爭形勢天天緊，不但徵糧草，還要抽壯丁，咱村就要五十個，我看王大哥也難逃生。

金：這世道眞難熬，結髮夫妻難偕老，結髮夫妻難偕老。

黃：王大嫂不要急，有個辦法告訴你，給我麥子三斗三，包管大哥不用去，用你妹夫替。

金：三斗沒有有兩斗，諸事多虧你照應，只要大哥不當兵，一切事情我擔承。

（王與宋從大路上，黃從村裡下）

金：妹夫你來啦，路上可辛苦？妹妹正念你，身體不舒服。

宋：多謝你掛念，路上還安全。

王：妹夫快請坐，歇歇喝杯茶，麵條大餅樣樣有，要吃什麼她去拿。

宋：鳳姑呢？

金：剛才吃過飯，巧姑來叫他，兩人一路走，去看王大媽。

（鳳姑挑水上）

姑：金生爸，你來啦。

宋：時刻惦念你娘兒倆，不知流浪在何方？今天總算見到你，快快把金生來望望。

姑：金生……金生……。

王：鳳姑眞難過，有話慢慢談，妹夫在路上，身體受了寒。

（王下）

宋：鬼子的炸彈落路旁，有的炸死有的傷，我和工友爬地上，才算免得遭禍殃，才算免得遭禍殃，難民所裡渡時日，飢餓寒冷樣樣嘗。

姑：金生病死你不見，思前想後有誰憐？半夜無人枕上哭，誰知相會在今天？哥哥還有手足情，嫂嫂待我如路人，糧食物價天天漲，寄居人下好不傷心。

宋：東洋兵，眞可恨，毀田莊，殺百姓，不打東洋活不成，加入遊擊隊，前線去當兵！

姑：加入游擊隊，前線去當兵？

（金上）

宋：加入游擊隊，前線去當兵！

金：妹夫當兵我送行，多打幾個鬼子兵，衣裳鞋襪預備好，吃過晚飯早動身。

姑：加入游擊隊，前線去當兵，我想跟你去，打死東洋兵！

宋：報仇去，中國人，報仇去，中國人，東洋鬼子是禽獸，不打鬼子活不成。

姑：大家去當兵，哥哥也同行，兄弟們，姐妹們，一齊打日本，一齊打日本！

金：要當兵就去當兵，說話該留意，不要拉別人。

姑：打東洋，打東洋，大家都出力，才能保家鄉。

金：妹妹說話眞奇怪，拖泥帶水何苦來，你的丈夫去當兵，爲何要把哥哥帶？

姑：嫂嫂你何必多見怪，鬼子來了全受害，鬼子來了全受害。

金：你說受害就受害，爲人不要良心壞，要是你哥哥送了命，看你有臉再回來。

宋：不管回來不回來，鬼子來了怎安排？不管回來不回來，鬼子來了怎安排？

姑：（幕下）

第三幕

（台上無人，時時有蛙聲，台後，小毛歌聲）

小：東洋強盜多兇惡，殺死我的爹和媽，炸死了我的哥哥，姐姐強姦又慘殺（小毛慢步上）房子燒了人都殺掉，牲口一起都拉走，糧食全數放火燒，叫我何處安身好？大媽！

姑：孩子，孩子你哪兒來？

小：我快餓死了，我快餓死了，我是逃難出來，請你救救我啦，孤兒沒有人看照。

姑：我是沒有孩子的媽媽，孩子，你別哭吧！多少孩子沒有媽媽，多少媽媽失掉了孩兒呀！

小：好媽媽，給我吃點吧！可憐孤兒呀！
姑：我也沒有家，我也逃難呀，可憐的孩子，拿什麼給你呀！
小：砲聲響，好害怕，敢是東洋鬼子兵，放火燒莊把人殺？
（王上場）
王：大砲聲聲近，膽戰又心驚，鳳姑妹呀，他是什麼人。
姑：沒有父母的孤兒，炮火下的難民，給他點兒吃的吧！救了這孩子命。
王：戰事緊，要徵兵，今夜裡，點壯丁，我去麼？捨不了家庭，我去麼？家裡誰照應？
姑：東洋不打家不保，鬼子不殺氣不消，你看，災難不只東村有，西村一樣放火燒。
（金上場）
金：夜半更深風又冷，著涼又要找醫生，（對小毛）孩子你從哪裡來？小小年紀離母親。
小：東洋鬼子多殘忍，殺死我的爹和媽，大媽可憐孤兒吧！請你把我當親兒。
姑：小小年紀眞可憐，孩子你別哭，我辛酸，誰家沒有兒和女，不幸今天遭大難。
（黃天苗，群眾追上捉住黃）
老：黃天苗，眞可惡，放火來燒村公所，多虧大家救得早，不然全村要遭火。
女：放火又欺人，騙去麥子斗八升，硬說徵兵可以免，破壞公所招壯丁。
金：說欺人，眞欺人，騙去穀子二斗零，哄我徵兵可以免，如今仍要抽壯丁。

王：天苗狗膽大，放火害人家，快交村公所，重重查辦他。
齊：快交村公所，重重查辦他。
王：快快拏包袱，我要去當兵。
金：兒子這樣小，家中誰照應？
姑：嫂嫂不要留他，當兵原是爲大家，如今戰事天天緊，快快讓他上前線。
王：
　去把鬼子殺。
姑：
女：嫂嫂不准他登程，王大嫂，王大嫂，鬼子就要來搶村。
王：
　鬼子就要來咱村。
金：
女：鄉親們鄉親們！我的難處多得很。
女：不要說男人，女人也從軍，有的當看護，有的也當兵。
婦：王大嫂別心焦，燒飯我來做。
姑：狗娃我來抱。
婦：新布一方給寶寶。
女：襪子一雙莫嫌少。

金：左一勸，右一說，說得我心中沒著落，說得我心中沒著落，狗娃爸，你去吧！既然是為大家，我也只好這樣做。

姑，女，婦：好嫂嫂，眞不錯，眞不錯，眞不錯，我們女人要學他，我們女人要學他，都送丈夫上前線，打完鬼子再回家。

齊：保衛家鄉，保衛家鄉，緊急動員起來，我們萬眾一條心，走上戰場，殺退敵人，團結勇敢奮鬥犧牲，一槍一敵，個個瞄準，收復失地享安寧，保衛家鄉，保衛家鄉，緊急動員起來，勝利歸來享安寧。

（全劇完）

結束的話

英國在一百多年以前，音樂家跑來跑去，總是找不到一條自己的路，直到近二、三十年才發現了這條道路不是德意志，不是法蘭西，更不是義大利，而卻是一向爲他們所忽視的民歌。（馬思聰）

把音樂與人民對合理與幸福的爭取結合著！把自己呈獻給這苦難的大地和沈毅的民族，以深切的愛去擁抱這巨大的民族，心與人民的心扣在一起，共同看脈膊。

麥浪南下演出時的九個男隊員。（周韻香提供）

輯三

關於麥浪的評介

麥浪歌謠舞蹈會節目介紹

唐遢

（一）『農作舞曲』

我們愛好民歌，中國的人民百分之八十是農民，因此，表現農民思想，生活，感情的歌曲和舞蹈，應該是最具中華民族的作風和氣派，有異於邊疆民族的歌舞。『農作舞曲』的內容可說是描述農民生活民歌的集大成，它幾乎包括了農民生活的全部，在這裏，我們看到農民們如何鋤土，車水，插秧，施肥，望風，盼雨，除草，整田，收割，推磨，舂米以及收穫期的歡樂。

這是一個十二個人合演的舞蹈，歌曲多，內容又繁複，但是看上去卻一點也不顯得另亂，它有精神，但是有精神並沒有「開步走」的感覺，它形象粗壯，卻又並不凝重，它那麼美，不俗套，不貧乏，它充分的富有中國農村間的格調，有幾首歌曲是大家聽得很熟的，但是看了舞蹈的表現，便覺另有新鮮豐富的意味。這些就表示說，這舞曲並不是一個「雜湊」，而是一種創作。

（二）『苦命的苗家』

在雲貴高原上，住着不少我們的苗族同胞，他們歷來就受漢種族上的歧視以及政治上底深重壓迫

麥浪歌謠舞蹈會節目介紹

唐 遲

（一）「農作舞曲」

我們愛好民歌，中國的人民百分之八十是農民，因此，表現農民思想、生活、感情的歌曲和舞蹈，應該是最具中華民族的作風和氣派，有異於邊疆民族的歌舞。「農作舞曲」的內容可說是描述農民生活民歌的集大成，它幾乎包括了農民生活的全部，在這裡，我們看到農民們如何鋤土，車水，插秧，施肥，望風，盼雨，除草，整田，收割，推磨，舂米以及收穫期的歡樂。

這是一個十二個人合演的舞蹈，歌曲多，內容又繁複，但是看上去卻一點也不顯得零亂，它有精神，但是有精神並沒有「開步走」的感覺，它形象粗壯，卻又並不凝重，它那麼美，不俗套，不貧乏，它充分的富有中國農村間的格調，有幾首歌曲是大家聽得很熟的，但是看了舞蹈的表現，便覺得另有新鮮豐富的意味。這些就表示著，這舞曲並不是一個「雜湊」，而是一種創作。

(二)「苦命的苗家」

在雲貴高原上，住著不少我們的苗族同胞，他們歷來就受著種族上的歧視以及政治上底深重壓迫和剝削，不但歷來的封疆大吏向他們橫征暴斂，而且還有當地的土劣惡霸無法無天地盡力向他們敲榨，他們所過的生活，全不是人過的，這一首「苦命的苗家」是宋揚先生從苗區採集來的民歌，並且模仿苗胞樂曲的格調配上譜，這首歌，充份表現出苗族同胞的悲憤和怨恨，你看，這歌是這樣子的：

「太陽出來紅啊，月亮出來黃啊，苗家要出頭，擺脫苦和愁，好比月亮趕太陽啊，越趕就沒下場啊！」

「太陽西邊落啊，月亮東邊上啊，苗家要活命，天天低頭忙，好比月亮和太陽啊，一年啦到頭忙啊，忙得腰酸骨頭痛啊，到頭來沒有一顆糧啊！」

宋揚先生在譜裡只用了Do，Re，Mi，So，La，五個音，最能表現東方民族歌的風味，而且有一種不加修飾的樸質的美，如果談民歌的內容必須進步，而同時其曲趣又不能洋化，那麼「苦命的苗家」，將是已經夠格的一首。

——原載一九四九年二月二日《新生報》副刊

迎台大同學民歌舞蹈再演出

趙林民

去年（一九四八年）十二月二十七日，台大麥浪歌詠隊，在中山堂舉行歌謠舞蹈公演，介紹向來不登「大雅之堂」的民間歌謠和舞蹈，這是台灣藝術文化界一件可喜的大事，演出之後，各界一致予以好評，認爲這不但灌輸了台灣藝術文化界以新血液，並且還指出藝術工作者一個新的方向。但是無可否認的這還不過僅僅是一個開始，一種初步的介紹，如今人民藝術的發展眞可稱一日千里，我們必須迎頭的趕上去，而台大同學也顯然不以上次演出的成績而自滿，繼續學習，力求提高內容和技術的藝術水準，這一次並且還在推廣的工作上著手，聽說除了最近將在本市再度公演之外，還擬赴台中上演一次，這種嚴肅熱情的工作態度，實在是值得大家學習的。

音樂和舞蹈本來發源於民間，近代古典音樂的始祖們，也都是不斷的向民歌去尋取音樂的源泉，這是音樂史上的一個常識，但是在上次演出的時候，有部份的觀衆還是浸醉於古典甚至爵士的歌舞，他們認民間的歌舞爲粗俗，沒有「藝術」的價值，這些不正確的「理論」希望在最近的將來能夠一般地的被改變過來。

所謂民間歌謠和舞蹈也並不是生吞活剝的把民間歌謠舞蹈隨便搬來就値得上演，因爲人民的生活感情有著健康活潑有生氣的一面，也有愚昧落後的一面，我們必須主導地採取其健康活潑有生氣的一面，並且再加以改編，使其有更高級的發展，因此，嚴格地考究起來，上次演出時，在若干方面還有著些不足美，經過這一個多月來的討論和改進以後，我們熱烈的期待著台大同學這次的演出，對於人民藝術有更廣大與深入的貢獻。

——原載一九四九年二月二日《新生報》副刊

迎臺大同學

民歌舞蹈再演出

趙林民

麥浪舞蹈晚會觀後記

王華

留意著一切的民歌吧！它是優美旋律的中心源泉，流露著各種不同民族的天賦特性。（Schman）

偉大的藝術家早已經告訴我們，世間優美的旋律是從什麼地方尋找出來的，但是在今天都市的人們都醉心在爵士樂、流行歌曲，一味摹擬著西洋音樂，把這原始的，眞的，優美的音樂旋律忽視了，麥浪舞蹈晚會的演出正是給城市中看大腿舞、坐酒館麻醉在「何日君再來」的人們換換口胃，給他們一個呼吸清新空氣的機會。

但這機會除了被大部分的青年學子所熱烈的擁護外，那些滾在社會懷裡的人是不肯犧牲一點時間去喚回他們的純眞之心，反之，像上林花酒女演出的充滿色情的歌舞卻非常擁擠，無論如何都不肯放棄，因爲他們很久是生活在污濁的黑暗的環境裡，那早晨的清新之氣都在他們大夢方酣之時溜走。

麥浪舞蹈晚會是台大同學在本月四日、五日兩天在女一中大禮堂演出的，雖然整個的演出並不叫人完全滿意，但是一些十幾、二十幾歲的孩子們，憑著年青人的勇氣和熱情團結起來蔚集出這麼一朵清新美麗的白花葩，也是值得人們讚頌的。

在這次晚會節目裡採集了康定、新疆、青海、台灣等地的民謠，在政府關懷著邊疆人民生活上來評價這介紹，可說是有相當的價值和意義，像〈祖國大合唱〉一曲，它震動了每個同胞的心弦，聽到讚美我們親愛的祖國的美麗，雄壯的山河，想到今天遍地烽火、人民的苦難，顫動的心幾乎要碎了。

〈光明的歌頌〉，整個的歌曲從〈團結就是力量〉到〈跌倒算什麼〉和最後一段充滿了希望的〈光明讚〉，表現出一股不可遏止的朝氣，祇有學生，祇有在這個大時代的學生才能構結出這樣的歌聲，這歌裡有血，有淚，有骨氣，有明天，相信中國祇要有這歌聲存在是不會怕任何侵略以及侵犯的。今天在這個晚會裡聽到這個歌，不禁使人憶念起風沙蓋地，兩年前的古城和那一群群的爲了爭取民主爲了反內戰不惜一切的北平學生。（藍按：作者指的應是一九四七年年初以來，北平學生因爲沈崇事件而開展的反美反蔣運動。）

〈王大娘補缸〉是河南、山東一帶的民謠，現在因爲通過了藝術的手法普遍到全國各地，明瞭、易唱、易懂，它是一個控訴黑暗社會的東西，但有著喜劇的格調，這也許是容易叫人喜歡的原因。以前在北方演王大娘的多是男扮女裝，這次由台大女同學擔任，這一點是值得叫人喜悅的。

〈農村曲〉是一個三幕的歌劇，劇情是描寫抗戰時期日本鬼子屠殺我們善良的同胞，鄉村的老百姓怎樣參加游擊隊，怎樣保衛家鄉。今天雖然時過境遷，但想到兄弟鬩牆，骨肉分離，人民受到的苦難正有過於抗戰時期，聽到孤兒小毛悲慘的歌聲，我們會不流下眼淚？

麥浪歌舞晚會準備作一次旅行演出，到中南部去，相信不久他們的歌聲便會普及到全島，文化交流這個擔子是落在這群熱情的青年的肩頭上，希望他們永遠的將這些優美的旋律帶給每一個青年人、中年人和老年人。

——原載一九四九年二月七日《新生報》副刊

麥浪舞蹈晚會觀後記

王華

「麥浪」歌詠舞蹈會的「大補缸」

舞蹈乎？滑稽焉

是眞

「王大娘補缸」據說是臺大「麥浪」歌詠舞蹈會中，最精彩的節目，曾獲得不少觀衆的愛好，前日該團假一女中大禮堂三度公演，我也抱着一顆熱誠的心，去欣賞這民間藝術，而結果是大失所望。

節目一個一個的過去，在「大補缸」將開場的當兒，觀衆不約而同的鼓掌了，「幕啓，補缸老漢出場，化裝尚好，舞步不知所云，像是在臺上演滑稽，等王大娘出場，即不自然又欠活潑，舞步更談不到，然而完場之後仍贏得一滿堂彩，這是爲什麼？因爲一般觀衆不能了解舞蹈的眞義意。

這次的演出要說是滑稽戲，那我承認是成功的，要說是舞蹈表演，我覺得尚有研究的必要，不知「麥浪」諸君以爲然否？

最後我對「麥浪」諸君愛好舞蹈的精神，是佩服的，希望能夠更進一步的去研究。

舞蹈乎？滑稽焉

——「麥浪」歌謠舞蹈會的「大補缸」

是　眞

〈王大娘補缸〉據說是台大「麥浪」歌謠舞蹈會中，最精彩的節目，曾獲得不少觀眾的愛好，前日該團假一女中大禮堂二度公演，我也抱著一顆熱誠的心，去欣賞這民間藝術，而結果是大失所望。

節目一個一個的過去，在「大補缸」將開場的當兒，觀眾不約而同的鼓掌了，幕啓，補缸老漢出場，化裝尚好，舞步不知所云，像是在台上演滑稽，等王大娘出場，既不自然又欠活潑，舞步更談不到，然而完場之後仍舊是「滿堂彩」，這是爲什麼？因爲一般觀眾不能了解舞蹈的眞意義。

這次的演出要說是滑稽戲，那我承認是成功的，要說是舞蹈表演，我覺得尚有研究的必要，不知「麥浪」諸君以爲然否？

最後，我對「麥浪」諸君愛好舞蹈的精神，是佩服的，希望能夠更進一步的去研究。

——原載一九四九年二月八日《新生報》副刊

麥浪舞蹈

張朗

這次，麥浪歌詠隊的旅行演出，節目方面可分三個部分，歌唱，歌劇，和舞蹈，而其中的舞蹈在臺灣是比較新穎些，而且這種形式介紹的價值是在重大得很所以這次部分的時間都分配在舞蹈上。

在國內，邊疆舞和人民的集體舞，已是到處被廣泛的推播了，因爲這是從人民群中自已創作出來的藝術成品，自然因爲其內蘊的感情和反映的生活方式就很容易的被中國人民所愛好，所接受，而成爲他們生活的一部分，用它可以訴出自受的不幸，可以表達出迫切的願望，基於這種原因，我相信舞蹈在爭取民主運動的過程中會成爲一支極有力的利器。

康定情歌是描述西康高原地帶的愛戀舞曲；月光臨照着古老的康定城城郊的山巒上雖然是那樣凄凉冷落，但是與情人的心卻熱烈的洋溢在那兒，當他們一天的工作完了後，勞動的辛勤也在這兒消逝了，他們樸實的生活，含着的最强烈純眞的愛戀也表現無遺，雖然，他們表現的方式是如此原始，如此簡率，但是

麥浪舞蹈

張　朗

這次，麥浪歌詠隊的旅行演出，節目方面可分三個部分，歌唱、歌劇，和舞蹈，而其中的舞蹈在台灣是比較新穎些，而且這種形式介紹的價值實在重大得很，所以，大部份的時間都分配在舞蹈上。

在國內，邊疆舞和人民的集體舞，已是到處被廣泛的推播了，因爲這是從人民群中自己創作出來的藝術成品，自然因爲其內蘊的感情和反映的生活方式就很容易的被中國人民所愛好，所接受，而成爲他們生活的一部份，用它可以訴出自受的不幸，可以表達出迫切的願望，基於這種原因，我相信舞蹈在爭取民主運動的過程中會成爲一支極有力的利器。

〈康定情歌〉是描述西康高原地帶的愛戀歌曲；月光朦朧照著古老的康定城城郊的山巒上，雖然是那麼悽涼冷落，但是與情人的心卻熱烈的洋溢在那兒，當他們一天的工作完了後，勞動的辛勤也在這兒消逝了，他們樸實的生活，含著的最強烈純眞的愛嘆也表現無遺，雖然，他們表現的方式是如此原始，如此簡率，但是比那種紳士階層的肉麻色情不知要高尚了多少。這首歌的情意在短短的幾句曲調裡面形容十分生動，而且充沛的活力令人驚嘆，它的步法，因爲是山地的原因，都是用腳蹬的。總之，這個節目是充滿了山地人民生活的濃重氣味，代表在封建社會中的個性解放。

西藏，這個文化冷藏高原，牠保存了中國古代的音樂舞蹈，供給我們發揚，〈春遊〉，可以代表當地的舞蹈。我們想想他，那宏大陰森的喇嘛寺，高聳雲霄的喇嘛塔，和藏人對宗教的崇信與虔誠他，而邊疆也正反映了邊疆民族的性格和生活，當春姑娘光臨到西藏的漠原上，冰雪被春風吹化了，藏族的青年男女們在廟會中相遇，便成群的追隨著走向郊原，春天的氣候引動了他們的高興，禁不住飄然起舞，奔放著熱情，年青而曼妙，生動美麗的戀情使他們陶醉了，和諧的歡樂，湧現在心的深處。它的人數不計，有時是成群的起舞，有時也可以兩個情侶悠悠的舞著。

但是，在這個時代，這個苦難的時代正不知有多少堅守崗位的農民們勞苦的用他們的汗、力給整個國度以溫飽，可是誰又知道他們是怎樣的生活呢？

〈農作舞〉便活生生的表現出來農民辛勞的過程，太陽曝晒之下，他們鋤土、車水、插秧、施肥、望風、盼雨、除草、整田、收割，然後，收穫時季的打稻、推磨、舂米，好容易的辛勤後的歡樂。

這是華北的舞蹈，但是卻能刻劃出整個中國農村的生活，因爲是平原地帶的舞蹈，所以它的方式是扭的，其實中國的舞蹈，大致可分爲：一種便是前者的蹬，一種便是農作舞的扭。

舞蹈是必然要興起的，但是，個性解放的舞蹈，是一定要用集體的刻劃社會的路來代替，這是當前蹈跳的道路。

——原載一九四九年二月八日《台灣民聲日報》新綠第一三九期

關於「控訴」

塞兒

我們唱民歌因爲民歌能够表現人民的生活，思想，感情，在這激變的時代裏，人民的願望將是民主的唯一的準則。但是在民歌中所表現的內容是極其廣泛的，有愛情，有揭露，有訴苦。但是像「控訴」這樣具体明確地表示人民願望的民歌不能不說是很少的：

「十四年來啊，沒有家？高山樹林裏把兒子打呀。媽々白髮多，爸爸呀埋在荒山下，如今恩仇分明，嘗够了辛酸苦辣，哎？在血泊裡掙扎長大。救了我們的，永遠跟着他；抗了辛們的，永遠記着他；欺侮我們的，死也不饒他，不饒他！」

我們唱這首歌，把自己的感情置身於歌詞的內容中，我們藉此接近人民，了解人民。

關於控訴

塞兒

我們唱民歌，因為民歌能夠表現人民的生活，思想，感情，在這激變的時代裡，人民的願望將是民主的唯一的準則。但是在民歌中所表現的內容是極其廣泛的，有愛情，有暴露，有嘆苦……但是像〈控訴〉這樣具體明確地表示人民願望的民歌不能不說是很少的：

「十四年來啊，沒有家？高山樹林裡把鬼子打呀。媽媽白髮多，爸爸呀埋在荒山下，如今恩仇分明，嘗夠了辛酸苦辣，哎？在血泊裡掙扎長大。救了我們的，永遠跟著他；坑了我們的，永遠記著他；欺侮我們的，死也不饒他，不饒他！」

我們唱這首歌，把自己的感情置身於歌詞的內容中，我們藉此接近人民，了解人民。

——原載一九四九年二月八日《台灣民聲日報》新綠第一三九期

你就是王大娘

假使你碰過「王大娘補釘」，你一定笑的合不攏嘴，前仰後合的止不住的笑。你會欽佩那補釘匠和王大娘每個字咬的清々楚々，使你明々白々的你會到他們每一句話的意義，並且你深深的感覺到，幾乎在你周圍常有與那二個角色相類的人生活著。他們像影子一樣跟隨著你。在鄉下你找得到，在城里、工廠、學校你也碰得到。

靜下來時，你体會出那笑・滑稽、幽默都宛如一支五色蛇纏著你。

她是那麼樸實。溫柔年青有著所有一般婦的美德的一群中的一個，然而她被迫害・侮辱，終致於被惡棍五保長強娶為小。

而你（也或許是你）總于記起你也正如她一樣善良、勤勉，日夕辛勞忠於職守，卻陷入衣食不周的飢寒狀態中。和王大娘一樣遭受著同樣的命運，被迫害侮辱。

王大娘的命運也就是全中國女人的命運。她受封建和內外的雙重枉枯，被剝奪了一切人由於辛勞的應有報償。然而，在那一些痛苦的和私自所受的凌侮之下，她關心使得人民如此

你就是王大娘

春日

假使你看過〈王大娘補缸〉，你一定笑的合不攏嘴，前仰後合的止不住的笑。你會欽佩那補缸匠和王大娘每個字咬的清清楚楚，使你明明白白的體會到他們每一句話的意義。並且你深深的感覺到，幾乎在你周圍常有與那二個角色相類的人生活著。他們像影子一樣跟隨著你。在鄉下你找得到，在城裡、工廠、學校你也碰得到。

靜下來時，你體會出那笑，滑稽、幽默都宛如一支五色蛇纏著你。她是那麼樸實、溫存、年青，有著所有農婦的美德的一群中的一個，然而她被迫害、侮辱，終致於被惡棍王保長強娶爲小。

而你（也或許是妳）終於記起你也正如她一樣善良、勤勉，日夕辛勞忠於職守，卻陷入衣食不周的飢寒狀態中。和王大娘一樣遭受著同樣的命運，被迫害侮辱。

王大娘的命運也就是全中國女人的命運。她受封建和內戰的雙重桎梏，被剝奪了一切人由於辛勞的應有報償。然而，在那一些痛苦的和私自所受的凌侮之下，她關心使得人民如此受難的主因：她跟補缸匠的對話：

「物價爲啥又要漲」

「因爲……所以就要漲」

「物價千萬漲不得」

「物價再漲老百姓遭災殃」

以及補缸匠的無可奈何的回答，都顯示出爲了這戰爭而生的恐慌和焦急。

劇情的展開是由補缸匠唱述出來的：農夫李清芳和新婚的年青美貌的妻子，是挺美滿的一雙，但結婚後五、六日光景，丈夫被徵做內戰的砲灰，妻子受了六年餘的窮苦和孤獨而不得不求助於王保長。但這正如綿羊求助於豺狼，王保長一見就動了心，終於「綑綑綁綁來拜堂」了。

王大娘出場時，滿臉愁思，已是被迫嫁給王保長後的時候。她被那一連串的苦難所擾。用一種民歌的方式幾近於可笑的方法，她敘述著自己。而由補缸匠的答話，我們知道同受壓迫的人又怎樣易於互述心曲。

〈王大娘補缸〉是流行在河南的民謠。幾乎是家喻戶曉的曲子，用這種形式表現人民的生活是現在，以至將來都證明爲最有效的方式。

——原載一九四九年二月八日《台灣民聲日報》新綠第一三九期

歌謠舞蹈做中學

蘇（黃）榮燦

歌謠舞蹈原是一種人民生活表現的形式，它從原始村落生活到所謂物質文明後，可惜都趨枯萎，甚至如普通流行在民間的一般表演形式與內容也受影響，於是逐漸都錯誤地在變化——但是它的藝術本質尚永在民間：人民樸實的生活，感情，願望，始終保存在歌謠舞蹈中，它是迫害不了的，我們要抱定這種明確的意識隨著時代而翻新。

歌謠舞蹈被重視的呼喚，要把過去的歌謠舞蹈的遺產與新興的舞蹈和音樂充沛起來，要把技巧與本質從做中學起，中國新生代的人民藝術——歌舞、歌劇、歌謠才能招致成功。

台大麥浪歌詠隊在台灣從做中學起來了，同學們尤其了解「藝術的偉大的社會意義乃是改善生活的工具」，若果是幼稚，平凡……這是做中學必然的過程，同時又受頌揚的，有希望的。

今天的歌舞藝術從整理的態度上去做中學，如同戴愛蓮（按：著名舞蹈家）做中學時曾在中國民間的塑像、壁畫、版畫等遺跡中去想像；在中國唱戲裡面的戲舞，北方的跳秧歌及新年裏普遍流行的滾龍燈和舞獅子，民間的各種節日儀式，宗教為喪家作法場，傳教義等各種姿態活動中去採集。在那裡發現的豐富寶藏，我們應該配合現代人民生活的發展而發輝。

爲著祈求新歌舞、歌劇、歌謠的迅速發展，它應該獲得文藝界、美術界、音樂界等的扶助與同時做中配合起，這種最綜合性的現代藝術才能實際的發達起來。這一系推理必須有一個共同的方向，要密切的以民族的意識聯繫著，並便其它溶解之下而發展著新的生命，這樣就概括著各個有關新歌舞、歌劇、歌謠藝術的資料採集與整理，及通過導演、演員、音樂、美術、歌詞的再創造與實際舞台工作人員的技術及事務組織、推廣、宣傳等人員的做中學的合作意義上去促成它的成就——提高中國人民的生活水準，也就是提高中國新歌舞、歌劇、歌謠藝術的水準。

台大麥浪歌詠隊的努力，我認爲是做中學的先生，在中國人民之間不知應該要多少千萬個做中學的先生。在台灣尤其盼望同學的先生普及起來，譬如您們曾在台北中山堂、省立師範學院，第一女中及不日在台中旅行演出中的經驗，能設法用到實際普及意義的多方面去發揮效能，並將您們如何在集體做中學中的不自大的自我互助學習的能力，就是那些表現出中國眞實的歌舞劇：〈王大娘補缸〉、〈插秧謠〉、〈農村曲〉等明快的民族風格而有教育意義的表演與歌唱；〈團結就是力量〉、〈祖國大合唱〉、〈你這個壞東西〉等的現實最強音的意識中做中學生。

——原載一九四九年二月八日《台灣民聲日報》新綠第一三九期

歌謠舞蹈做中學

蘇榮燦

歌謠舞蹈原是一種人民生活、表現的形式，它從原始社會一直到所謂物質文明後，可說都離不了生活，甚至如普通流行在民間的一般表演形式與內容也逐漸變化，於是逐漸都錯誤地在變化——，但是它的藝術本質仍永在民間：人民的情意的生活、感情，願望，始終保存在歌謠舞蹈中，它是消滅不了的，我們要把握這種明確的意識隨著時代而翻新。

歌謠舞蹈被重視的呼喚，要如過去的歌謠舞蹈的消沉與新興的舞蹈和音樂去振起來，要把技巧與本質從做中學起，中國新生代的人民藝術——歌舞、歌劇、歌謠才能招致成功。

台大樂隊、歌詠隊在本學期從做中學起來了，同學們尤其了解一藝術的從大的社會意義乃是改造生活的工具」、若果是幼稚，平凡……得是由中國必然的過程，同時又受到工具的、有希望的。

今天的歌舞藝術從表現的態度上去做中學，如同我們要做中學時會在中國民間的藝術，從遺跡中去想像；在中國唱劇裏面的舞蹈，北方的跳秧歌及新年裏普遍流行的滾龍燈和舞獅子，民間的各種節日儀式，宗教儀式，作法場，使教養等各種姿態活動中去採集。在那裏發現的豐富寶藏、我們應該配合現代人民生活的發展而發揮。

「為著新求新歌舞、歌劇，歌謠的迅速發展，它應該獲得文藝界，美術界，音樂界的扶助與同時做中配合起來、這種綜合性的現代藝術才能實際的發起來。這一系推理必須有一個共同的方向，要提倡整理與研究各地區新型歌劇，使其它歌謠藝術瞭解之下而發展新的生命，需切的以民族的音樂各個有關系者的資料採集與整理、及通過演員、音樂、美術、歌詞的創造與實際工作人員的技術及演員組織、推廣，宣傳，使等入員的做中學的合作意義上去從成中的成熟——提高中國人民的生活水準，也是提高中國新歌舞，新歌劇，新舞蹈藝術的水準。

臺大歌詠隊的努力，我認為是做中學的先生，在中國人民之間，不知應該要多少千次個做中學的學生。在臺灣尤其缺乏同學的先生普及起來，假如您們會在臺北中山堂，省立師範學院，第一女中及不日在臺中旅行演出中的經驗，能設法用到實際普及發展的多方面去發揮效能，並將您們如何在實習做中學中的不自大的自我互助學習的能力，就是那些表現出中國真實的歌舞劇；一天天的補缸」，「插秧謠」，「農村曲」等明快的民族風格而有教育意義的表演與歌唱：「團結就是力量」、「祖國大合唱」，「依這個填東西」等的現實最強烈的意識中做中學生。

介紹「農村曲」

—今在國際戲院公演—

李燕

38.2.10
(台灣民声日報)

『農村曲』是臺大麥浪歌詠隊歌舞晚會中唯一的歌劇，麥浪歌詠隊的歌舞晚會雖以舞蹈爲重心，但這一個僅有的歌劇在觀衆間却並不冷落，每次都得到觀衆的熱烈的愛好，眞不愧爲一個名符其實的『壓臺戲』。

歌劇的故事還是發生在抗日戰爭時期中的，雖然，在時間的外表上看來，它已經過了期，但是在實質上我們仍可藉此看出人民遭受了壓迫便要反抗這一偉大的眞理。

收獲的季節，靠近黃河南岸的鄉下一位王姓的家裡，王大發，他有個美滿的家庭，安分樂已，從不拒繳一切捐稅，惟一的盼望便是有一次好收成。一天黃昏，正在一天工作後比較悠閒的休息的時候，忽然嫁在他村的妹妹鳳姑回來了，哭訴東洋鬼子到他村莊的情形，燒殺，擄掠，家人流離失所，她丈夫走散，孩子也在路上餓死。

鳳姑回到娘家，又受了吝嗇嫂々的虐待，只得從隣舍善良的伙伴們汲取一些同情與慰安，九天後，不意她的丈夫經過了危險的流浪來了，她丈夫宋吉祥是個工人，國仇家仇交滲在心裡，使他決心去當游擊隊打東洋鬼子，鳳姑勸他哥々一起去殺敵，但被他嫂々搶白了一頓。

鬼子兵一天打近一天，難民也一天多似一天，最後，王大發爲了感衷於身受的痛苦的人們，激起了愛自已的土地的心，毅然舉起了武器離開妻兒保衛家鄉，和東洋鬼子清算去。

伴奏的樂器雖然只有胡琴口琴和小提琴三種，但也正因爲這樣，使得演出的條件比較簡單，因之民衆也有了較多的機會去享受它，而且伴奏樂器誠然簡單，但其藝術價值却依然毫不貶低，深受過古典歌劇舞劇教養的人聽了也覺得另有一種風味，這種風味毫無疑問的就是民族性的風格與氣息。

『農村曲』的第一幕寫人民被捐稅的緊迫與東洋鬼子的殘殺，其劇情是悽涼慘苦的，這是一個低潮，第二幕，宋吉祥唱出了『報仇去，中國人；報仇去，中國人。』鳳姑同時勸他哥哥一起去，他嫂々駡他『爲人不要良心壞，要是你哥々送了命，看你有臉再回來？』宋吉祥月鳳姑接着毅然決然逐漸高昂地唱：『不管回來不回來，鬼子來了怎安排？不管回來不回來，鬼子來了怎安排？』；這時，臺上燈大明，臺下掌聲雷動。第三幕中，王金發去當兵了、他的妻子也已改變了腦筋，臺上雄壯熱烈的進行曲久久不息、把王金發送上前線，也送觀衆走出會場，或者將能送你到達家裡。

介紹「農村曲」

——今在國際戲院公演

李　蕪

〈農村曲〉是台大麥浪歌詠隊歌謠舞蹈會中唯一的歌劇，麥浪歌詠隊的歌謠舞蹈會雖以舞蹈爲重心，但這一個僅有的歌劇在觀眾間卻並不冷落，每次都得到觀眾的熱烈的愛好，眞不愧爲一個名符其實的「壓台戲」。

歌劇的故事還是發生在抗日戰爭時期中的，雖然，在時間的外表上看來，它已經過了期，但是在實質上我們仍可藉此看出人民遭受了壓迫便要反抗這一偉大的眞理。

收穫的季節，靠近黃河南岸的鄉下一位王姓的家裡，王大發，他有個美滿的家庭，安分樂己，從不拒繳一切捐稅，唯一的盼望便是有一次好收成。一天黃昏，正在一天工作後比較悠閒的休息的時候，忽然嫁在他村的妹妹鳳姑回來了，哭訴東洋鬼子到他村莊的情形，燒殺，擄掠，家人流離失所，她丈夫走散，孩子也在路上餓死。

鳳姑回到娘家，又受了吝嗇嫂嫂的虐待，只得從鄰舍善良的伙伴們汲取一些同情與慰安，九天後，不意她的丈夫經過了危險的流浪來了，她丈夫宋吉祥是個工人，國仇家仇交滲在心裡，使他決心去當游擊隊打東洋鬼子，鳳姑勸他哥哥一起去殺敵，但被他嫂嫂搶白了一頓。

鬼子兵一天打近一天，難民也一天多似一天，最後，王大發爲了感衷於身受的痛苦的人們，激起了愛自己的土地的心，毅然舉起了武器離開妻兒保衛家鄉，和東洋鬼子清算去。

伴奏的樂器雖然只有胡琴口琴和小提琴三種，但也正因爲這樣，使得演出的條件比較簡單，因之民眾也有了較多的機會去享受它，而且伴奏樂器誠然簡單，但其藝術價值卻依然毫不貶低，深受過古典歌劇舞劇教養的人聽了也覺得另有一種風味，這種風味毫無疑問的就是民族性的風格與氣息。

〈農村曲〉的第一幕寫人民被捐稅的緊迫與東洋鬼子的殘殺，其劇情是淒涼慘苦的，這是一個低潮，第二幕，宋吉祥唱出了「報仇去，中國人；報仇去，中國人。」鳳姑同時勸他哥哥一起去，他嫂嫂罵他「爲人不要良心壞，要是你哥哥送了命，看你有臉再回來？」宋吉祥、月鳳姑接著毅然決然逐漸高昂地唱：「不管回來不回來，鬼子來了怎安排？不管回來不回來，鬼子來了怎安排？」這時，台上燈大明，台下掌聲雷動。第三幕中，王金發去當兵了，他的妻子也已改變了腦筋，台上雄壯熱烈的進行曲久久不息，把王金發送上前線，也送觀眾走出會場，或者將能送你到達家裡。

——原載一九四九年二月十日《台灣民聲日報》

聽台大麥浪歌詠隊演唱歸來

天鳥

聽了這使我們更覺得現在該多麼迫切需要摒除那有麻醉、有沈迷、使人衰懦、使人頹廢的黃色音樂（?），因爲那祇是那些昏眩於聲色，迷糊於逸樂的飽足者，所無力呑吐的靡亂人心的怠懶號叫，因爲那祇是那些淫奢的富有者，娛樂於舞池褻穢於肉體，爲大量華貴物質，重厚煙酒氣息所堆積起來的靡亂之音，那祇是更沈重的加深加濃他們自己的迷亂和荒淫，神經麻木，理智泥役的迷亂和荒淫，而絕不是他們所響亮叫囂的高貴有旋律的曲子！

而今天爲人民大眾所熱烈維護，所喜愛聆聽的民歌——那有著，蘊含著一般人民眞實，淳厚，善良本性的氣質民歌，於是懷無限希望，吐洩抑鬱，發放悲壯的由每個有人民生長的角落裡，用不同的音調配合著淳樸的舞蹈歌唱出來了，而由這裡面，我們可以深深知道，我們人民所希求，所企望的是什麼?所憤恨，所痛惡的是什麼了，因此，這接近人民，喊出人民中心願望和憎愛的有力的來自每個地域的人民的歌曲，將要滙成一注巨大的雄偉洪流，衝毀頑固封建和暴力阻留的，掃清那祇是侷促於富足者自以爲華貴高尙的狹小圈子裡的淫曲濫調，來一個親誠團結、融合無間的大擁抱，大會合，而那一天——將是我們這廣大國土裡的億萬民眾和平、寧靜相處的一天，沒有迫害，沒有壓搾，沒有剝削，平等自由生活的一天，而最高職權、最大勢力的亦將是我們人民自己！因爲那時已是人民世紀的一天。

——原載一九四九年二月十七日《台灣民聲日報》「影劇」第三七期

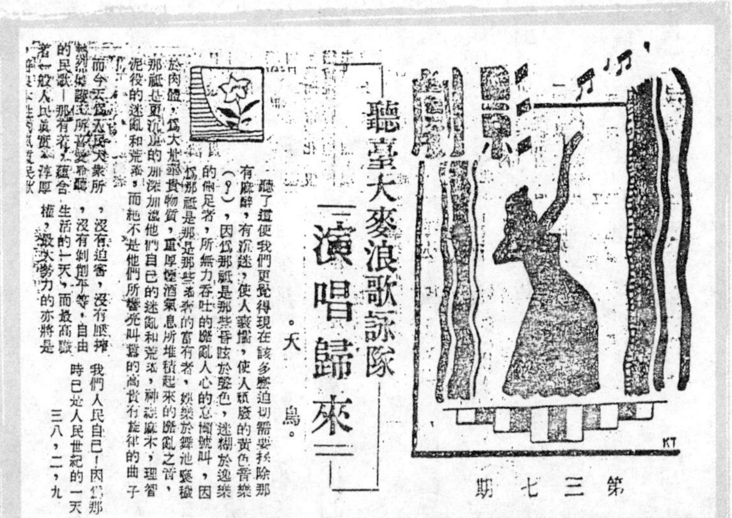
影劇

第三七期

聽臺大麥浪歌詠隊「演唱歸來」（三）

。天鳥。

聽了這便我們更覺得現在該多麼迫切需要摒除那有麻醉，有沉迷，使人衰擺，使人頹廢的黃色音樂（？），因爲那祇是那些昏眩於聲色，迷糊於逸樂的偷足者，所無力吞吐的雜亂人心的忘憫號叫，因爲那祇是那些[illegible]的富有者，娛樂於舞池醱[illegible]於肉體，爲大量[illegible]貴物質，重厚煙酒氣息所堆積起來的雜亂之音，那祇是更沉迷的淵深加溢他們自己的迷亂和荒淫，神經麻木，理智泥役的迷亂和荒淫，而絕不是他們所響亮叫囂的高貴有旋律的曲子[illegible]

而今天爲大民大衆所[illegible]熱烈[illegible]所[illegible]的民歌——那有著[illegible]蘊含[illegible]者一般人民真實[illegible]淳厚[illegible]，沒有迫害，沒有壓搾，沒有剝削平等，自由生活的一天，而最高職權，最大勢力的亦將是我們人民自己！因爲那時已是人民世紀的一天

三八，二，九

從「麥浪」引起的

蔡史村

(一)歌謠舞蹈晚會觀後

這次台大「麥浪」歌謠舞蹈的演出，雖然在藝術技巧上還需要更進一步的學習，但，我們不要忘記，他們並不是在表演技術，他們是在傳播，在耕耘，他們想把祖國各地人民眞正的聲音，廣大群眾的言語，帶到台灣來；他們是一群忠實辛勤的耕耘著，撒一把種子在這塊貧乏的土地上。

台灣音樂相當普及，但一般音樂工作者，一向崇尙于西洋樂的追求而忽視了民間歌謠。這種情形，本來不獨台灣爲然，但證明台灣音樂是停留在什麼階段。我曾經在中山堂聽過好多次個人演奏，歌唱者多愛用意大利文，甚至聽說有的僅用意大利文發音，內容是連歌唱者自己也不懂；這種藝術，徒具外表的美而缺乏感情。一般人以爲非用意大利語唱出，不足以表其造詣之深，雖不懂意大利文還是用它來唱，這種觀念是很錯誤的。

台灣也有一些很好的民謠，可惜一向被看作下層歌曲而被忽視。甚至如〈收酒矸〉歌，竟被教育當局斥爲有傷風化，這是很可遺憾的！

至于祖國樂曲的介紹，說起來也很痛心，三年來，多少人把人民眞正的聲音帶到這裡來？反之，我們到處只能聽到上海流行的歌曲，靡靡之聲流行到每一角落，所能看到的到處是摩登女郎的頭巾、錢袋、絲襪，至于人民是怎樣的生活，是怎樣地覺醒和有著新生的意識，在這裡是很難看到的。一般台胞，耳濡目染的都是這些，他們難免以爲這些就是代表著祖國的文化，殊不知這些飽樂之後哼出來的淫靡之聲，這種摩登的裝束婀娜的體態，僅是代表著行將潰滅的吸血階層的文化。

這次歌謠舞蹈的演出，唱出來的是人民眞正的聲音，舞出來的是人民眞正的生活，從音樂戲劇的角度上去看祖國文化，這裡就是祖國文化的核心。

這次「麥浪」的演出，隨處表現出很大膽的作風和新的姿態，這種作風打破了許多過去的錯誤的觀念，而給人一個有力的印象，新鮮、活潑、眞實、熱情的感覺。

當我看完了〈一根扁擔〉之後，我永遠一哼起這歌子，便記起了在陰暗的舞台上，一個孤零零的影子和一條扁擔在幌動，聽完了〈沙里紅巴哀〉又忘不了那熱烈的場面，青春活潑的旋律在跳動。

尤其是〈王大娘補缸〉，更是博得觀眾一致的好評。藝術是大眾的，只有這樣的歌謠這樣的舞蹈最能接近大眾，被大眾所接受。事實上，這一樂曲，根本就是來自民間的，它是人民自己的聲音，自己的動作。

過去的時代，藝術被少數人所佔有，變成上流人物有閑階層的玩物，被囚禁在象牙的寶座裡。今日，讓我們把它拾回來，把它解放出來，變成大眾的東西。

這種工作是有意義的，但願「麥浪」諸君，你們還有青春的活力、戰奮的意志，多撒幾把新生的種子，在這塊未開墾的處女地上。

(二)何謂「舞蹈的真意義」?——請教於是真先生

讀了二月八日本報集納版是眞先生的大作「舞蹈乎?滑稽焉」——意思說〈王大娘補缸〉一節目，究竟是舞蹈呢?還是滑稽。這使我讀後有一個疑問：「那麼滑稽的舞蹈如何?」因爲我還未聽說過民謠和舞蹈都不能加上滑稽的，甚至連寫文章及做劇也沒有這個規定。

民謠舞蹈，都是直接抒發感情的東西。這和我們需要哭便哭，需要笑便笑，需要蹦蹦跳，便蹦蹦跳一樣，是淳樸的、眞摯的、無潤飾的、粗獷的，但是最有力的。

然而，是眞先生卻一定要它不許滑稽而要有「舞步」，眞是不知根據何種見地何種立論?顯然地，是眞先生是懷著聽爵士樂看個人技術表演跳舞的心情來欣賞這個民間「舞會」，殊不料一開幕，連草笠、扁擔、鋤頭、糞缸……這些有傷大雅的東西竟然搬出來，難免使他「結果是大失所望」的了。在鋤頭糞缸中他要找尋出他們「舞步」，當然是不可偶得的。

大概是眞先生不知道民間的歌舞是舉行在高低不平的田野間，而不是舉行在光滑如臘的舞廳上。民間的舞蹈是要抒發感情而不是要表演技術，故此，它不需要像銀幕上的舞男舞女一樣的一轉再轉一百轉，轉個滿場飛；那是另一種文化，與民間淳樸的文化不同。

王大娘固然有點呆滯，但我們要原諒她是出來補缸，而且是個被王保長拾來的二房，一個鄉間的俗婦，而不是出來做貂蟬或虞姬，要她「舞」出什麼「步」來呢？我覺得，那種呆滯欠活潑倒有幾分像劇中的王大娘，如果不幸給她高興舞一舞，恐怕全劇便破壞在這裡。

我應該再說，藝術是大眾的，尤其是民歌舞蹈，絕不容許和以前一般藝術一樣被少數貴族階級、「上流人物」所竊爲己有。故此，一件藝術品，我們應該從大眾的立場上去評價，不應該憑著一己的偏見，以及過去一切錯誤的觀點去妄下針砭。

就拿〈王大娘補缸〉來說，它是一首民間故事，它寫出中國社會的一角落，封建殘餘的時代背景，舊的統治者被推翻而新的統治者崛起，它寫出一個有深味的人間悲劇，一個喜劇式的悲劇，我們可能從滑稽的氣調中看見人民生活的陰影，而引起深度感情的激動。但是眞先生竟是除了滑稽之外，別無所見，而且以談不上「舞步」爲憾！足見是眞先生是全爲消遣而來的，但這只好怪他行錯了地方。

幾乎是大眾所公認的，〈王大娘補缸〉的演出，演者技巧相當熟練，歌謠內容又是相當現實豐富，絕不僅是滑稽而已。在有些劇曲裡，滑稽和噱頭確會傷害全劇的氣氛，但這並不是一個絕對的定理。在〈王大娘補缸〉中，演者的表情姿態並不會傷害全部的氣氛，因爲這齣劇悲劇的意味是隱藏在故事背後，要人去體味才覺得，而不是直接表現在舞台上的，不知是眞先生有沒有弄清楚這點。

〈王大娘補缸〉在演出前後均博得觀眾滿場采，自有它的成功條件，而不是偶然的。更不是如是眞先生所說「因爲一般觀眾不能了解舞蹈的眞意義」。須知大眾所能接受的藝術，就是大眾的藝術；大眾的藝術，就是最有價值的藝術、最不能否認的藝術。是眞先生不但把自己封閉在狹隘的藝術見地裡，還來否認大眾的眞實的感覺，甚且挾著一己的偏見說觀眾對〈王大娘補缸〉「滿場采」是「因爲一般觀眾不能了解舞蹈的眞意義」；究竟是大眾不明白，只有他一人明白呢？還是大家都明白了，只有他落後？是很耐尋味的，姑無論他的藝術見地是怎麼樣，但這種夜郎自大的態度，是不敢讚美的。

而且很想知道是眞先生的「舞蹈的眞意義」是什麼。

——原載一九四九年二月二十三日《新生報》副刊

第二一六期

從「麥浪」引起的

蔡史村

（一）歌謠舞蹈晚會觀後

這次臺大「麥浪」歌謠舞蹈的演出，雖然在藝術技巧上還需要更進一步的學習，但，我們不要忘記，他們并不只在表演技術，他們是在傳播，在耕耘，他們想把祖國各地人民真正的聲音，廣大群衆的言語，帶到臺灣來；他們是一群忠實辛勤的耕耘者，撒一把種子在這塊貧乏的土地上。

臺灣音樂相當普及，但一般音樂工作者，一向崇尚于西洋樂的追求而忽視了民間歌謠。這種情形，本來不獨臺灣為然，但證明藝術音樂是停留在什麼階段。我曾經在中山堂聽過好多次個人演奏，歌唱者多愛用意大利文「甚至聽衆有的假用意大利文發音，內容是連歌唱者自己也不懂；這種藝術，徒具外表的美而缺乏感情。一般人以為非用意大利[illegible]，誰不過

那熱烈的場面，富於活潑的旋律 在跳。

尤其是「王大娘補缸」，更是博得觀衆一致的好評。藝術是大衆的，只有這樣的歌謠這樣的舞蹈纔能接近大衆，被大衆所接受。事實上，這一樂曲，根本就是來自民間的，它是人民自己的聲音，自己的動作。

過去的時代，藝術被少數人所佔有，變成上流人物有閒階級的玩物，被囚禁在象牙的寶座裏。今日，讓我們把它拾回來，把它解放出來，變成大衆的東西。

這種工作是有意義的，但願「麥浪」諸君，你們還有青春的活力，戰鬥的意志多撒幾把新中的種子，在這塊未開墾的處女地上。

（二）何謂「舞蹈的真意義」？

——請教於是真先生

獻給麥浪

白堅

當我由「麥浪」歌謠舞蹈晚會會場步出之後，心中感到一陣喜悅，我喜悅不單因為沈悶的心情在一場輕鬆的空氣裡，消失得飄然無蹤；也不只為了自己年青的心被那〈跌倒算什麼〉、〈兄弟們向太陽向自由〉的歌聲激動得躍躍欲出；我喜悅，乃至於說我如獲珍寶似地欣喜若狂，那主要是因為從數小時的藝術欣賞裡，我看見了祖國人民淳樸的生動的熱情的面影和朝氣的雄壯的巨流，我又一次獲得了信念：我們民族藝術的方向是被正確地找到了，路是多麼地寬與光明呀！它使我在靈魂裡發誓：走上這條路吧！

但，歡愉不能代替努力，有了路就應當闊步前進。而必需注意的是：成功裡隱存有失敗的因素，只有克服了它，才能獲得下一次的偉大的成功。

「麥浪」此次的演出，一般說來是可以滿意的（這裡我們應當安排下它可以接受的水準）但並不是說至善至美而一無缺點。不，缺點總是有的，我們應嚴格地指出，要求予以改正。

我自己也僅是一個習徒，我的意見不一定正確，但有一點，願意提出以供參考。

我們如要忠實於藝術，必先要忠實於生活。進一步說，我們如要為人民的藝術而獻身，那麼，「把自己呈獻給這苦難的大地和沈毅的民族，以深切的愛去擁抱這巨大的民族，心與人民的心扣在一起，共同看脈膊。」是非常重要的。作爲一個文藝（工）作者，他固然要先把自己的心與人民的心緊扣在一起之後，才能用血淚洗鍊出表現人民的戰鬥與要求的作品，而作爲舞蹈或戲劇的演員，如果要確當地把人民那種生動的樸素的形象搬上舞臺，同樣也必需先與人民密切地結合。基於此，我認爲「麥浪」諸同學也許對人民大眾的生活尚有一些隔閡，尚不能深入地了解他們，因此，在演出時就忽略了某些藝術的眞實，沒法很逼眞地表現人民的生活與性格。更具體一點說，就是穿著農民的衣服還擺脫不了學生的動作。

我這種說法，是根據下面幾個例子：在〈農作舞〉裡，有著種種農作的表演，這些動作是應當認眞把它演出來的，但竟有的同學像做軟體操一樣沒有「力」的表現，試問農民們眞的會這樣有力無氣地嗎？要末他們的鋤頭怎能翻開泥土？這或許是疏忽所致，但要想學習這些動作卻也不是只靠主觀想像就可把它演出來的。我們這樣把它演著，可否想到在這樣機械的動作裡是孕隱著多少辛酸與仇恨啊！不了解這些，眞無法表演著他們。再說在〈農村曲〉裡吧，那位王大發能畢肖地像一個農民吧！我認爲還不能，就譬如他抽煙的神態就不會屬於一個農民所有的；當王大發毅然肯去入伍和猶豫他是否要去爲國出力的時候，那種難捨妻子田園的私情和抗暴禦侮的正義間的矛盾，演者可曾恰當地表現一個農民的情感嗎？我認爲還不曾。黃天苗是農村裡勾結土豪地主欺壓善良百姓的人物，是十足陰險奸詐的渾蛋，可是那位扮演黃天苗的同學不曾眞正把握了他，所以引不起觀眾對他的憎恨，甚至只感到是一種造作。又農村中的小孩子是粗野頑皮的，但是那位演小毛的女同學卻替他創造了一個體貼溫順的性格。我舉了這些例，目的是指出在「麥浪」諸同學以高度熱情來追求與人民擁抱，卻仍然與人民（主要是農民）有著某一限度的距離，這難道不該叫我們警惕吧！

讓我鄭重地指出吧！無論你有著多大的熱情想獻身給人民藝術，想盡所有的力量介紹它倡揚它愛護它，如果你對於人民還很生疏的話，那麼必然你會失敗的。這是我要以至衷獻給「麥浪」諸同學乃至一切人民藝術工作者的意見。

——原載一九四九年二月二十一日《新生報》副刊

麥浪的青春男女。（周韻香提供）

輯四

麥浪歌詠隊大事年表

麥浪歌詠隊

一九四五年

11．15　台北帝大接收完畢。

11．20　國府行政院國務會議通過台灣大學設置案。

12．25　台大首次招生放榜，錄取三十六名。

一九四六年

03．22　台大醫學院職員要求發給正式證書而發動罷診。

03．25　台大第二附屬醫院呼應第一附屬醫院罷診。

04．22　上海《文匯報》第二版刊載許汝鐵《國立台灣大學概述》一文，詳細介紹台大的「沿革」、「校舍設備」、「學院研究所」和「教職員學生」的概況；並強調「就台大規模的宏偉，基礎的穩固，和設備的完善來說，它正跟著光復後的台灣走上光明燦爛的坦途。」

05．11　上海《文匯報》據中央社十日電，於第五版刊載「台灣大學招收內地學生」的通訊；通訊指稱台大現有文、理、法、農、工、醫等六院，另有附屬醫學專科先修班，熱帶醫學研究所，華南人文研究所，華南資源科學研究所等；

圖書館約有圖書五十萬冊；擬於秋天招收男女新生每系十名，內地各省學生共招一百名。

07．16　上海《文匯報》第六版，柯靈主編的「讀者的話」刊載一個讀者「探問台灣大學近況」的投書；該學生讀者聲稱，他看了《文匯報》關於台大的介紹後，認爲「台灣大學的設備及其他，遠勝於國內其他任何大學」，因而「不禁有些神往」，「想到那兒去讀書」；希望能夠知道「今夏招考」的詳細事宜。

07．19　在東京澀谷警署門前，旅日台胞五人慘遭日警槍殺，十八名輕重傷。

07．29　上海《文匯報》第六版「讀者的話」，針對七月十六日的讀者投書，刊載一篇關於「台灣大學近況」的答覆。

08．13　行政院會通過陸志鴻接掌台大。

12．10　東京澀谷事件裁判，三十四名台胞被判刑。

12．20　抗議日本東京澀谷事件裁判不當，台北學生冒雨集會，要求陳儀代表國府促進對日交涉。

12．24　北京美軍強姦北大女生沈崇。

一九四七年

01·07 省立商學院正式併入台大，改制爲台大法商學院。

01·09 以台大爲中心的「台灣省學生界抗議美軍暴行委員會」，示威遊行抗議美軍暴行。

01·17 上海《文匯報》第七版「新聞窗」，以題爲「台北一條鐵流」的標題及四張照片，報導台北抗議美軍暴行的示威遊行。

04·07 上海《文匯報》第七版「讀者的話」，刊載一則署名「陳田樵」的台大學生投書，提出「要求公費待遇；台大同屬國立大學，請勿與國內有懸殊」等呼籲；並「痛心台大設備雖冠全國，迄今年餘同學未受其惠」。

04·14 白崇禧於本日呈國民黨主席蔣介石簽呈上提到：「台灣大學設備完善，並有試驗原子能儀器，惟教職員待遇太低，應與國立大學平等，庶可維持，並應改歸教育部直轄，以便整頓。」

05·04 上海學生舉行「反飢餓、反內戰、反迫害」的示威遊行，運動迅速擴大到南京、杭州等大中城市，並遭到國民黨軍警野蠻鎭壓，造成「五·二〇血案」。台北學生深表同情與憤慨。

一九四八年

01．14 教育部長朱家驊訪台。

01．15 朱家驊視察台大，學生在「歡迎朱部長大會」上，高喊「提高經費」等要求。

02．18 台大中文系主任許壽裳遇害。

04．19 台大校長陸志鴻辭職，莊長恭繼任。

05．04 台大學生在新生南路宿舍舉辦「五．四營火晚會」，宣揚「五四」運動的精神。

06．19 京、滬、杭、東北、昆明、重慶等地學聯，發起成立全國性學校；七月十日，「中國學生聯合會」正式成立，台灣包括在內。

07．01 台大當局發給三百五十多名教員續聘聘書。校長莊長恭宣稱：另有三十多位「未予下聘」的教員，包括：辭職者、改爲兼任還未到發聘時候及原爲職員卻以教員名義任用者。（見七月十三日《公論報》）

07．02 據《公論報》「文化消息」載，台大出版組爲使投考學生明瞭該校狀況，特將該校校刊第一期至十六期，裝訂成冊發售。全冊共五十二頁，包括教授論著，各處院研究室狀況，學生動態等內容。

07·05 一、《公論報》揭露，台大聘請教授問題，一百五十餘名教授、副教授（包括雷石榆等人）未獲聘書，正等候校方裁示。

二、同日，該報又揭露，農學院森林系將從下學期起停招新生，原因是「經費拮据」與「聘不到教授」；又該系系主任林渭訪、兩位專任教授和一位兼任教授，在莊長恭接掌台大後都相繼請辭；該系同學除一部份轉系外，不願轉系的同學都還在徬徨中。

07·09 魏道明主席於本日上午接見「台大解約還鄉教授聯誼會」代表李漢英博士等五人，該代表等除陳述台大此次事件之原因及經過外，並面呈書面陳情函，籲請援助，主席聽後深表同情。（見七月十日《公論報》）

07·10 台大同學主辦之新生補習班第二期，本日起，在法學院該班事務室開始報名。定於七月十六日開始，改在徐州街（幸町）該校法學院內，分日夜兩班上課，科目有國語、英語、日語、理化、數學、會計、應用文等七種，各科並按實際分高、中、初三級。此外並設投考大學高中輔導班，除由教授、助教、同學分別授課外，並請該校名教授於每週末作與升學課程有關之演講。（見七月十日《公論報》）

07．11　台大同學主辦之新生補習班，第一期於本日結束。（見七月十日《公論報》）

07．12　上午十時，「台大解聘教授聯誼會」代表涂序瑄等四人，在中山堂北辰廳舉行記者招待會，報告被解聘情形及向各方交涉經過；他們指出：因校方未照一般大學慣例在學期結束前一個月通知他們，所以不合法定手續；並要求校方各發給四個月薪津，作爲還鄉旅費。但幾經交涉，莊長恭校長卻只答應「少數人可以加發一、二個月薪津」。他們同時反駁校方所稱不能續聘的理由……。針對這些問題，莊長恭校長認爲：「依一般慣例，校方續聘教員，必須提前一個月發聘；至於不擬續聘教員，則無需另行通知，因爲一旦期滿，雙方自然解約。」又，校方其實並不需對解聘教員負擔什麼法律責任。（見七月十三日《公論報》）

07．17　《公論報》根據「昆明十五日電」揭露：當局施用強硬手段，解決僵持了一個月的昆明學潮，憲警攻佔學生樓房，學生大部被捕……。

07．20　一、《公論報》發表題爲《台大人事糾紛平議》的社論，指出「這場交涉，青年人眾目睽睽，將從而受到甚大的影響。」

二、該報同日刊出「台大學生鐘靈」的投書，針對「台大解聘教授糾紛」，發表個人意見。

三、同日，該報刊登台大教授台靜農、戴君仁、黃得時、李霽野、黎烈文、盛成、夏德儀……等十四名教授的聯名聲明，指出：本月十日某報載，台大教授喬大壯「因恐被新任校長解聘而自殺」的報導，與事實不符，並說明實情。

四、該報「文化消息」欄刊載說：台大同學主辦之新生補習班爲鼓勵清寒有志向學者進修，特設免費生名額若干名，並將已於十六日正式上課之第二期報名日期，延至本月廿二日。

07.23 《公論報》透露，「台大解聘教授糾紛」仍由師管區司令鄭冰如居間調解中，「即可圓滿解決」。

07.24 《公論報》報導，台大校長莊長恭在「台大解聘教授糾紛」還未圓滿解決的時候，卻於昨（廿三）日下午二點，悄然乘景興輪赴上海……。

07.25 《公論報》刊出「莊長恭並未赴滬」的更正報導。

07.26 《公論報》報導指出，「台大解約教授糾紛業已獲得解決辦法」。

07.27 一、《公論報》報導，台大秘書室表示，「台大解約教授糾紛業已獲得解決辦法」的報導僅是「傳聞而已，並未有正式消息。」

二、又，留校舊生惟恐考生對伙食住宿等問題感到困難，特組織考生服務處，對投考新生加以幫助與指導，現正加緊籌劃辦理中。

07．28 台大文（每系三十名）、法（除法律系招收五十名外，其他每系三十名）、理（共收一百二十名）、工（每系二十五名）、農（共收九十名）、醫（本科六十名）等各學院各系招收一年級新生（總計六百一十名），決定從本日起至八月四日接受報名；至於轉學生招收，視各院系設備、人數而定，不必先參加新生考試。（見七月三、六及二十七日《公論報》）

07．29 一、《公論報》報導指出，由台大各學院學生自治會生活促進會、新南團契、青年團等四單位聯合組成的考生服務團，於廿七日晚成立，廿八日開始工作；爲考生辦理伙食、宿舍、升學指導、試題解答等事情，並出版快報，專門報導有關投考方面各項消息。女生服務部門由水道町女生宿舍的舊生負責。

二、又訊，國立中央大學委託台大招考新生，報名時間和地點均與台大同，昨天已有六名新生報考（報考台大的，第一天即有三百三十五名）。

07．30 《公論報》透露：台大校長莊長恭曾於上週向教育部請辭，「原因據說是精神不好」。又說，台大解聘教授糾紛迄未解決……。

07．31 《公論報》「文化消息」欄指出，台大同學電請教育部長慰留莊校長。

08・02　台大被解聘教授增發三個月薪津。

08・11　本日起，一連兩天，台大在該校舉行招生考試；又，本屆考試的報名及考試地點只在台北一地舉行，不在國內舉辦。（見七月三日《公論報》）

08・12　台大新生招收舉行口試及體格檢查。（見七月五日《公論報》）

08・18　台大學生自治聯合會討論校務問題並發表〈告各界人士書〉。

10　一、秋天，國民黨任命原青年部副部長鄭通和擔任台大訓導長。

二、台大當局要求學生社團於年底前向訓導處登記。

三、麥浪歌詠隊在黃河合唱團的基礎上成立。

四、本月上旬，開學一段時間後，校內的特務分子爲了讓更多的所謂「職業學生」進入台大，突由校方公告招收轉學插班生。學生得悉內幕後，大加反對。自治聯合會緊急通過決議：組織「反對續招插班生委員會」，展開如火如荼的抗議、請願、呼籲，提出：反對不合理的續招插班生，保證學生安全，改革台大等三項要求。（見十一月二十日香港《文匯報》台北航訊）

10・29　台大當局不顧一切，舉行新招插班生入學考試；學生湧至考場，向考生揭露：錄取人數早已內定，考試只是一種欺騙和掩飾。於是大部份考生未終場就相率離開。

11．20 香港《文匯報》台北航訊報導：「蔣幫特務在台灣大學的活動及學生的反蔣鬥爭」，內稱：正義的教授遭到迫害和侮辱，如：去年卜新賢以「左傾」罪名被捕。今年初，許壽裳被暗殺，調查教授思想行動的公文逼跑丁燮林等四位教授。

12．27 台大學生自治聯合會爲籌募福利基金，在中山堂主辦「歌謠舞蹈晚會」，邀請麥浪歌詠隊專場表演。由於受到觀眾的熱烈歡迎，一連演出三天。

一九四九年

01．07 台大學生自治聯合會要求改善公共汽車管理辦法，憑證半價。

01．13 聯勤總部徵調台大醫學院畢業生二十一人。

01．19 傅斯年由滬搭機抵台，宣稱「將提高台大學術水準」。

01．20 傅斯年就任台大校長。自內地返省台籍學生代表向傅校長請求准予寄讀與補考。其中包括：同濟大學十二人，交通大學六人，政治大學十八人，中央大學四人，南開大學五人。（見一月二十一日《新生報》）

01．21 蔣介石宣佈「引退」，李宗仁副總統代行中華民國總統職權。

02．01 省外來台轉學學生，今日起開始登記。

02．02 《台灣新生報》刊載趙林民〈迎台大同學民歌舞蹈再演出〉，以及唐遲〈麥浪歌謠舞蹈會節目介紹〉。

02．04 一、省政府命令台銀，停止辦理內地匯款來台業務。

二、台大麥浪歌詠隊在北一女中大禮堂公演兩天。

02．07 《台灣新生報》刊載王華〈麥浪舞蹈晚會觀後記〉。

02．08 一、麥浪歌詠隊一行抵達台中市，展開全省巡迴演出。

二、《台灣新生報》刊是眞〈舞蹈乎？滑稽焉——「麥浪」歌謠舞蹈會的「大補缸」〉。

三、《台灣民聲日報》「新綠」副刊第一三九期刊載麥浪專輯，包括：台大麥浪歌詠隊的〈我們到台中來〉，張朗〈麥浪舞蹈〉，塞兒〈關於「控訴」〉，春日〈你就是王大娘〉及蘇（黃）榮燦〈歌謠舞蹈做中學〉等文章。

02．09 一、《台灣民聲日報》第四版刊載「台大麥浪歌詠隊今假國際戲院公演民間舞蹈」及「同學們苦幹精神令人欽仰」等報導。

二、晚上七時，麥浪歌詠隊在台中市第一場演出，票價壹千元，台灣文化協進會後援。

02．10　一、《台灣民聲日報》「新綠」副刊第一四〇期刊載李蕪〈介紹農村曲——今在國際戲院公演〉。
二、上午九時，楊逵與銀鈴會等台中文化界人士，在圖書館舉辦題爲「文藝爲誰服務」的「歡迎麥浪座談會」。
三、下午一時，麥浪在台中市演出第二場。
四、下午七時，麥浪在台中市演出第三場。

02．11　下午七時至十時，麥浪歌詠隊假省立台中女中舉行話別茶會，接待楊逵先生及台中市新聞界人士。

02．12　一、《台灣民聲日報》特載台大麥浪歌詠隊的〈告別臺中〉一文。
二、上午，麥浪歌詠隊應邀赴日月潭大觀發電廠表演。

02．13　麥浪歌詠隊全體隊員訪問日月潭原住民部落，並互相觀摩舞蹈。

02．14　一、上午九時半，麥浪歌詠隊抵達台南市。
二、晚上，台南市文化界假參議會址，舉行歡迎會。

02．15　麥浪在台南市南都戲院演出第一場。

02．16　麥浪在台南市南都戲院演出第二場。

02．17　一、麥浪在台南市南都戲院演出第三場。

二、《台灣民聲日報》「影劇」第三七期刊載天鳥〈聽台大麥浪歌詠隊演唱歸來〉。

三、台大自費生發表宣言，要求配米、貸金及比照立委之例開放省外匯兌，以解決饑餓問題。

02·21 《台灣新生報》「橋」副刊第二一四期刊載白堅〈獻給「麥浪」〉。

02·23 《台灣新生報》「橋」副刊第二一六期刊載蔡史村〈從麥浪引起的〉。

03·05 中華全國學生第十四屆代表大會在北平召開，決議成立「中華全國學生聯合會」。

03·20 台大、師院學生數百人，因警員處理學生違警事件不當，前往第四分局交涉。

03·21 台大、師院學生數百人，列隊前往市警局，抗議警察暴行。兩校學生自治會共同發表：〈敬告各界〉書。（見三月二十三日《公論報》）。

03·24 《公論報》刊載署名「一警員」的投書，駁斥學生的說法。《公論報》針對此一學生與員警的糾紛，發表題爲〈青年運動〉的社論。

03・29　台大、師院兩校學生自治會，在台大法學院操場舉行慶祝青年節的營火晚會，並宣布籌組全省性的學生聯合會。台大麥浪歌詠隊的隊員在現場帶動歌舞，並扭秧歌。

04・01　一、南京政府派張治中爲首的和平代表團，北上議和；南京各大專院校近萬名學生，齊集總統府門前，舉行一場堅決反對內戰的集會遊行，結果卻是遭到軍警血腥鎮壓的「四一慘案」。

二、台大文學院大選結束，麥浪歌詠隊員王耀華組成的內閣，以七十比五十九的票數當選。

三、台大文學院「星雲社」發起校本部、法、醫學院三處壁報交換，輪迴張貼運動。

四、台大學生自治會在工學院四號館設「大家談」，以補沒有「民主牆」之失。

五、台大學生自治會服務股自本學期起，接辦本部食堂，分包飯和賣飯兩組。

04・03　台大話劇社在法學院上演以僅僅一日時間排練成之獨幕喜劇〈半斤八兩〉，獲得一致好評；並將於五月初旬，以慶祝五四運動暨勸募清寒學生文化獎學金名義，對外公演。（見四月十三日《中央日報》「學府風光」欄）

04・04 中共中央發表〈南京政府向何處去？〉

04・05 一、麥浪歌詠隊在學校餐廳舉行慶祝音樂節的晚會。

二、師院學生自治會主席周愼源被捕後脫逃。

三、警備總部電令台大、師院兩校，拘訊「不法」學生十餘人。

四、晚上，陳誠、彭孟緝、傅斯年和謝東閔就稍後的逮捕行動，在陳誠家開會。傅斯年向彭孟緝請求，「不能流血、若有學生流血，我要跟你拼命！」

04・06 一、警備總司令部拘捕師院及台大學生，約二百人被捕及自動隨車受捕，是爲「四六事件」。

二、警備總司令陳誠針對逮捕學生的行動發表「整頓學風」的談話，宣稱此種措施是「爲青年前途及本省前途計，實出於萬不得已」。

三、楊逵因〈和平宣言〉被捕。

04・07 一、台灣省參議會駐會委員會針對學生被捕事件發表四點談話。

二、台北市各級學校家長會爲擁護政府整頓學風，發表〈告各家長及在校同學書〉。

三、台大行政會議決議，由傅斯年校長再向陳誠接洽，提出四點要求：（一）

凡載在名單內之被捕學生，迅即移送法院審訊。（二）凡不在名單內而被捕之學生，即予釋放。（三）以後如不發生新事件，絕不再行拘捕學生。（四）准許學校派人探視被捕各生。

04·08

一、據報載，警總已備文將周自強等十九名「拘訊」學生，移送台北地方法院檢察處，依「法」處理。史習枚（《新生報——橋副刊》主編歌雷）與董佩璜二人也已另案移交法院。另外，台大學生十二名，師院學生一〇五名，也已通知家長，領回管教。

二、省府主席陳誠在省府第九十三次例會上指示有關單位，研擬具體辦法，「解決學生出路問題，並改善教職員生活」。

三、省教育會發表〈告教育界同仁書〉：「擁護省政府整頓學風，重建台灣優良學風」。

四、台大學生組織「四六」事件營救委員會。

五、台大、師院兩校學生採取休課行動，以示抗議；但教授仍照常上課。

六、台大當局去函報社，要求更正台大配合提供名單，並協助逮捕之報導。

04·09

一、陳誠在中山堂邀宴傅斯年以降台大教授一百七十餘人，闡述整頓學風問題；傅斯年與幾名教授代表等致詞，表示贊同。

二、「台灣學生控訴四五『暴行』聯合會」發表〈告全國同學同胞書〉，控訴陳誠的暴行。

三、《中央日報》「學府風光」欄指出：台大學生相繼出版壁報《雲雀》及《鐘》，每期洋洋數千言，情文並茂，頗多大塊文章。唯文中多採用日文，內地同學皆以不諳日文而無緣拜讀。

04．10

一、署名「台灣全省大中學生聯合會」的團體針對「四六血案」發表〈告全國父老兄姊妹們〉的宣言，揭露「國民黨反動政府戰犯陳誠」迫害學生的「罪行」，並呼籲台灣十萬大中學生團結在「學聯」的組織下，「爲台灣的徹底解放而奮鬥，爲新民主主義新中國的建設而努力向前！」

二、《中央日報》「學府風光」欄指出：台大史學系資料及藏書甚多，尤其台北帝大時期日人所蒐集之南洋資料，更多珍品，現皆置於民族學陳列室，並由名考古學家李濟先生主管。近「歷史學會」正準備將該系之資料及藏書公開展覽，並由該會派人分別負責解說，屆時免費招待各界人士參觀。

三、文學院星雲社同學發起組織流動書庫，讓同學間的圖書可以彼此交換閱讀。

04．12 一、台北地方法院檢察處首次偵訊「涉案」學生，問畢仍還押看守所。

二、警備總司令部公佈處理「學潮」經過。（見四月十三日《中央日報》）

04．15 一、台大學生自治會舉行記者招待會，報告四月六日所發生事件的情形，並表示營救被捕同學的工作重點在於訴訟問題，希望當局早日依法辦理，各界主持主義。（見四月十六日《中央日報》）

二、台北地檢處首席檢察官告訴《中央日報》記者：此一學生案件，牽涉各方很多，偵察費時。（見四月十六日《中央日報》）

04．16 台大舉行校務會議，連續三天。（見四月十六日《中央日報》）

04.．17 金陵大學寄讀台大之同學會，到草山春遊。（見四月十六日《中央日報》）

04．19 據《中央日報》載，台大校本部大興土木，其中羅斯福路宿舍以八千萬由包商承辦，可能最先完成。

04．20 一、南京攻府拒絕中共所提「國內和平協定」（最後修正案）。

二、《中央日報》「學府風光」欄指出：一度陷於停頓的台大各社團工作，在復課多日後均恢復常態，各社團活動又將開始。又，台大同學對「海派作風」的女同學持有兩種不同的看法，一部份人認爲，海派作風進入台大完全破壞台大一向的儉樸風氣，應予排斥；另一部份人則認爲，這樣未免太小家子氣，少見多怪，她打扮她的，吹皺一池春水，干卿底事？

04．21 中共中央向人民解放軍發出〈向全國進軍的命令〉，三路渡江。

04．23 南京解放。

04．25 台大期中考試開始。（見四月二十日《中央日報》「學府風光」欄）

05．01 一、台灣全島實施戶口總檢查。

二、省主席陳誠就任國民黨台灣省黨部主任委員。

05．19 台灣省政府，台灣警備總司令部宣告：自二十日起全省戒嚴，基、高兩港宵禁。

05．24 立法院通過「懲治叛亂條例」。

05．25 上海解放，蔣介石政權退守台灣。

05．27 警備總司令部發佈戒嚴時期法令，防止非法行動，管理書報，非經許可不准集會結社，禁止遊行請願、罷課、罷工、罷市、罷業等一切行動。

05．28 警備總司令部頒佈「出境登記辦法」。

06．07 省教育廳核定外省來台寄讀生可取得正式學籍。

06．21 「懲治叛亂條例」公佈。

07．01 台灣省政府以「參捌午東府紀三字第三五七六號」代電各縣市政府，嚴緝

「奸嫌」台大及師院學生曹潛等廿名歸案。

07．31 警備總司令部決定肅清「匪諜」。

08．18 台大法學院畢業生王明德被捕，供出「台大法學院支部」組織，學生多人陸續被捕。

09．15 一、傅斯年向《中央日報》記者談「辦台大的目的與願望」時指出：「台大還在清理階段」，「新生教學將予改革」。

二、台灣防衛司令部公佈：通匪或隱匿匪諜不報者，造謠惑眾，煽動軍心者，破壞交通與電訊者，皆處死刑。

12．03 台灣高等法院檢察處對「四．六」被捕的麥浪歌詠隊隊長陳錢潮，作不起訴處分。（在此之前，台北地院「三十八年度訴字第二一〇三號」刑事判決書對台大學生藍世豪、陳錢潮、許冀湯，師院趙制陽、方啓明，各處十月或一年徒刑，緩刑二年。）

12．07 國民政府敗退來台。

12．29 台大校長傅斯年爲「鼓勵學生之合理合法活動及樂觀興趣」，在中山堂舉辦音樂年會，一半由學生自演，一半請外間音樂專家表演，甚爲成功。（詳見一九五〇年一月二十二日《中央日報》第四版「爲台大同樂會事傅斯年書面談話」。）

一九五〇年

01．01 台灣大學「若干學生之音樂劇團」，因廿九日的年會「未曾排入」演出而「興有未盡」，訓導處於是在法學院禮堂主辦一連三天的新年晚會；一日晚爲音樂表演，二、三兩晚爲話劇演出。但外間卻傳出晚會中「有類似扭秧歌舞蹈事」。（詳見一九五〇年一月二十二日《中央日報》第四版「杭部長陳廳長表示不容匪諜混入學校」。）

01．16 台大行政會議決定公告：凡有在學校爲共匪宣傳活動散布張貼傳單標語者，一經查照，即行開除學籍，並送治安機關究辦。（詳見一九五〇年一月二十二日《中央日報》第四版「杭部長陳廳長表示不容匪諜混入學校」。）

01．21 教育部爲外傳台大學生在新年同樂會中「有類似扭秧歌舞蹈事」，除於日前飭令該校查明其事之外，並特邀集台灣省教育廳長陳雪屏、台大訓導長鄭通和及各有關方面負責人會談；在會上，教育部長杭立武與教育廳長陳雪屏都表示：「不容匪諜混入學校」。台大訓導長鄭通和則稱台大「絕無扭秧歌舞事」

。（詳見一九五〇年一月二十二日《中央日報》第四版「杭部長陳廳長表示不容匪諜混入學校」。）

另外，爲外傳台大同樂會扭秧歌之事，傅斯年也發表書面談話，宣稱：「所謂秧歌係嘉戎族歌」而已，「謠傳扭秧」，乃「無中生有」；又在晚會中「散發油印品」的三個學生，其中「被人利用不悟」的李玉成「已開除」，另「兩人已悔過」。（詳見一九五〇年一月二十二日《中央日報》第四版「爲台大同樂會事傅斯年書面談話」。）

03．01 蔣介石復職。

04．13 《出國護照發行限制辦法》公佈。

04．29 外交部宣佈：停止辦理出國旅遊觀光護照（一九八〇年一月一日恢復辦理）。

05．10 前台灣省保安司令部以「涉嫌叛亂」之由，陸續逮捕台大及師院學生四十幾名，其餘學生聞訊紛紛展開長達幾年的逃亡生涯。

05．13 「在台中共黨員自首辦法」公佈。

06．04 頒訂「戡亂建國教育實施綱要」，加強實施三民主義和反共抗俄教育。

06．13 「戡亂時期檢肅匪諜條例」公佈。

一九五〇年

06．25 韓戰爆發。

06．27 美國總統杜魯門宣佈「台灣中立化」，並派第七艦隊駛入台灣海峽，干涉中國內政。

07．31 美國麥克阿瑟抵台。

08．08 美國經濟合作總署宣佈：恢復援助台灣。

08．10 美國駐華代表藍欽抵台。

09．05 美國第七艦隊在台灣海峽演習。

11．28 台大醫學院副教授兼主任醫師許強，台大熱帶醫學研究所血清室主任謝湧鏡，前台大醫學院助教郭琇琮，同被槍決。台大醫院醫師胡鑫麟、胡寶珍與蘇友鵬，分別處刑十年。

11．29 台大學生王超倫（工學院四年級，台北人）、鄭文峰（法學院四年級，台南人）與同案（學委案）另九人被槍決，其餘被捕學生分別判處十五年以下不等刑期。

12．20 台大校長傅斯年腦溢血，病逝省參議會議場。

04．22 美軍顧問團首批抵台。
06．29 台大歷史系學生張慶（河南籍，耕耘社）槍決。

一九五二年

04．08 教育部公佈「戡亂時期中等以上學校學生精神、軍事、體格及技能訓練綱要」
06．24 台大經濟系學生蘇爾挺（浙江籍，耕耘社）槍決。
07 高中以上學校規定設軍訓室。
10．31 中國青年反共救國團成立（蔣經國擔任主任）。
12．02 台大歷史系學生于凱（山東籍，耕耘社）槍決。
12．06 台大自由畫社指導老師黃榮燦（四川籍）槍決。

一九五三年

03．03 台大工學院學生吳東烈（高雄籍）槍決。
04．08 台大畢業生張以淮（福建籍，蜜蜂文藝社及麥浪歌詠隊成員）、萬家保（湖北籍，蜜蜂文藝社及麥浪歌詠隊成員）、華宣仁（浙江籍，自由畫社成員）

，以及肄業生汪穠年（女，浙江籍，樂群音樂社成員）、吳京安（女，浙江籍，自由畫社成員）等，因參加上述各學生社團，分別被判處交付感化；另外畢業生王士彥（浙江籍，方向社社員）移送管轄法院審辦。

11．01 一、原台大歷史系學生陳良謀（福建籍），因曾參與「四六學潮」而被捕；並被判處十年有期徒刑。

二、教育部派第一任教官到台大。

一九五四年

09 教育部制定「專科以上學校軍訓教育計畫」，規定軍訓為必修課程；並派第一任總教官到台大。

12．03 「中美共同防禦條約」簽署。

一九五五年

04．29 原台大法學院學生葉城松（嘉義籍）、張碧坤（嘉義籍）等，因在校時參加「台灣省工委會台大法學院支部」槍決。

後記：戰鬥的青春之歌

大約就在開始調查與研究有關台灣五〇年代白色恐怖歷史的同時，我陸續從一些歷史見證者那裡聽聞了許多有關麥浪的「傳奇」；他們的「傳奇」以及他們曾經唱過的歌和跳過的舞，隨即無法抵擋地吸引了我那年輕的心。基於對台灣近現代史認識與理解的渴望，我於是開始在被湮滅的歷史現場，重新尋訪當年台大麥浪歌詠隊隊員的腳蹤，以及他們的青春之歌。

回想起來，那應該是一九八七年春天的事了。

首先，在大甲郭明哲先生那裡，我看到了他珍藏近四十年的、麥浪當年在台中演出時的小冊子，並且聽他談起當年麥浪演出的盛況以及它對台灣青年所起到的重大影響……。

但是，往後的幾年，由於麥浪隊員在「四．六」大逮捕後流亡各地的客觀限制，我卻一直苦於沒有任何線索，找到任何一位當年麥浪歌詠隊的隊員，來見證他們那段戰鬥的青春歲月。

一直要到一九九〇年，事情才開始有一點進展。

這年春天，我第一次前往北京採訪那些因爲參與二．二八的鬥爭而流亡大陸的歷史見證人；因為這樣的機緣，通過《台聲》雜誌游欣蓓小姐的主動介紹，我終於在四月初，在北京人民大學的教授宿舍，見到了第一個麥浪歌詠隊的歷史見證人——本名陳實的方生先生。儘管方生先生當年並不是麥浪的核心參與者，可通過他的介紹，我也對麥浪歌詠隊的「傳奇」，有了比較具體的認識。

事情後來又陷於停頓的狀態。

到了一九九三年六月，我再度前往北京採訪，通過光復初期「台北學運四巨頭」之一的陳炳基先生的介紹，我採訪了麥浪的第二位歷史見證人——殷葆衷先生。同年十月，又再通過蔣碧玉女士的介紹，採訪了胡世璘女士。

這之後，事情又再度陷於停頓的狀態。

三年後，也就是一九九六年「四・六」四十七週年前夕的四月五日，我才通過一些五〇年代政治受難人提供的線索，在台北採訪了島內的第一位見證人——張以淮先生。其後，通過張先生的協助，我又先後採訪了住在台北的孫達人先生（一九九六年五月）、周韻香女士（一九九七年三月）、路統信先生（一九九七年三月），以及留美的烏蔚庭先生（一九九九年四月）等人。其中，孫達人與路統信先生雖然並不是麥浪歌詠隊的隊員，卻也是「四・六」當時及之後的政治受難者。

一九九八年九月初，利用到北京參訪的機會，我又再度通過陳炳基先生的介紹，採訪了住在北京的麥浪男隊員林義萍先生。同月中旬，我又在孫達人先生家裡，兩度採訪了恰好從福州返台探親的林文達先生。

至於本書所輯最後一位見證人——麥浪歌詠隊隊長陳錢潮先生的歷史證言，始終受限於地理的限制（幾年前住東北鞍山市，後來搬回家鄉浙江溫州），一直沒有進行現場採訪的機會。去年（二〇〇〇年）九月，原本計劃在蘇州「台灣新文學思潮（一九四七至一九四九）研討會」結束後前往採訪的；無奈，左腳在旅行黃山的途中不愼扭傷，行走困難，於是只好在回到上海後，再次放棄。基於陳錢潮先生在麥浪歌詠隊的重要性，於是在上海旅館中開始給陳先生進行了書信採訪；書信在海峽兩岸之間一來一往地輾轉傳遞著，陳先生當年的歷史腳蹤也逐漸隨著他的文字敘述清楚呈現。

基本上，這本《麥浪歌詠隊》，就是這十年來，我在海峽兩岸斷斷續續地尋訪採集而得的歷史證言錄。

一晃之間，我的尋訪麥浪之旅就過了十年。採史過程的艱辛與喜悅，實在不是外人能夠理解的！如果硬要問我：是什麼力量支持我繼續做下去的話，我只能說，通過「麥浪的歌」，我找到一種能夠讓我在當今媚俗的台灣知識界安身立命的理想。如此而已！

「麥浪的歌」，也許不合當今台灣社會的主調！可它卻能夠讓人通過他們燦爛的青春之歌聽到爲理想戰鬥的力量！

最後，要說明的是，由於編輯的主題考慮及受訪者個人的因素，孫達人先生的證言暫時沒有收錄在這本證言錄裡頭。另外，一個有趣的現象是：如果《天未亮》一書只有朱乃長先生是所謂「外省籍」的見證人的話；那麼，這本《麥浪歌詠隊》也只有林文達先生是所謂「本省籍」的見證人。

雖然巧合，卻也頗能說明一些歷史遺留下來的問題！

二〇〇一年元旦，於五湖

國家圖書館出版品預行編目資料

麥浪歌詠隊：追憶一九四九年四六事件（台大部份）藍博洲著.－－初版.－－臺中市：晨星，2001〔民90〕

面；　公分.－－(臺灣歷史館；20)

ISBN 957-583-984-6(精裝)

1.學生運動－臺灣　2.政治運動－臺灣

857.85　　90003174

台灣歷史館 20

麥浪歌詠隊　追憶一九四九年四六事件（台大部份）

著者　藍博洲
文字編輯　林美蘭
美術編輯　王志峰
校對　藍博洲、林美蘭、林靈

發行人　陳銘民
發行所　晨星出版有限公司
台中市工業區30路1號
TEL:(04)23595820　FAX:(04)23595493
E-mail:morning@tcts.seed.net.tw
http://www.morning-star.com.tw
郵政劃撥：22326758
行政院新聞局局版台業字第2500號
法律顧問　甘龍強律師
製作　知文企業（股）公司　(04)23581803
初版　西元2001年4月30日

總經銷　知己有限公司
〈台北公司〉台北市羅斯福路二段79號7F之9
TEL:(02)23672044　FAX:(02)23635741
〈台中公司〉台中市工業區30路1號
TEL:(04)23595819　FAX:(04)23595493

定價380元
（缺頁或破損的書，請寄回更換）
ISBN 957-583-984-6
Published by Morning Star Publishing Inc.